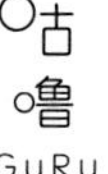
咕
噜
GuRu

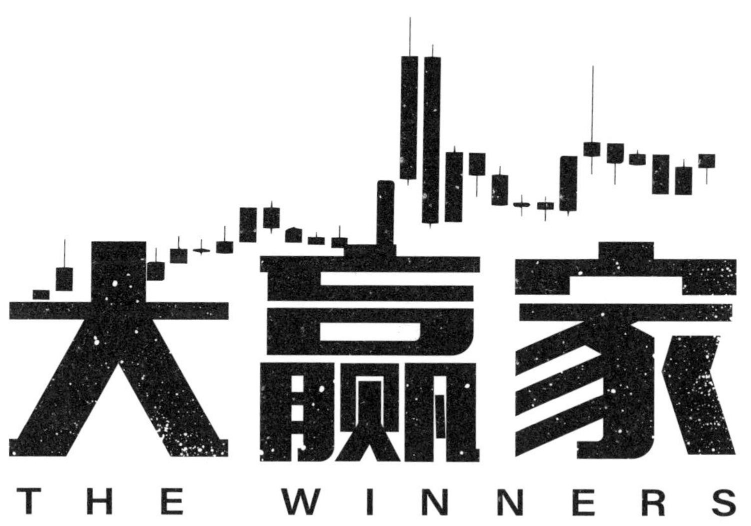

马赛客 著

SJPC 上海三联书店

大赢家，敬畏者也；常青树，价值者也！

——郑培敏（知本家），《大赢家》话剧 & 同名小说总策划这个故事任何出彩的桥段和细节，都要归功于过去这些年我有幸接触的数百位采访对象。剩下平庸甚至糟糕的部分，一笔一画，每一个标点符号都算在我头上。

楔　子

有那么两三年时间，我经常在北京、上海、深圳、广州、杭州等城市游荡，采访证券投资领域形形色色的人物，投资人、经纪人、程序员、风控员、卖方交易员、分析师……不厌其烦地记录他们的故事。

投资人五花八门。有人几十万本金，一波牛市赚了六千万；有人股灾后斩仓，一个多月都逃不出来；有人为了炒股，租住在北京一个4平米的隔间，却始终没入投资的门；有人憧憬美酒佳人夜光杯，独闯上海滩，却在深夜捂着被子哭。

每个经纪人都有一肚子圈内的故事。股民的、基金经理的、销售的、上市公司董事长办公室的，风风火火的，起起落落的，男男女女的。有他们在，饭局永远不会冷场。

程序员的工作就是不断写代码，不断调试程序。他们说，人的底层代码都是一样的。贪婪，恐惧，自我认知偏差，不是脑子出问题就是裤裆出问题。

风控总监们告诉我，最大的风险因子其实是人，也就是老板。私募基金的老板通常就是投资总监、基金经理。你一个员工，总不可能去革老板的命吧。

一个卖方交易员对我说，市场最冷清的时候，他们部门的人一天除了追剧、八卦、打毛衣，就是在网上拼单。

分析师也很有趣，行情好的时候没人关心他们写什么，因为菜市场大妈都是股神，用不着他们分析。行情不好的时候他们写什么都没人关心，因为分析来分析去都赚不到钱。人们对分析师研报唯一的需求，是拿来做茶余饭后的谈资。所以像李大V那样的，看上去像个吉祥物，其实把这一行吃得很透。最近有个以要飞盘闻名的网红，似乎也看上了这份吉祥物的工作。

当然还有那些“杀猪盘”的业务员，他们有时候也自称分析师。在客户面前，他们都各有所长，是“短线圣手”，是“解套专家”。他们专挑那些亏钱的人，把杠杆放大到几十倍上百倍，吹些一夜暴富的七彩气泡。越是亏钱的人，越是希望加杠杆。就算已经亏掉兜里最后一个硬币，还是想着借点钱最后赌上一把。

第一次见梁万羽，是 2015 年 9 月的一天，一位媒体老大哥带我参加梁万羽的饭局。我背着那只已经褪色的 JanSport 背包，跟老大哥从滨江大道走到陆家嘴中心绿地的一角。一路上老大哥告诉我，想认识这个市场，梁万羽是最好的样本。他的经历完美覆盖中国股市的发展，1990 年进入市场，从原始股买卖、涨跌停板开开合合的早期市场、327 国债期货事件，到股权分置改革，再到私募基金阳光化，多少次穿越火线，活到今天，而且无比成功。

“这就是你要的百亿大佬了。”老大哥说，“如果能进入他的朋友圈子，你就不用担心今后没故事写。”那时候百亿大佬是个比较神秘的概念。我采访过市场里不少活得很挣扎的人，也采访过不少财务自由的人。有机会写写真正的大佬，我肯定求之不得，但大佬们通常都戴着厚厚的面具，而我只想记录那些揭下面具后的真实个体。曾经有一个被封为民间股神的人，在采访中跟我细数他多次神准的预测，包括 2008 年 7 月到 12 月那波原油暴跌。当时纽约原油价格从创纪录的高位 147.27 美元/桶跌至 33.20 美元/桶，区间最大跌幅 77%。而他从 120 美元就开始坚定看空。第二天，这位股神在电话里跟我讲了一个多小时，解释他和他服务的公司为什么没能从这波暴跌中赚到一分钱，以及，为什么他在 2015 年大牛市中收益平平。

夜色初降，陆家嘴环路车来车往。远处高耸入云的上海中心大厦刚刷新中国高楼纪录，正忙着运营前的准备。

早已过了打卡下班的时间，但附近写字楼几乎每一层都亮着灯。我们折入一幢高楼，穿过安静的大堂，乘电梯来到顶层。这里有上好的陆家嘴景观，以“三件套”为代表的高楼群、霓虹灯闪烁的东方明珠、游艇穿梭的黄浦江。满眼夜色斑斓中，每一盏灯都藏着一段跌宕起伏的故事。

“今天就不聊市场了。我们难得清清静静地吃顿饭。”进门前听到里面有人招呼，我瞬间就放松下来了。好家伙，也是一个讲起普通话来“L”和“N”不分的人。梁万羽嘴里的“聊”和“难”，声母发音跟我简直如出一辙。

“不好意思不好意思，交片前发现音轨出了点问题，临出门耽误了。”老大哥进门就道歉。他把我推到梁万羽面前。“万羽兄，这是我之前跟你提到的朋友。小兄弟志向不俗，想要跟踪记录这个市场的人物群像。我听他一聊就想起迈克尔·艾普特的纪录片《人生七年》，还笑话他是没经历过人生毒打。但年轻人有想法，我们应该多鼓励。你的故事，应该有个人好好写写。他从成都过来，算是你的老乡了。”

借着采访的便利，饭局我可没少蹭。但经老大哥这么一介绍，倒弄得我紧张兮兮，抿着嘴不住地笑着点头。

听说我来自成都，梁万羽招呼我坐他左手边。“不要客气，多吃点。”

饭局上多是梁万羽的朋友，私募基金掌门人、银行行长、上市公司董秘、研究所所长。还有什么主持人、女演员，我一个也不认识。不管主业还是副业，股市是现场最大的交集。但梁万羽更愿意跟大家分享他在南美洲的见闻。

众人散去，梁万羽带我和老大哥在楼顶露台小坐。滨江大道灯光掩映下的黄浦江悄无声息，暗流涌动。每条公路都很繁忙，但不知道为什么忙碌。梁万羽说，散户主体的市场，硬币的两面就是自我繁荣和自我崩溃。散户就像羊群，一哄而上，一哄而散，历来如此。恐慌来袭的时候，几条政策是不足以改变羊群走向的。贪婪作祟的时候也是如此。

“羊群老是代人受过。”我自作聪明地接话。

“你去看约翰·缪尔的书里，牧羊人把一群羊赶过河有多费劲。他们把一只小羊绑到对岸，刺激母羊过河，不行；他们把一只阉羊赶过河，阉羊掉头就往回跑。他们只能搭建临时畜栏把羊群困在河岸，搞饥饿疗法。”梁万羽突然变成个演说家，“好像每只羊都宁可干着身体死去，也不愿沾湿它们的腿脚……当最后有一只羊无法挤回岸边，被迫下水之后，整个羊群就会突然都冲进河里，就像整个世界里它们只想去这条河里一样。一旦它们艰难地爬上对岸，它们马上就开始咩咩叫着吃草，好像刚才什么事情也没发生过一样。约翰·缪尔毫不留情地说，一只羊简直没有资格被称作是一只动物，要整整一群羊的智商才勉强算得上一只愚蠢的动物。”

回到酒店我赶紧去查电子书，梁万羽几乎一字不差地背下了约翰·缪尔的句子。我对这个人物的好奇心一下子被拉高了。

第一章

说梁万羽的经历完美地覆盖中国股市的发展显然有些夸大其词。

从华旦大学毕业后，学管理出身的梁万羽进入上海市黄浦区一家银行的全资信托子公司的信贷部工作。那是1990年夏天，梁万羽到岗的时候距离上交所开业不到半年，信托公司证券部柜台每天都排着长队。工作人员在小黑板上写证券行情，飞乐音响、延中实业……有时候价格刚写上去就变了。

股票转让动不动就几千上万，队伍里每个人都有自己的喜怒哀乐。有人急吼吼地抖出腰包里所有现金，“侪部买进，好买多少就买多少!”有人卖掉股票，搓着手哼着小曲儿就离开了。梁万羽连续好几天下班时段都看到一位40岁上下的男子，戴一顶棕色软呢帽，一副棕色边框的近视眼镜，在柜台边目不斜视地围观，不时在褐色笔记本上写写画画。

梁万羽每天跟钱和有钱人打交道，他打趣自己像个高级酒店的服务生，口袋里紧巴巴的，看到的却都是浮华人生，非富即贵。这个一米七出头的小伙子瘦筋筋的，头发有些自然卷，言谈举止一脸生涩。一个月一百多块的工资，他恨不得把每一分钱都攒下来。他甚至不舍得给自己添一件新衣服，大部分时间还在穿大学时的衣服。可同事们都衣着光鲜，特别是他的顶头上司，40 岁出头的信贷部主任许志亮，进出总是一身时髦的金利来，兜里还揣着红塔山。

虽然大学在上海待了四年，走出学校，梁万羽还是觉得这个城市很陌生。他来自四川山区，高中毕业前也没正经说过几次普通话。大学四年下来，他的话越来越少。为了争取学校里屈指可数的留沪指标，他几乎把所有的时间都花在了学习上。

公司里上海人居多。两个上海人在一起的时候，不管旁边的人听不听得懂，他们总是习惯讲上海话。这种或许并不刻意的行为，很轻易就把人排除在话题外了。好在许志亮也是个普通话不标准的外地人，梁万羽有事没事就跟他请教。梁万羽勤勉，机灵，干什么活儿都一丝不苟，不管端茶倒水，还是免费跑腿。

虽然没什么存在感，但这份“服务生”的工作很快为梁万羽打开了新世界的大门。

到岗没几个月，许志亮带着梁万羽去深圳学习。搞改革搞开放，上海、深圳两个城市一直暗中较劲。

在深圳的最后一天，点完卯，许志亮就带梁万羽溜出会场，找他的老乡许德明吃早茶去。许德明带他们参观当时声名显赫的深圳国贸大厦，一路上介绍自己这几年的变化。

许德明中等个子，身穿藏青色休闲西裤，一件白衬衣规规矩矩扎进裤腰。他是一名工业设计师，以技术人才的身份从河源借调到深圳的南头区，也就是现在的南山区。深圳不仅待遇远超周边城市，机会也非常多。一个技术人才，比如财会、法务方面的专业人才，可以同时做几份工，拿到非常可观的收入。许德明到深圳第二年月收入就过千了。借调到深圳之前，他一个月的工资才四五十元。办完自己的人事关系，许德明马上想办法把老婆孩子也接到深圳。太太做律师，收入很快就超过了许德明。对他们来说，这就是“深圳速度”最直观的表现。

许德明刚到深圳的1987年，深发展开始向社会公众公开发行股票，紧接着的1988年是万科。在单位订阅的《深圳特区报》上，许德明零零星星地读到介绍股票、金融期货的文章。

早在1983年，深圳就发了股票。股份制公司的干部拎着公文包到处兜售。深圳市宝安县联合投资公司的股票每股10元，但不退本不付息，接受度并不高。人们普遍没什么闲钱不说，就算有点闲钱也更愿意买债券。有传言说，万科发行股票时承销的证券公司最后砸了好几百万股在手里。

许德明对新生事物充满了好奇，他托朋友从香港买来股票书籍，学习投资理论和技术分析。金田的股票发出来，转让价格很快被推高。许德明决定不再等待。他找到卖家，拟了一份转让协议，签字画押。如果这股票最后需要过户或者再次转让，可以请卖家协助完成。

许德明凑了9000元，买到600股金田的股票。而就在1990年5月，深圳股市涨得摁不住。政府连续出台限制涨停幅度，从10%的涨停板限制升级到1%，开征印花税，还来个什么入息税——股息红利如果超过一年期利率，超过部分要收10%的个人收入调节税。

每个月拿到工资，许德明先把生活费交给老婆，剩下的钱就拿去买股票。以许德明太太的收入，根本不需要他补贴家里的开支，但作为一个男人，许德明觉得那是他的责任。在早茶馆，许德明从公文包里掏出一个巴掌大的笔记本，向许志亮展示他每次购买股票的名称、时间、价格。有的股票后面还断断续续地更新着不同时间的价格。

许德明点了一桌吃的，白煮虾、白切鸡、猪油渣炒菜心、小笼包、凤爪、馄饨……许志亮似乎对股票也很熟悉，两个老乡热烈地讨论着广东一些传言会很快上市的公司。梁万羽听得入神，根本顾不上吃。在信托公司柜台瞥见那些股民，梁万羽只觉得那是另一个世界的蒙太奇，从没有过代入感。跟许德明坐在同一张饭桌上，这件事情马上变得真实起来。还真没看出来，眼前这个斯斯文文的工业设计师，一出手就魄力十足。他自己都说了，几年前他一个月工资也就四五十元。

9000元啊，去哪里弄9000元？政府打压，不让卖了怎么办？亏掉了怎么办？怎么就敢那么大一笔钱砸进去？

"政府这么打压股市，许大哥你怎么还敢买？"梁万羽怯怯地问。

"打压是真的。但政府一再出台政策限制股市上涨，恰恰说明现在大家对股票的热情很高。"许德明抓起筷子，一边给许志亮和梁万羽夹菜一边说，"反正我现在每个月有工资，太太也在挣钱。生活不用担心。但我们要对新生事物有信心。我们大老远跑来深圳，还不就是对深圳有信心吗？深圳特区刚成立的时候这里是什么样子？五层楼都是高楼。刚才我们去看的国贸大厦，三天一层楼呢！这就是深圳！别小看我一个月一个月地零敲碎打，我要是把手上的股票都卖掉，我已经可以在深圳买房子了。退回去几年，我哪敢想这些？”

许德明的故事像黑夜里的一盏灯，照亮了梁万羽。

回到上海，从单位宿舍到办公室，梁万羽的思绪长久地沉浸在深圳的早茶店。只是他还拿不出一分钱来买股票。

刚工作这几个月，每次发完工资，梁万羽总是第一时间往邮局跑。能够从川西农村跑出来，在梁万羽看来，一切都是因为他那贫困却充满爱意的家庭。他想缓解家里的经济压力，让父母过得更轻松一些。

梁万羽反复琢磨一个问题。深圳市政府出台政策限制干部炒股。相对而言，干部队伍显然更了解政策，更了解企业。这些企业的主管、运营，都来自干部队伍。他们敢花真金白银去炒股，一定是得到了某些强化信心的消息。这些人最初也不敢买股票，只因为在其位得谋其政，勉为其难带个头。但短短几年下来，他们的态度已迅速转变。

深圳的股票热梁万羽早有耳闻。7月份上海的报纸就说，深圳的证券公司，从早到晚几百人围着。为数不多的几只股票，都是翻着倍在涨。

上海也不遑多让。证券业务柜台交易开通后，那些率先吃螃蟹的人一直躁动不安。梁万羽上班路上经常碰到有人凑上来：“股票有的伐？”

但这毕竟只是少数有钱人的游戏，勇敢者的游戏。在认识许德明之前，这些东西对梁万羽来说都只是报纸花边、茶余饭后的谈资。那么多人进进出出炒股票倒卖国库券，也只是他人的世界。现在，梁万羽不这么想了。

许德明从河源到深圳，起点可能比梁万羽还低。三年时间，许德明拖家带口挺进深圳，现在都可以在深圳买房了。给梁万羽三年时间，他才24岁。如果那时候他就可以在上海买房……

虽然大学还不错，毕业后也如愿谋得一份工作，但像梁万羽这样毫无家庭背景和社会资源的年轻人，要在上海立足那可真就是“来日方长”。梁万羽一百五十多元的月收入接近上海的平均水平，能买一个全球牌九波段袖珍收音机。报纸上广告最多的冰箱、彩电，时髦的BP机，动不动就是两三千。常德路那边，上海华侨房地产经营公司的商品房大概是每平米2000元，他不吃不喝攒一年差不多能买一平米。这么算买房得是个百年大计。

作为家里唯一的大学生，哥哥姐姐家盖楼、孩子读书，父母看病，任何堪称大宗的消费，家里人都巴望着梁万羽。靠工资覆盖这些清单显然是不现实的。如果乘着股票这阵风，可能还有点盼头。

梁万羽坐在办公室走神。才上了几个月班，他已经有些浮躁了。

一阵电话铃声打断了他的遐想。大学室友严浩来电，要梁万羽晚上到淮海中路聚餐，庆祝宿舍老大马文化升级做父亲。虽然毕业后都留在了上海——这在当年是小概率事件，但好几个月了，四个人一次也没聚上。这是个绝佳的理由。为了不耽误马文化做奶爸，聚会地点就选在他办公室附近。

股票这阵风会是昙花一现，还是会开启一个崭新的世界？梁万羽一路上都在琢磨。他下班早早就挤公交车赶往淮海中路，在研究所门口等了十多分钟马文化才出来。还是那个富态的马大哥，不过一脸疲态。马文化大学时就有点胖，一米七出头的个子，体重一百七。

“好久不见了万羽。深圳出差顺利吗？”马文化拍着梁万羽的胳膊，打量着这位小兄弟。

“学习嘛，就是听听课，到处转转。不过我见到一个人，还挺有意思的。恭喜你啊马大哥。”梁万羽掏出一个红包塞给马文化，“我实在不知道该给小朋友买什么礼物，就请你回头代劳一下吧。”

“哎呀，万羽有心。”

“马大哥！万羽！”严浩到了。

“严浩来啦。好久不见。”马文化赶紧招呼。

“这是我们《浦江日报》的新科记者，上海滩后起之秀。”梁万羽打趣道。

“行了吧万羽，我一天天尽打杂。社会新闻部、经济新闻部、夜班编辑部，到处轮岗，前几天开始跑浦东的新闻。你们怎么样，都好吗？”

“马马虎虎吧。”马文化远远就看见宋旭东，“好嘛，前后脚，旭东也到了。走走走，咱别在这门口站着了。”他们就近找了一家国营饭店，迫不及待分享起各自的工作初体验。

大学分配宿舍时，四个人都算各自系里的多余人，凑到了华旦大学男生宿舍6栋618。马文化是历史系研究生，另外三个都是本科新生，梁万羽阴差阳错学的管理，严浩学新闻，宋旭东学经济。严浩和宋旭东都是上海本地人。严浩老家在松江，大学期间才搬到徐汇区。宋旭东在虹口长大。

可能是身材原因，又年长几岁，梁万羽觉得马文化坐在哪儿都像个刚履职的辅导员，至少也是个学生会干部。但这个干部待梁万羽如亲兄弟。工作很多年后梁万羽都留着马文化大学时送他的羊毛衫，穿在身上肥肥大大，腰上还有点漏风。

严浩一头长发，活泼开朗，经常是活跃气氛的那个人。在那个诗歌很受欢迎的年代，严浩兜里经常揣着一本诗集。宋旭东比较安静，是四个人里面书卷气最重的。他总是最后一个发言，简洁却不乏洞见，有超越年龄的成熟，有些时候看起来略显忧郁。

毕业后，四个人进了四个不同的行业。梁万羽进了银行系统。宋旭东进了国企华变电能。严浩去了《浦江日报》。马文化到了一家研究机构。

四人落座，照例点了红烧肉、辣炒花蛤、白斩鸡、油爆虾。红烧肉是梁万羽的最爱。他老是抱怨上海人把红烧肉做得太甜，但每次他都要点。宋旭东一脸神秘地打开挎包，取出一瓶茅台酒。"不准嫌弃哈，虽然开过了，但是还有大半瓶呢。"

不过梁万羽今晚的兴致不在吃上。茅台一倒上他就眉飞色舞地讲起许德明的故事来。

"炒股其实不算什么新闻，你们也经常看到。我们公司证券部的柜台也经常可以看到那些人排着长队。我也从来没觉得这些东西跟自己有什么关系。就我那点工资，随便一张股票我都买不起。"梁万羽说。

“股票，那都是有钱人玩的。”马文化插话。

“投资理财，第一步得先有资和财。”严浩嘴快，顿了一下马上改口道：“不过股票这东西现在还不明朗，政府努力在推，但都是小马过河。等他们先探探路不迟。”

“这是绝大多数人的态度吧。我也一样。不过当我看到那位设计师从公文包里掏出那个巴掌大的笔记本时，还是很震惊。我相信在炒股队伍里面，他也不算有钱人。但是他功课做得很早，而且做得很细。还有就是，他居然每个月拿到工资就跑去买股票，我不知道他的信心哪里来的。他说那是对深圳的信心。要这么说，难道我们对上海的信心就差了吗？”梁万羽难掩激动。

“哎哟我说万羽啊万羽，说你什么好！不老老实实上你的班，去一趟深圳回来心就野了？”马文化敲敲筷子打断道，“你以为现在找份工作很容易是吧？整天胡思乱想！”

马文化有些生气。“你现在一个人吃饱全家不饿，着什么急啊？饭要一口一口吃，路得一步一步走。股票，那不是你我能碰的。”马文化这个“你我”，可能包括在座四位，但更确切地说他指的就是梁万羽和自己。他知道梁万羽的家庭条件，知道一份稳定的工作对梁万羽来说有多重要。马文化自己就更不用说。从苏北小镇苦读出来，结婚生子，在上海的小弄堂跟岳父岳母挤在一起。有什么事，比如想买个房、想换个工作，老家是肯定指望不上的。岳父母这头，他不想依赖更多了。所有的东西都不会白给，只是付出的代价不一样。

“我现在跟你们讨论的是趋势，不是我要炒股。”梁万羽说，“我以前也觉得股票不是你我能碰的。”

“我知——道你在想什么。”马文化呛声道，把“知”字拖得老长。

“要说趋势，就是浦东开发势在必行。”严浩接过话茬，“只是开发什么时候能成气候，这个没人能知道。”他最近开始跑浦东的新闻，每天报完到从公平路码头坐船到烂泥渡，骑个自行车在浦东转悠。报纸上关于浦东的规划很多，这个工业区，那个技术开发区。但是现场和规划的差距还很大。不是每个人都能够在一片农田和滩涂上看到一个现代化的新区。

严浩深信浦东开发的势头已经起来，虽然他的证据大多来自报纸。严浩说，8月份农业银行宣布在浦东开设分行，国内几大行很快就会跟进。前一阵法国巴黎银行也正式向政府递交了在浦东开设分行的书面申请。万丈高楼平地起，缺的就是资金，金融机构的入驻，意味着资金很快会聚集。

“黄浦江边有个烂泥渡，烂泥路边有个烂泥渡镇，行人路过，没有好衣裤。”马文化背起这首民谣，“现在谈浦东是不是早了点？你晚上到黄浦江边看看对面那黑黢黢的一片。先把过江的问题解决了吧。”

“搭桥铺路嘛，肯定会有的。另外，上海证券交易所的筹备已经有了眉目，开市时间大致定到12月。这都是为开发浦东开路。听说就在浦江饭店。”

“浦江饭店，那跟浦东有啥关系？”马文化不以为然。

“搞交易所，这是开发、开放浦东，改善上海投资环境，完善社会主义市场机制的重要措施。你们都不看报纸吗？”严浩对时政新闻熟得不能再熟，“饭要一口一口吃，路得一步一步走，不是吗？你总不能让大家每天都坐船去浦东炒股吧？”

梁万羽得意地盯着马文化。他预料到马文化会是这样的态度,没想到帮手来得这么快。

“报纸嘛,当然看过。”马文化说。他嘀咕半天,觉得股票市场这种资本主义的产物,弄不好在中国就会搞成投机。投机倒把,这个罪名可不轻。

“上海现在有2700多家企业发行债券或股票,证券总额有50多亿。这可都是钱,没有债券和股票,这些钱在哪里?在老百姓的口袋里。交易所搞起来,这些债券和股票就流动起来了,还能发更多的债券和股票,把更多社会闲散资金聚集起来。这就是搞交易所的意义。”严浩说道,“如果我们相信浦东开发的大趋势,就应该相信这些问题最终都会解决。”

“最终?最终是什么时候?一年,五年,十年,还是五十年?”

说到这大家突然沉默了。热情最高涨的梁万羽虽然觉得马文化背八股文,但自己心里也没底。

宋旭东自始至终都比较平静。几个人中,他应该是最早有“股市”这个概念的。民国时期,宋旭东的爷爷就在上海的交易所工作,负责在黑板上抄写行情。1948年蒋经国在上海打老虎、整顿金融,宋旭东的爷爷受牵连。上海解放后关闭交易所,他爷爷又被抓进去。所以老人家一直教育家里人,股票这个东西碰不得,共产党国民党都要抓。

作为单位里第一个真正学经济出身的年轻人,宋旭东到岗不久就被安排到刚成立的股份制改造特别小组,筹备华变电能的股份制改造。股票市场的表现,理论界的交锋,宋旭东非常关注。恰恰因为看得太多,他觉得这就像一个江湖,哪儿哪儿似乎都乱糟糟的。

马文化并不只是个性上的保守。他在研究所参与的第一个课题就是社会主义制度下股份制经济的实践。虽然只是打杂，但围绕股市争论的焦点他门儿清。股票在中国面临的争议，集中在姓资还是姓社的问题。会不会动摇社会主义公有制经济的主体地位？在社会主义国家，股市会不会办成投机场？这也是很多知名学者都在研究的问题，你来我往争论不休。

“我们先刹住车，回到今晚的正题，被梁万羽带歪了一晚上。”宋旭东打断大家，“我们今天聚在一起是要庆祝马大哥升级做父亲，不是来开学术讨论会的。来，我们为马大哥干杯，请他讲讲做父亲的感受。”

四人举杯相庆。三个没结婚的人盯着马文化。

“小朋友的胃只有他的拳头那么大，所以吃一点点就饱。而且小朋友根本控制不了自己的排泄系统。什么意思呢？基本上每两个小时，你就得吃喝拉撒伺候一轮。你还得伺候大人。也就是你一天 24 小时都有得忙。且等小朋友睡整觉吧，据说快的四个月就能睡整觉。”

看这帮小子一个个捏着筷子面面相觑，马文化自觉这一番啰嗦有点不合时宜。“哎呀跟你们说这些早了点，等你们做了父亲就懂了，这些事情谁都逃不过。”这里面宋旭东和严浩可能会比较快。宋旭东家里给介绍了女朋友，目前关系稳定。严浩跟现在的女友董晓眉大二时就相恋了。只有梁万羽，八字还没一撇。

“我想知道的是真正的做父亲的感觉。”严浩插嘴道。

“这就是做父亲最直观的感受。说起来都是鸡毛蒜皮，但你们慢慢就会明白，生活都是鸡毛蒜皮。我知道你们的意思，想让我说得抽象一点，可做父亲都是很具体的事情，非常非常具体。”马文化说。

“嗨!”大家起哄。

“怎么说呢？小家伙就这么突然来到你的身边，你的小家庭。那么鲜活，那么真切。有时候你会觉得不真实。可是他今后会怎么样？这就看你的了。就是这种感觉。以后的马文化，就不只是马文化自己了。”

“马大哥给孩子起什么名字?”宋旭东问道。

“梦为。”

“梦——为！好!”严浩抢话，“马梦为！以梦为马!”他们这一代人都熟读海子的诗。

“李梦为，”马文化低声纠正道，“是李梦为。”现场顿时安静下来。

马文化努力保持平静，但涨红的腮颊尽显窘迫。

听到这，梁万羽只觉头皮被电击一样一阵发麻。他能清晰地感觉到自己面部细微的抽动。村里二傻子尖厉的声音在他脑子里回响。

梁万羽出生在四川西部的一个偏远山区。偏远到他通常都不提自己县城的名字。父亲陈德培是家里的老幺，上面三个哥哥。大哥二哥合住一栋木房，三哥婚后和父母合住一栋木房。到陈德培结婚的年龄，家里凑不出钱再修房子了。

经人说媒，父亲陈德培从陈家坳入赘到梁家坝，跟母亲梁玉香结婚。梁玉香也是家里的老幺，上面三个姐姐，所以继承梁家香火的重担就落到她头上。在川西山区，称得上坝的地方虽然不见得就有几尺平地，但田地总比什么坳什么坡的，要多一些。但不管多穷，入赘都不会是小伙子们娶媳妇的首选。

梁家就要个儿子续香火，两家人结亲时心知肚明。陈德培入赘到梁家，夫妻之间相处很好，但农村那种无形的压力自始至终形影不离。生个儿子不跟自己姓，感觉天都要塌下来了。村里有个二傻子，总是远远地喊：陈德培，陈德培，你的儿子唧个不跟你姓啊？

有天下午陈德培气不过，抄起一根木棍就追，一口气追出去好几里地。等陈德培回来，孩子们早吃过晚饭。梁玉香做了陈德培最爱吃的青椒炒腊肉，给陈德培倒上他最爱的苞谷烧。两人一句话也不说，把饭菜吃得干干净净。

二傻子躲到山里，三天没敢回村。但没过几天，二傻子又开始远远地喊：陈德培，陈德培，你的儿子唧个不跟你姓啊？

“那，那大家到底怎么看？股市这个事情。”梁万羽显然还想继续前面的话题。

“可能不那么容易下结论。我现在的想法仍然是继续往前推。”看梁万羽没有刹车的意思，宋旭东又谈起华变电能股份制改造的情况。

宋旭东最大的感触是，人们从来都只想着能从单位拿点什么回家，绝不会考虑可以拿点什么给单位，尤其是钱。

华变电能整理资产，要求员工持股时，领导们不好推脱，但是基础岗位的员工，说服工作就很难做。宋旭东记得有一个阿姨气愤地指责厂里股份制改造小组，说他们把厂里的花台、厕所都算成钱，来让员工买单！

宋旭东忍不住笑。他们何止算了花台、厕所，锅碗瓢盆、破铜烂铁全都计入资产的。

现实问题可以理解。大家手上都不富裕，突然来个政策，要掏几百几千块钱出来“倒贴”公司。根本没什么人关心做了公司的股东，可以享受投票、分红的权利。只听说这钱最后不给利息也不给退本，大家就打退堂鼓了。

宋旭东自己也郁闷。他这才参加工作几个月，哪里有什么钱买股票？领导靠在椅子上语重心长地说：“小宋啊，你现在参与这个工作，你自己都不掏钱认购点股票，又怎么服众呢？”

“那，我得买多少股票才能服众？”

“2000 块总得买的吧？”

宋旭东哑然失笑。2000 块就能服众，也不知道是贵还是便宜。

“等将来我们公司上了市，你不就赚大钱了吗？”领导拍着宋旭东的肩膀说。

“什么？”

“你自己刚才不还跟大家这么说吗？”

“啊，是。是。是是是。”宋旭东差点没反应过来。他点头应声，郁闷地跑回家跟父母借钱。

宋旭东对股市怎么看？他能感受到政府推行股份制改造的决心，但民众的接受度，现在还不好判断。证券公司门口那几百号排队的人，不足以推论整个市场。以前国库券、外汇券也有人倒卖，但形成了多大的交易市场呢？至少目前还没有。

“你们现在有多少钱买股票啦？这么关心股票。”宋旭东问，“要不这样得了，先把我手上华变电能的股票买过去。原价转让给你们。大家兄弟一场，手续费就免了。”

兜兜转转，又回到原点。梁万羽心里嘀咕，我要是有钱就不跟你们在这闲聊了。可是没钱也不耽误我们琢磨琢磨这个问题嘛。

一个多月后，上交所如期开市。一夜之间，好多上海普通老百姓变成万元户，捞到人生第一桶金。有的炒家身价几十万，甚至过百万。

股市离梁万羽的距离，比广东路热火朝天的万国证券远，也比黄浦江边的浦江饭店远。他还是上自己的班，跑自己的客户，过着跟以前别无二致的生活。不过几次出差之后，梁万羽跟他的上司许志亮的关系越来越近。

借着出差的机会，许志亮每到一个城市，都会打听当地原始股的消息。谈得合适，几千股、几万股地收。梁万羽一直跟着，但钱从哪里来，赚多少钱，他从不多问。这可能也是许志亮喜欢带着梁万羽的原因之一。

许志亮花钱大方，梁万羽跟他出差从不用掏一分钱。跟着许志亮，梁万羽认识了许多朋友，去过很多地方。

许志亮和梁万羽个头相当。慢慢地，许志亮会送衣服给梁万羽。有时候是穿过的，有时候是崭新的。金利来的衬衣，金兔的开衫，都是梁万羽从没买过的牌子，穿起来威风八面。

时间久了，举手投足之间，梁万羽也学起许志亮来。胡子刮得更勤了，开始用摩丝。照镜子的时候，他也忍不住抖抖自己的衣服，伸手往后梳梳自己的头发。

关于股票市场、股份制改造的争论仍然在继续。但场内外的股票价格一直在涨。1991 年 5 月到 1992 年 5 月，上证指数从一百多点涨到六百多点。许志亮意气风发，每隔一阵又焕然一新，从衣服到精气神都是。

1992 年春天，小平同志到了南方。他说，计划和市场都是经济手段，计划多一点还是市场多一点，不是社会主义与资本主义的本质区别。对尚不确定“有没有危险”的证券、股市，“要坚决地试”。

上交所放开涨跌停板限制那天，上证指数涨了 105%。收盘后许志亮送给梁万羽一部汉显 BP 机。第二周，上证指数就涨到 1429.01 点。上交所一共就 15 只上市股票。随便一个股民，随便捏着哪只股票，那一周坐的都是云霄飞车。

有天上午梁万羽跑去黄浦路看热闹。5 月的上海已经有些闷热，人们顾不上这些，耐心地在上交所外面排着长队。有人爬到路边的交通标志杆上，拿着望远镜往交易所大厅瞧。几个月后，文化广场搭起股票买卖临时委托点，每天有五六千人在这里逗留。

这一切，就在梁万羽的眼皮底下发生。从原始权证到上交所开市，再到小平同志南方谈话带来这一波暴涨，梁万羽一再错过。他有个同学大学就开始炒原始股了。他反复想起马文化那句令人丧气的话：股票，那都是有钱人玩的。有次电话中聊起，马文化还不以为然地说，股市泡沫你难道看少了？泡沫破灭的时刻才是真正的现实生活。梁万羽又生气，又觉得无趣。

深圳之行归来，梁万羽真切地意识到股市可能会给自己带来转机，但一番纸上谈兵之后，终究还是裹足不前。生活就是这样，智者敏于行动，傻瓜止于想象。现在梁万羽就是那个傻瓜。

他明明很早就意识到股票大有可为，就因为马文化翻来覆去唱反调，不然他早就进场了。

问题总是出在别人身上。梁万羽胡乱抓只替罪羊，好填平心底的失落。

稍显安慰的是，5月下旬暴力拉升之后，上证指数一泻千里。所谓利好出尽是利空，一直跌到386.85点，像是中了诅咒一样。高点是5月26日，星期二。低点是11月17日，也是星期二。这个时间梁万羽一直记得。那段时间，许志亮的活动突然减少了，脸上的光彩也黯淡许多。

饶是如此，梁万羽还是心有不甘。他深信，只要不是在6月份之后再冲进去接飞刀，大概率都是赚钱的。许志亮肯定受到些冲击，但不太可能真的伤到筋骨。

这两年跟着许志亮，梁万羽长了不少见识。但要论真金白银，他一无所获。他曾眼见大风起，云飞扬，但他并没有站在风口。

不管怎么懊丧，错过了就是错过了。生活就是这副残酷的模样。

第二章

拎着帆布包走出成都火车站，站前广场乌泱泱的农民工扎堆。放眼望去，人们像满载而归的蜜蜂一样，肩扛手提着大大小小的行李，帆布包、蛇皮袋、塑料桶。有人扛着比自己个头还大的行李，在人群中横冲直撞。有人找不到自己的伙伴，扯着嗓子大喊。“冉二毛，你狗日的跑到哪点去了哦！”

“住宿！住宿！”“吃饭！吃饭不？”一路都是拉客的中年男女，每个人都冲梁万羽喊一嘴。一个个头矮小的中年男人伸手拽梁万羽的牛仔背包。

“不，不，不。不住宿！不吃饭！老子也不坐车！”梁万羽护住自己的背包。在这种混乱的场合，他也马上变得粗鲁起来。

这是 1993 年 1 月，梁万羽工作后第一次回川西老家过年。前两年春节梁万羽都待在上海。父母都还年轻，他把往返老家过节的开销省下来直接寄回家。他觉得这样对家里帮助更大。这是穷人家孩子的实用主义。因为路途遥远，今年他特意提前请了一周假。

借着成都中转的机会，梁万羽走出火车站先去拜访他远房的表兄梁天德。

梁天德刚好比梁万羽大一轮。他曾经跟着梁万羽的父亲陈德培一起在老家做小生意。两人一起走村串户，吃过很多苦头。村里的生意不好做，陈德培一天东跑西跑，钱没挣着几个，家里的农活全给耽误了。梁万羽出生后，梁玉香趁机摁住陈德培，要他老老实实待在家里种地。梁天德最后坚持了下来。

1986年，梁天德带家里人到成都看病，发现成都的青年路小生意火爆。一人一个小铺面，卖衣服、打火机等日杂用品。很多人骑着三轮车到处吆喝。梁天德决定到成都碰碰运气。他是梁家坝第一个离开县城闯荡的人。也是在这一年，梁万羽考上华旦大学，成为梁家坝第一个大学生。

梁天德最初带着几百块钱跑上海、广州，买雨伞、买衣服。每次进百十块钱的货，多了梁天德没本钱，也不敢买，怕给弄个投机倒把罪抓起来。每往返一趟，梁天德可以赚个百十元。这在当时已经是很可观的收入。就这样，梁天德在成都慢慢站稳脚跟，在火车站附近的荷花池租了自己的铺面。

因为在同一年离开梁家坝，加上梁天德和梁万羽的父亲陈德培这层关系，梁万羽和梁天德颇有些惺惺相惜的味道。梁天德第一次到上海，梁万羽陪他在南京路、外滩逛了一天。每次回梁家坝过年，两人很长时间都泡在一起。梁天德一肚子的江湖逸闻，梁万羽则国事天下事，什么事似乎都知道一点。

两人在成都见面时，梁天德并不在荷花池。他雇了个年轻的时髦女子给自己看铺面，自己见天儿往红庙子街跑。红庙子街在成都的青羊区，离火车站不到四公里。

这条不到两百米的小街异常繁忙。街道两边摆满小桌，仿佛露天茶园。桌子上除了茶杯，还有白花花的钞票和各种用塑料膜封起来的股票、股权证。街上塞满闲人，若无其事地溜达，有卖报纸的、卖水的，还有人手里拎着一大摞腰包到处兜售。整条街都是讨价还价的声音。

穿过密集的人群，在靠近锣锅巷的路口，一个同样繁忙的公共厕所旁，梁万羽终于找到这位远房的表兄。梁天德梳着油黑发亮的大背头，黑色皮衣配一件白色的金利来衬衣，黑色皮鞋擦得铮亮，套一双白色中筒袜。

梁天德跷着二郎腿，坐在一张一米见方的木桌后面，抖动的左脚边立着一只牡丹花图案的暖水瓶。木桌上摆着一只白色的陶瓷茶杯，好几沓面额十元的钞票。桌上一张折叠得有些破烂的 A4 纸上，毛笔字歪七竖八地写着："收购　川盐化、乐电、瑞达、兴业……"梁天德叼着红塔山香烟，不住地打量来来往往的男男女女，仿佛能读透他们的心思。

公共厕所往东是一所职业技术学校，再往前就是四川省金融市场证券交易中心。从每张桌子上摆放的股票和收购广告看得出，川盐化和乐电大概是这个市场最受欢迎的两只股票。摩肩接踵的人群把交易中心几道门都堵得严严实实，里面却有些冷清。

梁万羽在深圳就听说过股票黑市的火热。上海的人民公园，老百姓自发交易股票，也是热闹非凡。1992 年 8 月份深圳发行股票认购抽签表时，还因为群众抢购闹得沸沸扬扬。没想到沪深两地交易所开市后，成都还有这么火爆的股票黑市。

看到梁天德，梁万羽突然想起许志亮，两人都是他大哥。

年前 11 月 17 日打到 386.85 点的冰点之后，上证指数在梁万羽离开上海前的 1 月 13 日稳稳地站在 1024.05 点。大哥许志亮也重新恢复活力。

梁天德说，这是成都目前最热闹的街道，青年路、荷花池都比不上。前两天还有人在街上放鞭炮，庆祝工益券重新回到两块多。大家高兴得像过年一样。

这天晚上，梁天德带梁万羽到总府路的天涯歌舞厅。总府路靠近青年路、春熙路，距离成都的报业一条街红星路二段也不远。

大杯的青岛啤酒，大罩杯的年轻姑娘，大分贝的香港流行歌曲。走进歌舞厅，梁天德连续撞见好几拨熟人。梁万羽佯装淡定，双手插兜，迈着缓缓的脚步。那是他第一次去歌舞厅。一颗年轻的心随着噪声一起跳动。歌舞厅消费动辄几十上百元，不是普通上班族待的地方。梁天德告诉梁万羽，可别小看天涯歌舞厅，红庙子的大款们，很多人晚上都聚在这里。他们在这里打量漂亮姑娘，打听股票行情。

“你下次回来，我带你去六本木耍。”梁天德凑近梁万羽，得意地许诺。桌面上堆满啤酒瓶，酒瓶堆里，还有梁天德刚买的价值 8500 元的小哥大。梁万羽下意识地摸了摸许志亮送自己的汉显 BP 机。在天涯歌舞厅，真正的大哥用大哥大。因为太紧俏，市场价 24000 元的大哥大经常卖到三万多元。梁天德明年的目标就是买辆摩托车，换个大哥大。

六本木是什么？梁万羽不好意思问。好几个月之后梁万羽才搞清楚，六本木是当时成都夜总会的顶配，在蜀都大厦的 28、

29楼。小包间卡拉OK也要200元一小时。蜀都大厦是成都的地标建筑，很多人以到蜀都大厦30楼的旋转餐厅吃一顿饭为奋斗目标。

梁万羽在报纸上翻到六本木夜总会的招聘启事，招聘服务员、迎宾员、音控员、调酒员。“（夜总会）以全川最高消费、最高档次为基本，为高级企业、各界人士以及各国驻川外籍人员提供最理想的社交场地。”夜总会开出的待遇也非常惊人：供膳食、有专车接送、定期公司免费旅游，提供语言学习和赴日本研修机会，年薪5000～15000元人民币。

“你怎么就做起了股票呢，天德哥？”顶着吵闹声，梁万羽挪动椅子，靠近梁天德。

“荷花池有很多人在炒股。听到风声嘛，我也跑来看热闹。我发现就这么些股票，每天都有人买，每天都有人卖。我看这跟荷花池的生意也差不多。第一天我在梓潼街那头买了1000股川盐化，跑去鼓楼北四街吃饭。刚坐下来就有人问有没有股票卖。菜还没上我就把股票卖给他了，赚了350块。我一想这生意不错啊。你刚坐下来想吃口饭，就有人跑来替你把饭钱给了。这哪点不好呢？”梁天德伸手捋着他的大背头。一天下来，他的头发已经有些乱了。

“天德哥，不瞒你说，上交所还在筹备时我就天天在报纸上找股票新闻看。我至今记得上交所开市时8只股票的开盘价，豫园470.7元，电真空365.7元，申华327.9元，延中176.5元、小飞乐305元……这些股票大部分都是小公司。股票发出来的时候都没人要。听说延中最开始发股票还抽奖，送电饭煲，特等奖送房子。哪知道涨得那么厉害。我看到今天很多人因为股票的品相杀价,连号的还更贵,这又是啥子讲究?”

“万羽啊,你是大学生,见多识广。我没想过那么多。”

“可是你做股票做得这么好。”

“对我来说就跟卖衣服差不多。街上流行什么我就卖什么,没人买了哪怕亏本我都要处理掉。就这样买了卖、卖了买,光川盐化这个票我就赚差不多这个数了。”梁天德伸出左手,比画出“二”字。他凑近梁万羽的耳根悄声说:“20。”他手里从不压货,而且似乎总能找到人接手。

“这就叫啊,瞎子买了瞎子卖,还有瞎子等到在。”旁边一位老大哥凑过来,打趣地说。

“你龟儿才是瞎子!”梁天德端起酒杯打招呼。

“可是……”梁万羽意犹未尽。

“我的经验就是,做啥子事不要犹犹豫豫。啥子都要等搞得明明白白才去做,恐怕我现在还在梁家坝抠脑壳吧。你说是不是?”

“是,不过……”

“对了,现在到处都在传,说盐化要到深圳上市。你经常在外面跑,可以多打听打听。听说乐电也要上,就在上海。”

走出天涯歌舞厅,门口停着几辆出租车。夜场出来,成都人喜欢再去吃个蹄花汤,或者点上二两担担面,压压酒气。

梁天德领着梁万羽沿着总府路往西走。三轮车师傅经过时拍打着手刹,发出啪嗒啪嗒的声响。蜀都大厦灯火通明。梁天德指着高处,“看嘛,那就是旋转餐厅,下面就是六本木”。

仰头的瞬间,凉风吹得梁万羽一阵哆嗦。他脑子嗡嗡作响。

他想仔细把梁天德说的每一个字都听进去，可是夜总会太嘈杂。“不要犹犹豫豫。”“不要等啥都搞明白再去做。”梁万羽有点想抽自己耳光。想当初自己惦记着买股票时上交所还没开市，跟朋友们聊起股票来俨然半个专家。现如今，上证指数已经翻了10倍，苏联都解体了，自己还在这里痛心疾首。表兄梁天德，他刚才说多少？他已经在红庙子赚了20万。梁天德是谁啊，一个梁家坝跑出来的，初中都没念完的小生意人。

“不用打车，我们走走路，一会儿就到了。”为了进出红庙子街方便，梁天德在暑袜北一街租了一套房。天涯歌舞厅走过去，也就十几分钟。

回到梁天德的住处，梁万羽躺在床上久久不能平静。

如果只是养活自己，有手上的工作，梁万羽在上海也算勉强过得去。两年半时间，他工资已经涨到六百多，还有年终奖。但也就仅限于此了，不会有更多想象空间。可是作为梁家坝第一个大学生，从长江头跑到长江尾，勉强过得去显然差点意思。

看看初中都没念完的表兄梁天德，父亲曾经的小跟班，如今生意做得有声有色，股票上更是大赚特赚。几十万在成都，如果不买进口车，都不知道怎么花。

梁万羽辗转反侧，不断重复这段内心戏。剧情演绎到后面，未来在哪里，路在哪里？就卡壳了。他重新回到自己眼前的状态，想着表兄梁天德的意气风发，自己如何改变，未来在哪里，路在哪里……

第二天一早，梁万羽跟梁天德沿着暑袜北一街往北，经过冻青树街，再左转到康庄街。在康庄街的面馆，梁天德要了双份的二两素椒杂酱面和醪糟蛋。早餐店由一对中年夫妻经营。店里热气腾腾，人们呼噜噜吃面，哈着热气大口往嘴里塞包子。

吃完早餐，梁天德和梁万羽经梓潼街，往红庙子街踱步。叮叮当当的自行车不断从两人身旁掠过。

红庙子街上的茶铺已经忙碌起来。茶铺的摊位简陋至极，有课桌，有办公桌，有简易的小方桌，有条凳，有方凳，有竹椅，还有皮椅。茶叶就是普普通通的素茶、三花茶。“这条街上以前就是些做建材生意、字画装裱的，一家茶馆都没有。现在家家户户都摆个茶摊摊。”梁天德漫不经心地说。

还是熟悉的位置，靠近锣锅巷的公共厕所旁，梁万羽拖了一把有些裂缝的竹椅，坐在表兄梁天德旁边。他想看看这位几年前还在梁家坝走村串户收破铜烂铁的表兄，怎么就开始要夜总会了。

起先来了一位干部模样的中年男子，问梁天德收不收川盐化的股票，他有 5000 股。中年男子看起来心不在焉，站在一旁时东张西望。

“川盐化，要收啊，要收。”梁天德答道，“你想卖好多钱？”

“7 块。”

“你再到处去转转。天还早。”梁天德看起来根本没兴趣。

“你出多少？”

“6 块 5。”

“我听说这个股票马上就要上市了。”

“我也听说了。红庙子转来转去就这几只股票吃香，价格拱得已经很高了。要不你就先捏到嘛，等它上市。这个票到底啥时候上，上了又能卖好多钱，哪个都说不到。你想想看嘛，这个票两年前才好多钱?”

“是这个道理。”干部模样的中年男子右手一直揣在衣服兜里。

“这个市场就是这个样子,一天一个变化。上个月这哈儿冷冷清清的,这几天还热闹点。没得哪个晓得后头会咋个样。”

“是,是。我也来过几次。”

梁万羽又去翻翻报纸,一句话也没说。干部模样的中年男子左脚轻敲着街沿。街上行人来来往往,他迟迟不肯做决定,不答应卖,也没离开。

没过多久,一个穿着紧身棕色皮裤的时髦女子在梁天德的摊位停下。女子烫着卷发,抹着艳丽的口红,嘴里嚼着泡泡糖。她有 1000 股川盐化的股票,要价 7.2 元。

“妹儿,你要是真的这么看好,你就一直拿到嘛,等上市了再卖。”

“哪个晓得到底哪天能上市嘛,隔年就说要上市。我老爸子天天在政府办公室坐起,要是晓得就不得喊我来卖股票了。”

“不瞒你说,这几天好多人在卖川盐化。不晓得是看到价格起来了急着出手,还是大家没信心了。说老实话这个票我现在也不敢拿,有人要我转手就卖。烫手得很哦。”梁天德像个老朋友,一副语重心长的样子。“我只能给你 6 块 3,我手上已经积了很多川盐化了。”

“你抢人嗦?上周六还卖 6 块 5 的嘛!”

“上周六我知道有人卖 6 块 8 的。这个市场就是这个样子,你明天来 6 块 3 我还不见得收呢。6 块 5 你收不嘛,我卖点给你。”

这一切都被一直待在一旁的干部模样的中年男子看在眼里。时髦女子有点沮丧，不停地翻转手里的股票。

"你不要搓烂了，再搓就不值钱了。"梁天德提醒时髦女子。

"哎呀算了。你给我挑新一点的钱。哪个叫他各人不来卖，天天喊我跑。"时髦女子把股票递给梁天德。6.3元成交。

梁万羽的注意力一直在梁天德身上，时髦女子俯身把股票递给梁天德时，梁万羽才定睛看了她一眼。

"咳咳！"梁万羽拧着右耳垂，起身去上厕所。突然之间他似乎明白了点什么。

梁万羽弹着手上的水从厕所出来时，梁天德平静地坐在凳子上，从桌上有条不紊地抽出一支红塔山香烟。时髦女子消失了，干部模样的中年男子也消失了。

"成交了？"

"成交了。"

梁万羽非常肯定，刚才那个穿棕色紧身皮裤的时髦女子，就是头一天他到荷花池找梁天德时，帮梁天德看铺子的女人。梁万羽嘴角微微一扬，什么也没说。

再次抬头看街上穿梭的人群，梁万羽顿时觉得场面变得有趣起来。他的眼睛像扫描仪一样从每个人的脸上快速扫过。难得一见的是，这条街上每个人眼睛里都闪着亮光，他们走在一条通往财富的路上。梁万羽好奇，这条街上，有多少人为自己及时变现沾沾自喜，又有多少人为自己过早卖出懊悔不迭？有多少游手好闲的人在这里谋得一份替人跑腿的短差？又有多少人像刚才的时髦女子一样跟着做局？

“你这个瑞达的股票怎么卖呢?”一位老太太拉孙子停下脚步,漫不经心地问梁天德。

“2 块嘛。”

“昨天才卖 1 块 8,你今天就要卖 2 块!”

“你不晓得啊婆婆,这个股票以后也是要上市的。这是我弟弟,他在上海的证券公司工作,回来过年。他啥情况都晓得。你问他!”

梁万羽像上课走神时突然被点到名,赶紧抬起头来。他看着老太太,不住地笑着点头。他连瑞达这家公司都没听过。一买一卖,梁天德看人下菜碟,信手拈来。

“看报看报,兴业要上市了,兴业要上市了!”下午时分,人群一阵骚动。梁万羽起身想看个究竟。

“喝茶,喝茶。”梁天德伸手掸了掸梁万羽的裤腿。

梁万羽跟着过去要了份新出的《成都晚报》。红庙子街的小摊上,很多纸片上都写着“兴业”,表示要收购或者卖出兴业股票。兴业是当时一家成都的房地产公司。梁万羽坐下来,认认真真把《成都晚报》从头版翻到最后一版,一条兴业的新闻都没找到。

“我喊你喝茶嘛,你要去凑热闹。”梁天德笑着招呼恍然大悟的梁万羽。

这天晚饭过后,梁天德和梁万羽又散步回到红庙子街,走到鼓楼北二街口时,理发店外,两个人举着一张纸片对着昏暗的路灯辨认。

“收到假钞了?”梁万羽说。

“在认股票。这条街上没有假钞,从来没有过。”梁天德说。

“天德哥,我决定了。”两人继续往前走了几步,梁万羽突然在路边停下来。“今年回家就不买礼物了，也不给家里钱了，我要把我所有的钱都拿来买股票。万一赔了，反正工作还在，可以慢慢挣工资。”梁万羽在路灯下握着拳头说。上班两年半，他就攒了3000块钱。但他不想再犹犹豫豫了。

梁万羽不可能像梁天德一样守在红庙子频繁倒手，他想选一只公众公司的股票，上市可能性比较大那种，但是要便宜。四川也有自己的老八股，以川盐化价格最高，每股六七元。乐山电力在市场上的受欢迎程度原本仅次于川盐化，但金路、天歌后来居上。三只股票的价格都是3字头，其中金路最贵。

思前想后，梁万羽和梁天德共同决定，选择乐山电力，赌这只股票上市。3000块钱，就算最会买，也不会超过1000股。梁天德让梁万羽留下来，等几天跟自己一起回梁家坝。

剩下这几天，两人买到乐山电力就不再卖出。他们一共收了大概4万股。最后梁天德分给梁万羽5000股。

“万羽，从梁家坝出来，我们两兄弟都不容易。多出这一万多块钱，算我借给你。如果最后赚钱了，你把本钱还我。如果亏钱了，就算了。”梁天德把股票递给梁万羽时说。

梁万羽紧紧地攥着5000股乐山电力，眼里滚着泪花。

这个春节，梁天德给梁家坝每家每户都准备了礼物。农村人既要面子又要实惠。每家两箱高粱酒，56度的，10斤面条，外加一包糖果。

除了回上海的路费，梁万羽的钱都在股票里了。他不好跟父母解释，只说今年没攒下钱，公司效益不好，也没有年终奖。梁天德大包小包把礼物送到梁万羽家时，陈德培抓住梁天德的胳膊，仿佛看到自己年轻时的模样。

梁玉香宰了一只公鸡，用香菇炖上，又用新挖的冬笋炖了猪蹄。陈德培等到最后时刻才杀年猪，猪肝、猪心、猪舌都还留着。每一样都炒一碗。梁天德给陈德培倒满酒，特意从成都带回去的金属盖装的长城五粮液："姑爷，天德能走出梁家坝，全靠你当时带我。"说着端起碗喝了一大口。

"这酒香啊，不过比我们的苞谷烧还是差点劲。下次不要买这么好的酒了。"陈德培放下酒碗，"天德你胆子大，我知道这大山关不住你。在外面闯荡，凡事给自己留点后路。能走出去，已经很好了。"陈德培这话说给梁天德，也说给自己的儿子。

梁玉香不停地夸梁天德有本事，要梁天德在外面多照应梁万羽。

"万羽是大学生，见的都是大世面。我这小打小闹做点生意，怎么能跟万羽比。"梁天德说，"万羽一个人在上海很不容易。你们也不要给他太大压力，要多给他点时间。"

"我们没有。我们骨头都还硬，只要还有力气下地干活，我们饿不着。"陈德培转向儿子梁万羽，"往后在外面遇到事情，要靠你自己拿主意。我们也懂不到。只有一点你要听我的，就是路要走得正。不然最后，"陈德培握着筷子，端端正正地伸出双手，做出犯人束手就擒时的模样，"最后都是要进去的。"

梁万羽啃着猪蹄，鼻子里吸进沁人心脾的香气。父亲这个没头没尾的唠叨让他有些烦躁。他在等待一个时机，憧憬属于自己的未来。但时机在哪里，未来在哪里，路在哪里？

梁万羽又想起第一天住到梁天德的出租屋时，那个辗转反侧的漫漫长夜。

第三章

过完春节，梁万羽和梁天德一起离开梁家坝。经过成都时，梁万羽又去红庙子看了一眼。

短短十来天时间，红庙子已经人满为患。红庙子西面，顺城街正在进行扩建，要建成成都最宽的六车道。自行车停到红庙子街西头的锣锅巷街面。东面的梓潼街、童子街也拥堵不堪。鼓楼街交通压力本来就大。过往车辆不必说，红庙子附近的居民也苦不堪言。市民的投诉电话打到街道办、报社、电台、电视台。

气氛火爆的红庙子让梁万羽觉得兴奋。大家尽可以把乐山电力的价格抬得再高一点。他要做的只是静候佳音。临走前梁万羽不忘顺手买份《证券与投资报》，搜罗一番乐山电力的新闻。

回到上海，梁万羽塞给许志亮一个束得严实的塑料袋。“这是我吹嘘了好久的川西腊肉，还是去年的，后腿肉。这东西洗起来比较费劲，我妈妈已经给洗好了。”许志亮心思不在吃上。他道过谢，把塑料袋放在堆满文件的办公桌上。“万羽你赶紧拾掇一下今年的工作,要重点跑的客户先联络一下拜个年。过两天跟我去一趟青岛。”

“青岛?哎哟,本来还想着去外滩看看我的周润发嘞。”梁万羽调皮地说。

这是梁万羽第一次坐飞机。出门前他特意理了个发,穿上许志亮送他的一件深色金利来西服。反倒是着装一向讲究的许志亮,穿了件皱巴巴的藏青色立领夹克。在虹桥机场登机时,梁万羽发现很多人都拎着鼓鼓囊囊的行李包,腰上醒目地别着大哥大。

飞机上,每一个用大哥大通话的人声音都很大,仿佛要让自己的大嗓门通过空气径直传到千百公里之外。机舱内南腔北调,吵作一团。下飞机的时候许志亮朝梁万羽使了个眼色。“这些包里都装的什么,你知道吗?”

“出差还能带什么嘛。衣服,文件,土特产。”

“钞票。”许志亮抬起手做了个手势,神秘地说。

“大哥你少骗我。”梁万羽不以为意。跟许志亮关系很近之后,梁万羽在办公室仍然叫他主任,在外面都叫大哥。

走出流亭机场,许志亮告诉梁万羽,他在飞机上看到好几个熟面孔,上海股票圈的老江湖,证券公司大户室的常客。青岛啤酒上市传闻不断,这帮人肯定都是冲青岛啤酒来的。不过许志亮此行目的地不是青岛。他要去的是淄博。

在青岛开往淄博的火车上,许志亮不再像飞机上那么放松。他一直用后背压着自己鼓鼓囊囊的背包。“你记住,我们两个人中只能有一个人睡着。”许志亮压低声音告诉梁万羽,说着伸手从背包里揸出一把小橘子,“你要是觉得困,就吃两个橘子。”

梁万羽倒是不困，不过看到火车上有人拿出大葱卷饼蘸酱，他也开始吞口水。

“你放心大哥，我一点都不困。不过橘子先让我吃两个，正口渴呢。”梁万羽笑着抢过橘子，剥开就扔了半个进嘴里。

“啊!”

梁万羽紧皱眉头，俯身捂住嘴。他挤过人群，去找厕所。

等梁万羽回到座位，许志亮憋住坏笑，若无其事地看着窗外刷刷往后退的麦田。

“大哥，你什么时候这么抠门，买这么酸的橘子。”

“我这橘子，只有困的时候才能吃。”

梁万羽跟着许志亮走出淄博火车站，广场左边是一排排红色的出租车，右边是列队整齐的大巴车。火车站正面，出站口两侧竖着两幅巨大的广告牌，一幅是制药厂的，一幅是酒的。淄博火车站有 90 年的历史，不过之前八十多年都叫张店站。

两人在出站口稍微停留，就看到一位个子不高却异常壮实的汉子挤过人群。“大佬！等我嚟等我嚟。”壮汉上身一件灰色高领毛衫，斜挎着一个帆布包。说话间从许志亮身上抢过鼓鼓囊囊的背包。壮汉留着板寸，左脸颊一道显眼的疤痕，看起来应该是刀伤。“宾馆离这里不远，打个车十来分钟就到了。”壮汉有事没事就伸手摩擦自己 6 毫米的短发。梁万羽仿佛可以听到唰唰的声响。

“来，这是万羽，梁万羽。这是阿祖，万羽你就叫祖哥吧。”

“嗨，万羽。”

“祖哥好!”

梁万羽完全没搞清楚状况，他不知道来者是谁，他们此行为甚，他也不知道许大哥怎么会跟这么一号人物往来。但他只是跟着，礼貌地跟阿祖打招呼，一句话也没多问。少说话是一种处世技巧，也是一种生存智慧。

三人拦下一辆红色的出租车，沿中心路一路向北，很快就来到阿祖先落脚的酒店。上到宾馆三楼，一个三人间，许志亮先从背包里抽出一条万宝路递给阿祖，问起淄博当地的情况。

“公司门口，公园、证券公司门口我都转咗转。呢班友仔好谨慎，一直防住。不过，大家都有钱赚，边个唔要，我收咗两三万。”阿祖把帆布包敞开，里面全是现金和股票。

淄博乡镇企业投资基金公司基金证券持有证

两千份

每份人民币壹圆整

基金管理人：淄博投资基金管理公司

“这就是我们这一趟的目的。”许志亮这才跟梁万羽说。他打开背包，把里面的东西一股脑儿抖到床上。除了几件内衣，全是一沓沓的现金。

梁万羽咬着牙齿活动牙床，嘴里还能回味起橘子的酸味。“基——金。”他的脑子迅速开始检索。

淄博投资基金，年前梁万羽在报纸上看过报道。中国人民银行总行批准设立的投资基金，这是第一家。梁万羽重新捡起现金堆里的证券持有证。

基金发起人：中国农村发展信托投资公司

淄博市信托投资公司

交通银行淄博支行

山东证券公司

中国工商银行山东信托投资股份公司

发行总数：叁亿份

本次发行总数：壹亿份

“一亿份。”梁万羽嘀咕。

“没那么多。发起人认购2700万份，向社会公众发行7300万份。不过我们这点钱溅不起什么水花。”许志亮轻飘飘地说。

“投资基金？中国都还没人做这个。”

“就是募集一大笔钱，拿去投资，赚取回报。”

“投什么？能不能赚到钱？”

“这不是我关心的问题。我可能都等不到它的投资真正发生，真正产生回报。我相信的是，政府不会轻易让能冠得上第一家这种名号的公司出丑的。《人民日报》都报道了。”许志亮拿着一沓现金在手里拍打着，“这是在我看来最具确定性的东西。”

许志亮把钱和票全部归拢。阿祖先带了50万现金。许志亮包里接近150万。梁万羽没想到，大哥面无波澜，却酝酿着一场大战。战场就在这座城市。大哥怎么这么笃定，又在哪里弄来200万现金？梁万羽没有多问。

第二天一早，三人吃过早饭，开始在张店区到处游荡。

早在1988年4月，国务院农村改革试验区办公室就批准淄博市周村区为全国性试验区。在淄博基金成立的1992年，淄博市已经有股票的柜台交易。火爆的时候股民们凌晨2点就开始排队，把一扇扇玻璃门都挤破了。

在柳泉路边上一家银行的侧门，阿祖像前几天一样跟几个人讨价还价。许志亮和梁万羽若无其事地在边上闲逛。淄博基金的价格已经比前几日高。一位中年男子双手插在牛仔裤的后口袋里，伸着脖子往人堆里探，随即转身折入巷子里。中年男子再次出现时，身边多了三四个同伙。他微微地抽动着嘴唇，眼珠漫无目的地打转。

等阿祖跟人群中的几个人谈定价格准备交易时，一直候在旁边的中年男子说话了。“我说哥们儿，前几天我卖你的时候怎么不是这个价？”说话间眼神里满是挑衅。他要阿祖给一个满意的答复。

阿祖一怔，眼前的人似曾相识。他见天儿到处收股票，并没有记着哪个卖家长啥样。

“你儿时卖股票给我？”

“就前儿。1200 股。”

“股票的价格每天都不一样。你去上海看看，每分钟价格都不一样。没见过是吧？”

“你这不是叫我两天亏掉几百块吗？”

“股票涨了，要我补钱给你。股票跌了你补钱给我不？”

“那我不管。咋着？你今门儿是补 1000 块钱给我，还是把股票退给我？”

阿祖不乐意了，他慢悠悠地站起身来，轻蔑地逆时针转过头。

“你刚才的话，讲多一次！”人越围越多。

“啥事呢？”旁边的人开始围过来。

“这家伙操拢我，在这里跟我油嘴呱嗒舌。”

“搓他！”人群中有人起哄。

“仆街!”阿祖右手捂住头大叫。一块板砖飞过来砸到阿祖顶骨的位置。阿祖的指缝间顿时鲜血直流。一见到血,场面短暂地安静下来。

“屌你老母冚家铲!”来文的阿祖不行,来武的他就没怂过。他看了一眼右手手掌的鲜血,不紧不慢地反手从后腰撩开毛衫。这时许志亮冲进人群,一把摁住阿祖的右手。

“别乱来!”许志亮呵斥道,拉着阿祖往人群外冲。对许志亮来说,这一趟行程是经不起意外事故的。淄博基金能不能顺利上市,会不会有个不错的价格,可能会决定许志亮的人生走向。他可不想在收票过程中就开始横生枝节。

兴许是觉着自己理亏,几个淄博人并没有追上来。

回到酒店,阿祖脖子上都是血。他们就近找了医院,缝了5针。

这跟梁万羽在红庙子见到的情形可不太一样。梁万羽一直觉得自己受到许志亮大哥很多关照,所以不论公事还是私事,只要许志亮开口,他都没有二话。可是他还没做好流血牺牲的准备。他好不容易从梁家坝走出来,上个正经大学,谋得一份差事。而且打架可不是梁万羽擅长的事情。

只有阿祖见怪不怪。喝酒打架、擦枪走火的事情他见得多了。毕竟是吃过牢饭的人,这么点皮外伤根本不值一提。他只怪许志亮胆小怕事,没给他露两手的机会。

“大佬,冇事嘅。冇讲咁几只仆街,再嚟多几只我都砌低佢!”

“大哥要不我们就不要出去跑了。”梁万羽跟许志亮建议,“这次我回老家,成都就好多这种买卖股票的。他们除了自己倒买倒卖,还帮外地一些大户收票。他们渠道多,人脉广,收起来也快。像我们这样自己去跑，收起来慢不说，弄不好还惹眼。”

许志亮的优势是信息和判断力。一股一两毛钱的差价，让当地人去赚。跟最终股票上市的价格相比，这些毛刺算不上什么。再说了，每根链条上，人都是要吃饭的，不可能让一个人抹干吃尽。

这是最保险，也是最省力的办法。

再次出门时，梁万羽和许志亮一人买了顶帽子，若无其事地出去寻人。阿祖留在宾馆休息。这平地波澜，搞得他们有些紧张。他们很少同时扎进人堆，总会有一个人游离在边上。

几天下来，他们寻摸到两个看起来实力不错的人。这种事不适合把线铺得很开，越少人知道越好。合作的方式是按照市价收淄博基金，每股抽一毛钱的利，积累到五万股以上就到宾馆交货。虽然价格有些出入，但不会偏差太大。

“晚上再来，不要白天进出。到之前先打电话，再告诉你们房间号。”梁万羽提醒道。

许志亮、梁万羽、阿祖大部分时间都待在宾馆里，吃饭，喝酒，数票子。房间里总是烟雾缭绕。许志亮跟梁万羽从来都是讲普通话。但阿祖跟许志亮讲话时，多数时候都讲粤语，或者夹杂着粤语。有时候闲得无聊，梁万羽还让阿祖教他讲粤语。

他们偶尔会出去一个人，到几个买卖股票的地方探探行情。梁万羽每次出去都会买几份报纸，买几本杂志。有一天他在报摊上翻到一本过期的《收获》杂志，上面刊登了余华的小说《活着》。那几天刚好报纸上灾难新闻也多，唐山市林西百货大楼特大火灾刚过，海地“内普图诺”号客轮事故又来。

“一艘船上一千多人啊，就这么没了。”梁万羽感叹。

“海底，响边到来架?”阿祖也闲。

“加勒比海北部的一个国家。1492年哥伦布发现新大陆时就到过海地，给那里带去了瘟疫。”

“哥伦布，系边个?”

“一个开船的。”梁万羽面不改色地说。许志亮抬头看了眼梁万羽和阿祖，咧嘴坏笑。

“死咗就死咗，关我叉事。”阿祖还不甘示弱。

许志亮的大哥大响起。晚上会有八万多股淄博基金送过来。梁万羽放下报纸去点现金。他们的交易很简单，核对钱票和价格，几分钟就完成。

宾馆几个三人间，他们换来换去地住。闲来无事，三人玩起斗地主。

梁万羽对数字非常敏感，每把牌大家手上还剩些什么牌，他能从大小王往下一直记到10。他总是赢。等他们把所有钱都买成淄博基金之后，阿祖松了口气。

“屌！再唔收工打牌都输到甩裤。”阿祖说，“乞儿，打个牌唔使咁认真啊?”

“我要是不认真还把你们赢了，岂不是更不对?”梁万羽一脸得意。

“仆街！你过主啦!”阿祖骂道。

三人清点完股票，小心翼翼地装进许志亮的背包。这回背包轻多了。

“人家把纸换成钱，我们这是把钱换成了纸。事情成不成，就看这一遭了。”许志亮有些感慨，听起来显然不如刚到淄博时有底气。

“大佬做嘢放心啦，实冇问题嘅。”阿祖安慰道。

许志亮思绪比较复杂。他觉得淄博基金上市可能性很大，但上市后会什么价，这是个问题。再就是，来淄博的时候没人认识他许志亮，更没人知道他背包里背的是什么。现在至少两个帮着收票的人知道他这个背包价值百八十万。他还担心在街上碰到找阿祖退钱那伙人。

“早点休息，明天一早我们就走。”许志亮吩咐道。

天刚蒙蒙亮，许志亮、阿祖、梁万羽，三人轻声下楼。酒店前台没人，服务员躲到储物间睡觉去了。倒也不碍事，头天晚上阿祖已经结了房费。

不知道是不想惊动前台服务员，还是不想惊动这座城市，三人蹑手蹑脚，东张西望，俨然窃贼逃窜。

梁万羽抬起左手，想对着墙上的挂钟校准时间。墙上六只挂钟，下面标示着伦敦、巴黎、莫斯科、北京、东京、纽约。梁万羽仔细对了对，六只挂钟的时间都一样，却跟自己的手表对不上。

“日你妈哦，这么邪呢！”梁万羽在心里嘀咕，把音调拖得老长。

走出宾馆，三人匆匆拦下一辆出租车。“师傅，火车站。”许志亮急切地说。

离开这家待了十天的宾馆，许志亮抿着嘴唇轻轻地点头。这座陌生的城市，让我们悄悄地来，悄悄地走吧！就像筹备那200万现金一样，一切悄无声息最好。

梁万羽终于不用担心流血冲突。阿祖挨板砖那天，他紧张得一晚没睡。倒也不是那么恐惧冲突，但他不想以自己最不擅长的方式冲突，那太憋屈了。去到火车站，去到人来人往的地方，安全感就会起来。在这待着，就像待在武侠电影里的荒野客栈一样，总有一种随时会被偷袭的幻觉。

阿祖天不怕地不怕，只是天天待在宾馆让他烦闷不已。

出租车驶上中心路，六公里后，他们就可以到达淄博火车站，离开这个让人睡不好觉的城市。

“师傅，在前面路口停一下，我买包烟。”上出租车不久，梁万羽就发现后面一辆白色桑塔纳鬼鬼祟祟跟着他们。他闪身窜进一家杂货店。谢天谢地，老板这么早就开门了。白色桑塔纳远远地靠边停着，车牌看不清。

“这帮孙子已经跟出两公里了。”梁万羽紧张起来，“他们先用票换了大哥背包里的现金，现在打算再把票抢回去吗？日你妈！”

梁万羽故意在杂货店逗留了一会儿。白色桑塔纳也不着急，安静地待在原处。

出租车再次出发时，梁万羽直起腰紧盯着车内后视镜。白色桑塔纳仍然紧紧地跟在后面。这基本上印证了梁万羽的猜测。“师傅，前面右转，我们再转转圈。”梁万羽说道。

“仆街！赶时间呢！”阿祖骂道。

梁万羽并不搭理阿祖，只是死死地盯着车内的后视镜。许志亮不说话，双手护着自己的背包，俯身低头，视线一刻也没离开倒车镜。阿祖这才意识到情况不对。

白色桑塔纳只是紧紧地跟着。

出租车在人民西路右转，到柳泉路再右转，回到宾馆方向。三人就这么坐着出租车兜圈，白色桑塔纳在后视镜里时隐时现。

“我们还是往前走吧，这么耗下去不是办法。这是城中心，前面是火车站，就算他们想打什么主意，也不见得有机会。”许志亮决定，说着随手塞了100块钱给出租车司机。

“大佬，靠边停车，我落去睇下！”阿祖气愤地拍着车门，恶狠狠地说。

“你坐好！”许志亮并不多言。

重新回到中心路，出租车猛踩油门，拼命并道超车，开出了亡命徒的紧张感。身后愤怒的喇叭声、咒骂声，被汽车尾气卷着飘远。

梁万羽以为他们已经成功甩掉白色桑塔纳。然而当三人下出租车往人群里挤时，白色桑塔纳冲过来一个急刹停在刚才出租车停靠的位置。车上下来四个人，最后那个正是在街上跟阿祖起冲突的中年男子，仍然穿着那条深色牛仔裤。

火车站候车室。许志亮把双肩包背到胸前，左顾右盼地等待检票。梁万羽视线不断扫视周围的人群。阿祖紧靠着许志亮，双手把指关节压得嗒嗒作响。

这帮人准备跟到哪儿？在哪儿下手？光天化日下明抢？对于一帮亡命之徒来说，200万的背包完全值得一搏。

奇怪的是，梁万羽再也没有找到那个穿深色牛仔裤的中年男子。他们躲在候车室的某处？还是利用关系先上了火车？如果这帮人一直跟着，淄博到青岛，青岛到上海，沿途大大小小的站，上上下下的人。夜长梦多。

可是他们已打光最后一颗子弹，没钱坐飞机回上海了。

旅客太多，淄博到青岛三人都挤在车厢连接处。梁万羽隔一会儿瞟一眼两头车厢，没察觉出什么异样。除了那个喜欢双手插在牛仔裤后口袋里的中年男人，其他人梁万羽也不认得。这让梁万羽非常不安。真是不怕贼偷，怕贼惦记。他不知道意外会在哪一刻降临。许志亮一言不发。阿祖还是那副混不吝的样子。不是才四个人吗？他阿祖不怵。最好"快啲嚟"，来快些。

到青岛后，三人没再坐火车，改乘客轮。这是梁万羽的主意。

从青岛火车站去码头，他们故技重施，坐着出租车东拐西绕好一番折腾。因为临时买票，一等座到五等座都没有票，他们只买到散席。

人们从舷梯登上甲板，兴奋地对着码头上的人群挥手致意，好像每个人都有亲友在下面送行一样。三人毫无兴致，到前面的仓储间领到毛毯和席子，挤进底舱的角落。那里隐蔽，少有人往来。他们并不确定是否已经甩掉那个喜欢双手插在牛仔裤后口袋里的中年男人。今天的遭遇真是让人匪夷所思。

城市的嘈杂和海鸟的吵闹慢慢远离。兴奋的人群也安静下来。这是一趟长达 30 个小时的行程。夜里，梁万羽又困又饿。海水的腥味，人体汗腺分泌的复杂又刺鼻的体味，劣质香烟的臭味，伴随着船体的起伏在密闭的船舱逡巡。

深夜的海面不如想象中惊涛骇浪，反倒安静得可怕。梁万羽偶然睁开惺松的双眼。不远处，铅笔头大的火星闪烁着。一个夜不能寐的男人，不住地吸食香烟。火星照得脸面若隐若现，看起来有些模糊。

梁万羽努力寻找许志亮和阿祖，没有一个人发出那种平缓而有节奏的呼吸声。船舱里的空气充满警觉和不安。梁万羽试着卸下紧张情绪，让身体随着海浪起伏。但即便如此，他还是能感受到船舱里的每一个动静——变调的呼噜声，熟睡的旅客不时地伸胳膊挪腿，还有挂在墙壁上的物件不停晃动撞击的声响。

漫漫长夜，星空，大海，三个无眠而静默的男人。

当三人顶着轻飘飘的脑袋钻出船舱，出现在公平路码头时，熟悉的上海浮现在眼前。推着自行车的人群在码头繁忙穿行，每天通过轮渡穿越黄浦江的超过100万人次。浦东到处都是热火朝天的建筑工程，高高的塔吊不断拔高这个新区的高度，修建中的东方明珠从黄浦江边耸入云霄。

他们终于松了口气，那个装着许志亮全部赌注的双肩包，安全了。

第四章

回到上海，许志亮带阿祖和梁万羽胡吃海喝一顿，晚上去敦煌洗浴中心享尽温柔，搓掉了每一个毛孔的尘垢。在敦煌，你可以一夜不睡，任何时候想花钱都可以找到服务项目。梁万羽不太适应，凌晨两点还是摇摇晃晃地坚持要离开。阿祖一扬手："靓仔，我哋有缘再见喇。"那之后，阿祖就从梁万羽的世界消失了。

梁万羽和许志亮对淄博基金的事只字不提。公司的人只知道他们去青岛出了十天差。他们各自忙碌，表面风平浪静，胸中波澜起伏。许志亮在淄博基金投下重注，梁万羽则不想错过乐山电力的任何一条新闻。

乐山有大小河流 104 条，水能资源丰富。乐山市政府组织筹建地方电力公司，把已有的小水电组织起来。1988 年春天，来自乐山市计经委、水电局、电厂的 8 名中青年干部组成乐山电力的创始团队，副市长辜仲江领衔。

乐山电力副总经理刘虎廷在媒体吹风：乐山电力规范化运营，全员合同制，自主经营、自负盈亏。乐山电力员工平均年龄

28 岁，大专以上文化的占 38%，人均年创利税近 3 万元。交通、能源是国家当务之急，上至中央下至地方，都很看重，这是风口。乐山电力后劲足，可供开发的河流电力资源还有 131 万千瓦。

“一个地方电网正在迅速壮大之中，颗颗夜明珠将接连升起，这是一幅多么壮观的图景！啊，‘乐电’！难怪你的股东给了你最信任的一票，你的股票也紧锣密鼓向着上市的方向大步前进！”记者写道。

这简直写出了梁万羽的心声。向着上市的方向，大步前进！

3 月 12 日，红庙子的龙头股川盐化在深交所上市，成为四川第一家上市公司。上市当天川盐化收盘价 17.60 元。这给了梁万羽足够的信心，他手上的 5000 股乐山电力变得有分量起来。

一定要稳住，不要掉到 10 元以下，梁万羽想。10 元每股，他就有 5 万元。还给表兄梁天德 10000 元，不，就算 15000 元，他还有 35000 元。当然，梁万羽知道这其实也算不得什么，但比上班可不知道强到哪儿去了。投资理财，万里长征这第一步就迈出去了。

结果不到十天，星期天晚上，梁万羽接到表兄梁天德的电话，红庙子要关掉了。

“刚才我去看了，街上贴了告示。”

“那么多人的市场，说关就关?”

“不晓得，说是迁到城北体育馆去。”

梁天德的电话刚挂断，宋旭东的电话又进来。华变电能上市的事情仍然没着落，想发 8000 万的短期债券解决资金周转问题。宋旭东想看看梁万羽能不能通过信托的通道发出来。

宋旭东入职那一年的秋天，华变电能开始做股份制改造。宋旭东全程参与，两年多时间，他已经是华变电能上市筹备组的骨干。前面边做边学，现在该做的工作做完了，上市却卡住了。

“股票黑市闹得风风雨雨，每个城市的 IPO 都非常谨慎。”

“我刚接到电话，成都的红庙子黑市明天就不让继续交易了。”

上海这一批股份制改造公司，说实话各有背景，但从公司实力来看，大都半斤八两，没有谁特别出色。有传言说，股份制改造和股市，政府都是试一试的态度。深圳在试，探出点路来，上海接着试。国家不敢把上海放在排头，因为上海试错成本太高。所以一开始都是些小型的国有企业、集体企业。当然，要不是这样，华变电能这种小摊摊也没有什么机会。但到上市环节，到底名额给谁，给多少额度，这背后的运作就多了。

发行内部股的时候，宋旭东少不了一通游说。眼看上市无望，一些同事找到宋旭东，委婉地请求把股票转给他。每个家庭都有自己的计划，手头紧张这种借口，张口就来。

宋旭东一开始没在意，只当帮忙，某种程度上他觉得自己有责任去扛这个担子。结果这个口子一开，宋旭东的办公室开始排队。连公司一些领导都涎着脸排在队伍后面。

“华变电能上市是没什么希望了。”这种传言在公司内部不胫而走。最近又开始传政府要整治股票黑市，华变电能的股票在黑市上本来可以卖到两块多，现在没人敢接了。

宋旭东已跟做公务员的发小喻婕结了婚，女儿宋佳佳也一岁多了。工作不到三年，他又能攒什么钱呢？他只好跑回家跟父母拿钱。“他们在原始股上赚的钱，他们这些年攒的钱，都跑我这里来了。”

宋旭东憋着劲，他要证明给那帮对自己公司毫无信心、毫无责任感的人看。他也别无选择，一家人的身家都押在华变电能了。

“拼规范化运作，我们谁也不怵。硬性要求的条件，我们都达标。但三番五次审批，我们就是拿不到额度。”宋旭东情绪激动，“妈的！市体改委、国家体改委，我腿都跑断了。也难怪迟迟排不上号，真他妈走到哪里前面都有人排着队。”

宋旭东为人处世都充满书卷气，很难听到他讲脏话。他真的憋坏了。但可能恰恰是他的书卷气，耽误了华变电能的上市进程。至少严浩是这个判断。给梁万羽打电话前，宋旭东才在饭局上被严浩酸了一顿。

“就你那么两手空空地去，就想把批文搞到手。你没听说人家跑这些单位，手里都拎着鼓鼓的公文包？”严浩直白地反问宋旭东。严浩已经是《浦江日报》经济版的得力记者。关于股份制改造和IPO，上至国家政策下至江湖传言，他都知道不少。

“该有的程序我一步步走完，该有的文件我一件不落。”

“你这不还差最后的文件吗？”

“什么文件？”

“你跑来跑去为啥？最后的批文啊！”严浩讥讽道，“你搞股份制改造都几年了，怎么还一副愣头青的模样？”

“我都开始长白头发了，还愣头青。”

“那是因为你把问题想复杂了。人家为什么拎着鼓鼓囊囊的公文包？因为里面有货啊！”

"靠!"宋旭东恍然大悟,"我们为了规范化管理和上规模,这些年一直在投入,哪有什么钱啊?"

"钱没有,你票也没有?"

"票都卖出去了啊!"

"卖出去了你不知道印啊?印钞机费纸?有个东西叫增发你没听过?国家鼓励企业参与证券市场,你就不能发挥自己的主观能动性,多想想办法?再说了,你一个公开募集的股份制公司,最不缺的就是股票。你知道人家怎么玩儿吗?也不叫送,是卖。股票递出去,最后股本金回来就行了。"

"口口声声规范化管理,这算哪门子规范化?"

"你做这些不就是在争取规范化管理吗?"

"这是《浦江日报》社论的意见吗?"

斗嘴归斗嘴。严浩提醒宋旭东,华变电能上市如果到现在还没排上号,他可能得做长期战斗的准备了。他搬出很多媒体八卦。

股票黑市这个事情,听说总理意见很大。中国有四千多家股份制企业,很多股票在外面流通。放任股票市场野蛮生长,迟早要弄出事来。严浩认为整顿只是个开始。国务院证券委员会和中国证券监督管理委员会年前不是成立了吗?规范是趋势。

本来是要直接关掉红庙子的。地方政府压力太大,来了一个缓兵之计,转移战场。"严浩现在讲话政治站位高得跟个省委书记似的,"宋旭东说,"还是省委书记第一秘书。"

严浩反复强调,政府强监管的信号已经发出。黑市那些疯狂的股民如果不能明白这一点,他们口袋里的钱会告诉他们。黑市鱼龙混杂的那些股票、股权证,最后大部分都会变成废纸。

梁万羽本来想跟宋旭东闲聊一通分散一下注意力，绕来绕去又到了他担心的话题。手上有没有股票，看待世界的方式真是两重天。以前梁万羽看新闻看故事，跟许志亮“出差”，他只觉得热闹，好玩。自从梁天德分给梁万羽 5000 股乐山电力，他再也坐不住了。

有梁天德兜底，有川盐化探路，乐山电力应该不至于亏钱。乐山电力上市几乎板上钉钉，消息越来越确切。梁万羽也早就在东华证券广东路营业部做了托管登记。许志亮和营业部总经理白勇是好朋友。但乐山电力到底什么时候上，能开出什么样的价格？到底是黄粱一梦，还是他梁万羽可以就此摆脱温饱问题的纠缠？这些问题总是萦绕在梁万羽的脑子里，弄得他头皮发麻。

不得不说，这实在是，太煎熬了。只要乐山电力上市，无论价格高低，梁万羽会第一时间卖掉它。他再也不要忍受这种煎熬。

26 日，4 月的最后一个周一，乐山电力确切的上市时间。

梁万羽跟许志亮请了假，早早守在东华证券广东路营业部的大厅。拿到卖出申请单时，梁万羽先把委托数量 5000 股写好。一位戴着老花镜的大爷看出梁万羽的心思，提醒他委托价格比市价低个两三毛钱更稳妥。直接填市价，单子递进去价格可能已经变了，成交不了。

每股少 2 毛钱，1000 块啊！近两个月工资是这么说少就少的吗？梁万羽想。

“哟，出来了出来了！”人群中有人欢呼。乐山电力的开盘价出现在营业厅的大屏幕上，股票代码 600644，开盘价 37.01 元。看来现场也有不少人买了乐山电力。

“可以等等。”BP 机上，表兄梁天德发来信息。

37.01，185050！梁万羽右手攥着圆珠笔挥舞，冲出营业部找公用电话给梁天德打电话。

电话那头人声鼎沸，梁天德的声音很难听清。“疯球咯，疯球咯！万羽你不愧是大学生啊。盐化一上我就晓得稳了。但我还是没想到啊万羽。”因为梁万羽的决心，梁天德攒了至少 35000 股乐山电力，不知道他最后还有没有追加。百万富翁居然离自己这么近！

“先不说了天德哥，我要进去把单子递了。你记得把银行账号发给我。”

“急啥嘛！不急不急，你先花着。”

梁万羽挂断电话，蹦跶着跑回营业部。乐山电力已经涨到 39 块多。他捏着笔杆盯着委托价格栏，久久舍不得下笔。行情每跳动一次，对梁万羽来说就是几千块钱的波动。几千块，哪有那么容易赚啊！

犹犹豫豫，梁万羽最后填了 41.30 元的委托卖出价，并守着行情屏幕，直到自己委托的价格成交。

那一天，乐山电力最高冲到 50 元。有些遗憾，但梁万羽知足了。

41.30 元，20 万出头啊。

梁万羽踌躇满志，又有点不知所以。参照眼前的工资收入，梁万羽这至少预支了二十年的工资。

就这样吗？他就这样有了20万吗？梁万羽觉得很不真实。等这笔钱到梁万羽银行账户后，他第一时间跑去把钱取了个整出来，20万元。剩下几千元留在卡上。一沓沓人民币，梁万羽没少见。在淄博市张店区那家宾馆，他的床边每天都躺着一百多万现金呢。可这是属于梁万羽自己的钱，这种感觉太不一样了。

怦然心动。

20万在手，做点什么呢？添点衣服？买只手表？给家里寄几百块？买个摩托车？这都不是20万的事。梁万羽好像也没有这种迫切的需求。在上海买套房？他一个单身汉，也不必着急。说还钱给表兄梁天德，对方一直说不急不急，也没给他账号。

梁万羽脑子里冒出来的第一个想法，就是不要再上班了。至于能做点什么，慢慢考虑。他惦记了三年的股票快车道，虽然有些迟，但终究上了道。

梁万羽找到他一直视若兄长的马文化。倒不是他有多想听马文化的意见，他更多的是想跟马文化分享自己的躁动。他们在马文化单位不远处找了家川菜馆。梁万羽拣最贵的菜点，还带了一瓶五粮液。虽然同在一个城市，但随着各自工作铺开，尤其是马文化还有个儿子要陪，他们见面的时间并不多。

马文化出生在苏北小镇，毕业后先做了两年中学历史教师才考上华旦大学研究生。其间马文化与本科学妹李东燕恋爱。马文化研究生毕业时，李东燕家里找了点关系，把他安插进上海一家研究所。

如愿拿到研究生文凭，有一份稳定且体面的工作，娶了上海本地姑娘。对传统本分的马文化来说，这正是他的理想路径。

麻烦的是研究所的工资一直涨不上去。他一心想做学术，跟市场接触也少。单位里脑子活络的同事跟企业合作，赚钱的机会还是挺多的。马文化不屑走这条路。

马文化最初跟老丈人一家挤在陕西南路的一套老公房。弄堂里总是堆满自行车、破烂家具等杂物，每次回家他都像在穿越火线。五十多平米的两居室，空间逼仄。上海潮湿，梅雨时节尤其难以消受，房间里总是隐隐约约一股发霉的味道，还有白蚁出没。加上丈母娘和太太李东燕习惯性的抱怨，马文化想畅快地舒一口气都很难。上半年他终于提了一级工资，一家人才在老丈人家附近租了套一居室。原本以为搬出来后耳根可以清净一点，哪知道李东燕的抱怨较之前有过之无不及。

自己租房后空间稍微大一点了不假，但所有的生活开支，都蹭不到老丈人的便利了。快三岁的李梦为恰好是狗都嫌的年龄，好奇，多动，家里的破坏之王。李东燕经常把孩子丢给母亲，但还是抱怨带孩子太累，家里经济压力大。当抱怨成为习惯的时候，生活中的鸡毛蒜皮简直不堪忍受。抱怨得到的反馈，一定也是抱怨，在房间四壁来回撞击。

马文化不是要强的性格。跟老人住一起，岳母抱怨时他不能忤逆，太太抱怨时要在老人面前给太太面子。分开住之后，马文化还是不敢跟太太争辩。吵架生气了，李东燕就要骂孩子。那是马文化的软肋。

没等梁万羽开始正题，马文化自个儿先倒起苦水来。步入婚姻以来，马文化的日子就没有痛快过。

马文化很少在小弟面前暴露自己的局促，今天借着酒劲，好一阵抱怨。

琐碎生活像一层层茧，裹住这个小家庭，裹住马文化和李东燕的二人世界。他们变得疏离，夫妻生活越来越少。

“现在什么局面呢？我要是想过性生活，得提前打报告。经期不用说，不可能。大姨妈来之前不行，大姨妈刚走不行。排卵期会肚子痛，不舒服。这就占去十来天。”

“太早了不方便，小朋友没睡觉。太晚了不方便，大人太困了。太忙了不行，太累。闲下来不行，好不容易闲下来，要休息一下。”

“晚上回到家，做饭洗碗之外，我要伺候小朋友洗澡睡觉。她大部分时间要看电视剧，家里那几个频道，所有的电视剧她都要追。看完第一遍看第二遍，看完第二遍看第三遍。你不能多说，说就是因为怀孕生孩子傻掉了，看完很多剧情都记不住。有时候没电视剧看了，就看书。那几本台湾出的育儿书、言情小说，翻完这章翻那章。她从来没有这么热爱阅读，特别是晚上。”

“现在她身体还特别容易出毛病。今天头痛，明天脚痛，后天腰痛，大后天肚子痛。你叫得出名的身体部位，她都痛过，痛过不下三五次。”

“好了，终于审批通过，不那么早也不那么晚，不那么忙也不那么闲，没那么多电视剧要看，没那么多书要翻，也没有身体不适。我得先去洗澡，洗完澡得刷牙，刷完牙得剪指甲，手指甲和脚指甲都要剪，剪完之后再用香皂洗一次，用湿毛巾擦干净。”

“等我从头发到脚指甲都收拾干净，轮到她洗澡了。她可以从 10 点钟开始，一直洗到 12 点。最长纪录是从晚上 10 点洗到凌晨 1 点。我早都睡着了。”

“是的。峰回路转，总有一切都毫厘不爽的时候。纪律是这样的，上面不能摸，下面不能摸，不接吻，不交流。你动作快点！这个动作快点不是那个动作快点，是要你早点收场。”

“我也就稍微胖了点，偶尔喝点小酒，我烟都不抽。我他妈这副皮囊就这么令人生厌吗？”

“但是你休要理论这些。我是你老婆，不是你的性伴侣。一天这样事那样事忙都忙不过来，为什么你天天都惦记这事？没有性生活就不做夫妻了？”

“说老实话，这件事激发了我最疯狂的想象和最恶意的猜测。我想过她是不是有外遇，是不是性冷淡，是不是根本不喜欢男人。或者，她是不是根本就不爱我？我不确定，但我宁愿相信最后这种猜测。”

马文化没完没了地发牢骚。梁万羽几乎插不上话。他不断给马文化倒酒，并不时乜斜身边的人。虽然自己并不是多么谦谦君子的人，甚至经常满口脏话，但在一个川菜馆句句不离性，他还是不太适应。

梁万羽没有经历过婚姻生活，更没有什么婚姻危机的概念。但他能感觉到，温顺的马文化，快被现实生活碾碎了。

梁万羽想起第一次听到马文化的儿子跟着李东燕姓时，自己的情绪瞬间被击中。在马文化老家，女人吃饭都不上桌。一个家庭要是没有个儿子，在当地都抬不起头。马文化一个远房亲戚，因为一直没有生儿子，就一直生下去，直到第八个才如愿。知道这些，你才知道儿子跟李东燕姓这件事，对马文化有多残酷。你才知道，马文化在家庭关系中多么隐忍。

马文化从来都叫儿子梦为，而不是全名。他总能找到各种各样的理由，不带老婆和儿子回老家。就像孩子出生后，李东燕总是能找到各种各样的理由不跟他做爱一样。

这种生活的局促，勾起梁万羽脑子里很多关于匮乏的记忆。

直到念初中，每年青黄不接的时候，梁万羽家里的粮食都不够吃。梁万羽的母亲梁玉香在操持家务上很有一套，任何时候家里来客人，她总能拿出东西来。但巧妇难为无米之炊，这些结余都来自平时的俭省。梁万羽记得有邻居把尚未成熟的玉米用菜刀削下来用石磨碾成浆，调成玉米糊糊煮来吃。而梁万羽最为讨厌的食物，是用石磨将麦子碾成粉，调水后舀出饺子大小的疙瘩，煮豆角来吃。因为没有油水，面粉粗糙，口感很差，也难消化。

这种匮乏阻碍人们的想象力，也激发很多人性的恶。梁万羽一直记得1991年4月那起买凶杀人案件。四川省一个偏远县份，雇主提供一把匕首和一支手电筒，花50块钱就买通了“杀手”。最后东窗事发，“正义的枪声结束了这两个杀人凶手的生命”。

让人觳觫的贫乏和穷凶极恶。

能够有机会上大学，逃离乡村，梁万羽总觉得自己足够幸运。能在上海有一份稳定的工作，梁万羽的物质生活几乎可以肯定比梁家坝的人都更好，除了他的表兄梁天德。但只要在饭馆环顾四周，或者走出店面在街上溜达一圈，梁万羽就会意识到，自己不过是一千三百多万上海人中的路人甲而已。

他应该知足，像马文化一样踏踏实实地守住自己的工作吗？马文化研究生毕业，高才生，有体面的工作，不正被生活痛扁得愁眉不展吗？马文化，他知足吗？反观梁天德，初中都没念完，一夜之间变成了百万富翁。

赚更多的钱，过上更好的生活。这就是在马文化绵延不绝的抱怨中，梁万羽越发坚定的想法。

回到单位宿舍，梁万羽彻夜难眠。因为舍友长期不在，那个十来平米的斗室几乎被梁万羽独占。

工作不用再干了，这不用怀疑。一个月几百块钱有什么好折腾的？做点什么呢？

学表兄梁天德做生意？本钱现在有了。可是自己没这个头脑。梁天德生意做得不错，但真正实现财富的爆炸式增长，不还得靠股市吗？梁万羽今天这么些辗转反侧胡思乱想，不正是因为股市推了自己一把吗？

想来想去，还是股市挣钱快。第二天梁万羽就重新把 20 万元存回了自己的股票账户，一分不少。可是辞职的冲动最终被许志亮给摁住了。

许志亮才知道梁万羽在乐山电力悄悄赚了一笔。但投机市场的不确定性，许志亮见得比梁万羽多。他担心这孩子膨胀起来失控。“相信我万羽，这个市场不是你中一次彩票就可以搞懂的。听我的，守住你的工作，老老实实上班。真感兴趣你可以先跟着我熟悉熟悉这个江湖。”

那段时间，梁万羽一有空就跟着许志亮往东华证券广东路营业部跑。没什么事的时候，梁万羽和许志亮会在营业部泡到收盘后。他们跟交易部的大户室主管、报单员、现金柜台的出纳和记账员，还有电脑部的人都混得很熟。

以前说热钱涌入，梁万羽只是凭想象和猜测，并没有真实体验。在营业部，梁万羽才算真正见识到热钱堆积的样子。每天收盘后，交易部开始清点，现金一沓一沓地堆放在地板上，像旧书市场码堆。钱过手的次数多了，表层粘附着汗水和灰尘。房间里一股腐败的气味。经常听人们骂“臭钱”，看来是很准确的。只是人们对这种臭味，总是表现出过度的宽容。

营业部清一色的欧式实木家具，看起来很贵气。二楼的大户室，年轻漂亮的小姐进进出出。她们是大户室管理员，为大户端茶送水，递委托单，跑腿。

大户室管理员的存在，让这些大户在营业部的二楼更有归属感，让他们在亏钱的时候不那么沮丧。服务小姐更换频率很高。有一阵，一位大户进出大户室总是有一对美女围着。那是东华证券广东路营业部的姐妹双姝。大户看起来温文尔雅，人们都客客气气地称朱先生。不多久，两姐妹不上班了，也不见朱先生来了。

另一位很出风头的大户，每周到营业部都带不同的女人，让人刮目相看，又浮想联翩。大户年龄跟许志亮相仿，戴一副镜片厚厚的金边眼镜，喜欢穿背带裤，讲话的时候身体微微后仰，双手绷着胸前的背带，仰头嘿嘿地笑。许志亮说，这是万老板。上海滩没有他不做的生意，但从来没人说得清他到底是做什么生意的。

大户们跟报单员配合默契，紧要时只需要举手示意，单子就报给交易所的场内交易员（红马甲）了。而散户们需要在外面排队购买委托单。当然，大户们的信用都没的说。只要话说出口，赚钱赔钱都认。因着这样的便利，报单员到南京路买最时髦的衣服，到淮海路唱卡拉 OK，到外滩吃最受欢迎的馆子，甚至看港台歌星的演唱会，总有人买单。

每天收盘后晚饭前，大户室都非常热闹。结束一天的交易，虽然难免几家欢乐几家愁，但这些金钱玩家深知，快乐一天要过去，悲苦一天也要过去，明天又将是新的一天。除非真的伤筋动骨，没人愿意让身边的人看见自己苦哈哈的样子。

许志亮的账户这时候其实没什么钱，但他跟营业部上上下下都很熟，包括大户室的一些大户。有时候看好一只股票，他跟报单员打声招呼，股票就买进去了。股民的钱都在证券公司的池子里。这种操作司空见惯。信用好的大户，想透资就一句话的事情。但许志亮似乎运气不大好，亏多赢少，一直欠着证券公司几万块钱。就这样跟着大哥许志亮，梁万羽每天都沉浸在新奇的股票世界里。

许志亮要梁万羽谨记，身在股票投机的一线，机会和诱惑都会非常多，不要胡乱下注。进入这个市场，大部分人都会经历这个过程：开始一脸茫然，找不到机会下手；之后浑身兴奋，看什么都是机会；挨打之后，才学着识别真正的机会。挨打的永远是那些管不住自己手的人。

“我先给你定个规矩，前三个月不要碰任何股票。这三个月就是你在股市的实习期，你把精力都拿来观察这个市场，观察这个市场里的人。”

虽然急不可耐，但梁万羽还是很听话，捂着账户里足足 20 万，每天跟着许志亮东走西串。他兜里总是揣着几本股票书，空了就学点理论和技术分析。梁万羽喜欢静静地看着营业部大厅显示屏。看得久了，那些数字变化竟然有一种迷人的节律。他注意到，有一位老人每天准点出现在营业部，一直等到收盘后人群散去，才缓缓离开。老人中午在营业部接杯开水，啃个冷馒头。但梁万羽从来没见老人填过委托单买卖股票。一位看起来公务员模样的大哥，每天午饭后就到营业部，收盘时间准时离场。还有位大妈，每天在菜市场买完菜，拎着袋子待到十一点，掐点回家。

报纸上新闻真真假假，营业部大厅人来人往。每天开盘，大伙满怀期待地来到现场，慢慢地这些面孔开始变得层次丰富，窃喜的，懊恼的，不可一世的，面若平湖的。一幅幅真实的肖像拼凑出市场情绪，随大屏幕上的数字跳动。其中一个面孔，是花很多时间盯着电子显示屏的梁万羽自己。

一天收盘后，梁万羽坐在营业部大厅咬着笔头发呆。手里的笔记本整整齐齐地记着这一天上交所每一只股票的开盘价和收盘价。这是深圳的许德明给梁万羽的启发。

"小兄弟，这么着迷？"

梁万羽抬头一看，是戴金边眼镜的万老板。今天万老板没穿背带裤，改穿一身棕色的双层领皮风衣，脚蹬一双鳄鱼皮鞋。他左手挽着一位年轻标致的小姐——梁万羽不曾见过的小姐，右手夹着一支烟。

"您好大哥！我，就是闲着瞎看看。"

"我看你有点眼熟。"

"我也总看到您。"

"去买张坐标纸，画下来。"万老板微微抬手，指了指梁万羽的笔记本。

梁万羽若有所悟，又怕理解错误，一时不知道怎么接话。小姐甩着大哥的手臂，嗲声嗲气地催万老板："走了啦！走了啦!"

万老板和小姐前脚走出营业部，梁万羽后脚就跟出门，骑着自行车到处找坐标纸，最后在一家新华书店找到。

回到住处，梁万羽像小孩子学画一样小心翼翼地在写字台上铺开坐标纸，用书把坐标纸两端压平。马上工作就要满三年了，梁万羽收入也算过得去。但是他的房间真是极其简单，四面墙壁没有任何装饰。一个木质衣柜，轻松装下梁万羽所有的衣物。许志亮送他的几件他自己绝不会买的衣服——因为太贵——整整齐齐地挂在衣柜里。大学时马文化送给梁万羽的羊毛衫也叠得规规矩矩。衣柜顶上是梁万羽回家和远程出差要用的便宜行李箱，还有一只牛仔背包。鞋子就整整齐齐在地上排着。

写字台上堆放着一些书和文学杂志，《收获》《十月》《译林》，还有尼采的《查拉图斯特拉如是说》。另外一大堆都是最近找到的股票类图书。梁万羽在屋子里的时候喜欢拉上窗帘，那样他就可以完整地拥有自己的世界，连光线都不会来打扰。

翻出自己记录行情的笔记本，3mm 一格的坐标纸躺在那里，梁万羽琢磨半天无从下手。

股票行情分析，从香港和台湾都流入了一些书籍，但并没有什么成熟的工具。交易所提供的数据也比较粗糙。1992 年，三个台湾人带了一套盘后股票分析软件到大陆推销。但是当时能够用上电脑的人少之又少。证券公司营业部会给大户室配电脑，多数人都不会用，也就看看行情。好在股票数量少，有人能一口气背出所有股票一天的开盘价和收盘价。

画K线是个辛苦活。找到行情数据,梁万羽先画大盘日线,画完日线再画周线、月线。画完线,再用红色、蓝色的圆珠笔切线,寻找压力位、支撑位。

梁万羽也画个股的日线,比如乐山电力、川盐化、飞乐股份。飞乐股份1992年最高涨到每股3550元。乐山电力上市后股价很快腰斩。

跟在笔记本上抄股票价格不一样,手绘K线图更直观。特别是技术分析书上讲支撑位、阻力位,什么肩啊底的,一目了然。站在任何时刻,这些曲线的走向都充满随机性。但回头一看,曲线的运行轨迹又似曾相识。那段时间,梁万羽脑子里全是各种各样的K线图、技术图形。新的数据出来,他的脑子里马上就有图形了。

这些坐标纸画出的K线图参差不齐地贴满梁万羽的两面墙壁。每天、每周、每月的数据出来,梁万羽就站在凳子上更新一次K线图。反复摩擦之下,加上上海天气比较湿润,圆珠笔的墨水会有一点跑墨。梁万羽双手枕着头,躺在床上欣赏自己的作品。那些K线图就像一幅幅山水画,赏心悦目。

梁万羽经常做各种穿梭游荡的梦,小屁孩穿越人群,江河流经大地,流星划过夜空。他在等一个机会,大展身手。

第五章

1993年8月下旬，许志亮突然好几天音信全无。

梁万羽知道有好事发生，但不知道好事之后发生了什么。那几天他正好忙着帮宋旭东协调华变电能8000万短期企业债券的流程。半年期企业债券，华变电能利率给到9.18%，相当于一年期存款利率，很顺利就募集到资金。股市行情不好，投资者认购热情高。大盘2月份摸高1558点之后，到8月份暴跌至八百多点。暴涨暴跌似乎已经是股市的常态。距离大盘从1429点跌到386点，不过半年时间。

20日淄博基金上市，许志亮一天都不在公司。梁万羽知道许志亮在忙什么。但接下来周末两天，到下一个周四许志亮都不见露面。电话也没人接听。

下班后，梁万羽跑到东华证券广东路营业部，股民大多早早散去，营业部总经理白勇正在跟几位客户天南海北地吹牛。

“万羽，找你大哥的吧？跟你说万羽，你大哥现在牛逼了哟。”

“我好几天没见着他。”

"准是去哪儿庆祝了。上周五淄博基金一上他就全卖了。这家伙上哪儿搞那么多淄博的票!"

从营业部出来,梁万羽想不出许志亮去哪儿了。许志亮一直跟妻儿两地分居。他的太太在深圳一家中外合资企业做会计师,公司内外的收入加起来比许志亮可观。当然,上周五之后应该不一样了。梁万羽曾经问许志亮,为什么不想办法跟家人在一个城市生活。许志亮说:"有时候距离会毁掉一段关系,有时候距离会挽救一段关系。我们属于后一种。"他们都太独立,太要强,在一起生活久了,就会闹矛盾。

可能许志亮卖完股票回深圳看老婆孩子了,或许跑出去度假了。但电话打不通说不过去。最后他抱着试一试的态度,去了敦煌洗浴中心。老板娘认得许志亮。"许大哥啊,许大哥怕是还没醒过来。周五晚上过来后他就再没清醒过。"

找到许志亮的房间打开门,房间里打着暗红色的灯光,窗帘遮得死死的。浓郁的香水味、酒味、烟味、馊味,令人作呕。

"万羽? 屌! 现在几点了?"许志亮晃头晃脑,强打起精神。

等许志亮清醒过来,洗完澡,他们到洗浴中心的餐厅吃了晚餐。许志亮说,周五那天,离开营业部的时候想打电话给梁万羽来着,但是大哥大没电了。

"终于等来这一天,我屌!"

卖掉股票的瞬间,许志亮心潮澎湃,忍不住挥拳庆祝。他先打电话给远在深圳的太太,电话接通后他却只是问了问家里的情况,说最近拿到一笔外快,过几天会转到太太的账户。许志亮的太太也买过原始股,但她觉得投机不是正途。

挂断电话，许志亮的兴奋感突然消失了。紧绷大半年的神经突然放松下来，他无所适从，就跑到敦煌洗浴中心来了。

“我今天出去了一趟。电话怎么也找不见。回来还是头疼，就继续睡了。”

“你跟谁喝这么多啊？你又不是不知道这里面都是啥酒。”

“屌！这里最不缺的就是陪你喝酒的人。”

酒精让许志亮彻底放松下来。他平时跟梁万羽说话不会这么一口一个脏字。

再次回到房间，服务员已经将这里拾掇得干干净净。许志亮从衣柜的密码箱里取出他的双肩包，伸手从里面揸出两把现金，感谢梁万羽这几年跟着他到处跑。回去后梁万羽数了数，9万。他大概能猜到许志亮这一票的获利。

那之后，许志亮就正式坐进了东华证券广东路营业部的大户室。在许志亮的极力促成下，梁万羽晋升为信托公司办公室副主任。许志亮很多工作都交给梁万羽去跑。梁万羽跟舍友合住多年的宿舍也升级为名副其实的单身公寓。

那又是一波过山车行情。大盘7月27日773点，8月16日重回千点，到10月25日又跌回774点。股市的波动让许志亮变得有点麻木。梁万羽每天见到许志亮，他的精神状态都不大一样。往日那个每天拾掇得英气逼人的许志亮不见了，西装虽然很贵，但经常都是皱巴巴的。许志亮还经常不修边幅，头发乱糟糟的。赶上行情好那一阵，他会去洗个头洁个面，把西服送去熨烫一番。股市是不是经济的晴雨表不好讲，但说许志亮的形象是股市的晴雨表应该不差。

有天晚上在敦煌洗浴中心，许志亮困惑地跟梁万羽说，电子化交易跟他们在外面跑收股票的感觉差太多了。以前跑江浙周边，跑深圳、山东，现金背在包里沉甸甸的，感觉非常真实。每一笔收入、每一笔支出都要过自己的手，心里有数。

每次出去，买机票火车票，找饭馆住酒店，攒到原始股，转手或者等上市，都有非常真实的时间线。这个过程中你可以思考、判断、犹豫，甚至反悔。可是一到大户室，钱都在账户上，每天看着电脑屏幕上的K线、盘口，填单子的程序都免了。一天下来，账户多了几十万，或者少了几十万，只有数字，没有感知。这一切都太快了，分秒之间，来不及反应。

许志亮开始还控制仓位，耐不住钝刀子割肉，做得磨皮擦痒。国庆节后大盘连续下跌，许志亮的账户就腰斩了。不光是许志亮，很多昂首阔步冲进大户室的人，没两个月就消失得无影无踪。有人中午端着盒饭吃的时候还有几十万利润，下午一开盘就挥泪斩仓告别了营业部。

一天临近收盘，万老板走进营业部总经理白勇的办公室。白勇年纪比他大部分客户都年轻，才三十出头。他跟大户们的相处很简单，吃饭喝酒夜总会。因为饭局太频繁，喝酒多，生活也不规律，年纪轻轻体型已经有些走样。整个营业部都非常依赖这些大户，但行情波动太大，营业部大户室真就是铁打的营盘流水的兵，几个月之间一代新人换旧人。

“万老板，您坐。”白勇靠在办公桌后面的老板椅上。

“白总，你知道的。”

“万老板，我知道，我知道。”

“这大半年你是知道的。”

“我知道，我知道。”

“今天这个，你知道的。”

“我知道，我知道。可是万老板你也应该知道……”

“我知道，我知道……”

这大半年，万老板几乎把能动用的资金都填进股市了，而且都在这个大户室。下午开盘后，万老板几度面临穿仓，先后向营业部透资50万。临收盘，股票继续下跌。按照营业部的规矩，客户不能追加保证金，就得强行平仓。那万老板就彻底出局了。

万老板双手绷着胸前的背带，但脸上没了往日那种嘿嘿的笑声。万老板的生意，跟人说些好话是难免的，但他很少这么窘迫，尤其是在一个年轻后生面前。可是白勇也有难处。这种行情扫荡几波，如果都给透资，弄不好营业部都保不住。

大行情不对时，股民在个股上的努力就像西西弗斯往山上推石头，最后都一次次从山上滚下来。重复犯错会让一个人失去方向感，手上动作不停，脑子里却是一锅浆糊。坚决追加保证金，不是因为万老板坚信行情会回来，是因为他不能退出，退出就等于认输。

营业部除了服务客户，维护客户关系，还需要为公司规避风险。客户逼近平仓线不及时平仓，这个损失就记在证券公司头上。营业部有时候允许客户透资，是出于对客户的信任。但白勇绝不允许那些客户输红了眼，拿着证券公司的钱继续赌。

扛到明天，行情也许会回来，也许不会。

最终白勇没有平掉万老板的仓位。第二天上证指数暴涨7.81%，万老板躲过一劫。但那之后，万老板精气神就再也没回来过。他的女人缘似乎也越来越差。

没等到新年，许志亮就从东华证券广东路营业部的大户室离开了。记得那天没等到收盘，许志亮跟梁万羽说，干，我他妈不玩了。走吧万羽，这不是我们待的地方。接下来好几个月，梁万羽都没在许志亮脸上看到一丝笑容。

因为住进大户室没多久账户就腰斩，许志亮变得很急躁。过山车的行情最典型的遭遇就是，吃肉时没跟上，挨打时没跑脱。许志亮非常自信，几次特别笃定地认为自己逮住了机会。事后证明所谓的机会，都只是一厢情愿。

人们经常说，在股市，活到最后的人靠的是信心，甚至信仰。可是在这个市场，最不缺的就是有信心的人。孤注一掷是这个世界上最不可靠的事情。跟活下来相比，没什么事情是值得孤注一掷的。那些孤注一掷的神话，除了记者们夸大其词的渲染，还有一个重要的原因就是那些失败者同时也失去了发声的机会。他们的故事像过眼云烟，风吹云散。

许志亮的遭遇让梁万羽非常担心表兄梁天德。国庆节之后，梁万羽就没收到过表兄梁天德的任何消息。他写信回家打听，家里人说梁天德跟梁家坝都没有联系。

这次回家过年，梁万羽直接买了一张机票飞到成都，下飞机直奔火车站旁边的荷花池。梁天德以前的铺面已经改卖窗帘。窗帘店老板说，找铺面时看到门口挂着转让的牌子，就跟店里女人谈好价格。当天晚上他们就签了转让协议并结清钱款。

“协议都是之前写好的。我们没说几句话就把这个门面盘下来了。老板看样子急着用钱。”

“你们有听说他之后要去哪里吗？”

“那不晓得，没问过。”

“他的样子看起来怎么样？”

“看打扮的样子还是很有钱的。西装领带，我记得当时还骑了个白色摩托。”

梁万羽隐隐觉得有些不对劲。他打车到暑袜北一街以前梁天德租房子的地方。房门紧锁。看门大爷已经有一两个月没见过梁天德了。他记得梁天德，以前经常很晚才回小区。有时候还会给他丢两包红塔山。梁万羽通过看门大爷找到房东。梁天德的房子还租着。

晚上，梁万羽在邮电大厦附近随便找了个宾馆住下。老板娘磨了梁万羽好几次：“弟娃儿，找个妹儿耍哈不嘛。”

梁万羽哪有这心思。

第二天一早，梁万羽下楼吃早餐，照例点了二两素椒杂酱面，一份醪糟蛋。还是梁万羽那年回成都，和梁天德一起吃早餐的那家店。店老板还是那对中年夫妻。店里还是那么忙。

吃过早饭，梁万羽来到红庙子街。这条小街已经不复往日喧闹。以前参差地摆满桌椅的露天茶馆不见了。建材店、字画装裱店都早早开了门。梁万羽走到红庙子街和鼓楼北二街交汇处的理发店，跟老板打听梁天德的下落。理发店的老板梳着油亮的大背头，一脸江湖气。老板在理发店门口摆了把竹椅，脚边放着一只白色陶瓷茶缸。他居然认识梁天德。

“梁天德，认得到嘛。他很早就在这条街上炒股票。这街边摆茶的都认识。川盐化上市后这伙人很快就散了，有的去了城北体育馆，有的去了大户室。都赚到钱了的。”理发店老板说。

梁万羽叫了个人力三轮车，顺着鼓楼北三街、北四街往城北体育馆赶去。

城北体育馆空空如也。梁万羽走到靠近体育馆西大门的小卖部，才知道这里的股票市场已经迁走了。

“国庆节不是还在这边吗？我还打电话问过。怎么又搬走了？”

“国庆节是还在，国庆节后面哪天都可以搬嘛。元旦前搬走的。”

“你咋个不把它留到起呢？”看小卖部的老大爷有点爱调侃，梁万羽也回敬了一句。

“我倒是想哦。那半年我卖水的生意是这辈子最好的。我卖个水卖个冰棍还专门从家里找两个人来帮忙。一到下晌午啊，取都取不赢。”

“那大爷你没买点股票？”

“那个纸飞飞哪有我卖水稳当哦。我冰棍卖不出去还有冰箱，那个纸飞飞捏在手里，看不牢就飞球咯。”

“这些人现在搬哪里去了？”

“冻青树。”

“冬青树在哪里？”

“冻青树，冰棍那个冻。”

冻青树就在暑袜街往北一点，距离红庙子街也就几百米。绕来绕去，梁万羽只好又叫个三轮车往回走。

冻青树的市场就杂了，卖股票的，卖邮票的，卖纪念品的。

“小伙子，看啥子票？”一路都有人在打招呼。

“你有啥子票嘛？”

"你想要啥子票嘛,啥子票都有。"

"我不想看啥子票,我想看个人。"

一圈问下来,没人知道梁天德这个名字。梁万羽又绕回红庙子街的理发店。老板告诉梁万羽,在红庙子热闹的时候,他的理发店就是大户室。经常有大户坐在理发店喝茶,派小弟到外面去收票。

就靠着跟大户们混,帮他们收票,递消息,理发店老板高峰期收入也曾达到 7 位数。报纸上写,红庙子股市有多疯狂,理发店的老板都不理发了,炒股炒成百万富翁。

"你现在还炒股票吗?"

"炒啊,要炒。光靠理发能挣几个狗卵子钱?不过现在不好做了。乐电上市后,这边的股票都炒上天了。后面上的几只票都没得啥搞头。八九月后面上的票,好多都是亏起。狗日的些,市场搬来搬去,几下就整垮杆了。"

梁万羽跟老板说起表兄梁天德的情况,越说越担心。

"我上海的朋友这半年也有亏得凶得很。但是应该不至于嘛。他连荷花池的铺子都转让出去了。"

"莫不是做期货去了?"

"期货?他不做期货的啊。"

"下半年到处都在搞期货,期货公司尽找证券公司的大户室。红庙子出去的人都是赚过快钱的。你想再让他们老老实实去做事,难了。我守着这个摊摊,是因为我就住这里嘛。期货公司的人说,期货是给个支点就可以撬动地球的游戏。这东西来钱更快。股票要涨了才能赚钱,期货涨跌都能赚钱。两边都可以交易。三下两下就把人网走了。后来才晓得,涨跌都能赚钱,但是涨跌也都能亏钱。两边交易就是两边扇耳光呢，狗日的些！”

“还撬动地球。撬动个球！”梁万羽忍不住笑，“老板你咋个把期货搞得这么清楚？”

“花钱学的嘛。”

“还花钱去学？”

“花了钱的哦。花了30万。”

一个月前，几个自称香港什么金融集团的人，说他们集团将成都作为进军西部城市的第一站，要在这里建分公司。分公司有黄金、白银、原油等期货品种，还有恒生指数。为了吸引投资者，公司特意拆分合约，几万、几十万都可以交易。这其实是在继续放大杠杆。

理发店的老板跟着熟悉的大户，30万买进去，还没回过神来就亏完了。

做过的人都知道，这种投资非常刺激，分秒之间可能就是百分之几十的进出。先入场的人，还真有人两三天就翻倍跑出来了。这些人就像移动的广告牌，他们走到哪儿，一夜暴富的故事就传到哪儿。而这些移动的广告牌，最后会带着更多的朋友，和更多的本金，回到这个赌场。

“日他妈个香港，日他妈个恒生指数。我们买的时候其实连啥是恒生指数都不球晓得。结果有人告诉我们，我们买的根本不是什么期货，就是跟公司对赌。鸡巴的个香港，交易室隔壁就是香港！日他妈！”理发店老板稍稍酝酿，一口浓痰朝街边吐出去两米多远。他入金30万，两个晚上就玩完了。他朋友入金更多，中间赚了几十万，但是最后80万血本无归。

“这种情况你们可以去找他算账啊！”

“找了嘛，肯定找了嘛。办公室就剩个小妹，几张人造革的沙发。我们肯定是遭了内鬼。”

“要做期货，成都有正规的期货公司嘛。”

“那东西不是人做的。我有朋友后来也做了。亏了几十万才知道什么是交割。”

离开理发店，梁万羽又去总府路的天涯歌舞厅，前一年梁天德带他感受花花世界的地方。白天的天涯歌舞厅关门闭户，酒色之气隐约可闻。梁万羽失魂落魄地在路边坐了一下午。等歌舞厅开门，梁万羽问了一圈。梁天德的确去了证券公司大户室，据说也做了期货。但最后这个人去了哪里，出了什么事，大家都没有什么头绪。好像一夜之间，这个人就消失了。

回到暑袜街的宾馆，梁万羽躺在床上，心里憋闷得慌。

嘭嘭嘭，老板娘敲门进来，抱着胳膊倚在门上。“弟娃儿，真的不找个妹儿耍哈吗？”

“耍你妈的小妹！你来让老子耍哈嘛。”梁万羽起身，拎着包夺门而出。

“哪里来你他妈个土包子，连个妹儿都耍不起，还在外面混！”梁万羽停下脚步，想转身过来跟老板娘理论两句，想了想甩头走掉了。

第六章

整个春节期间梁万羽都没有表兄梁天德的任何信息。这让梁万羽陷入种种不妙的猜测。

股市一直在跌，广东路营业部股民越来越少，连混盒饭的人都没有了。有些时候梁万羽觉得，许志亮早早出局也许是一件幸事。不然这持续暴跌，不知道怎么收场。而表兄梁天德如果真的遭遇不测，混乱的期货市场自不必说，就算留在股市，这个行情下注定凶多吉少。

许志亮给梁万羽设置的三个月的“市场禁入”期限早已过去，但市场行情死气沉沉，表兄梁天德杳无音信，让蠢蠢欲动的梁万羽一直不敢下手。他决定把钱拿来买国债。

四五月份人民银行发行两年期国库券，年利率13%，到期一次性偿还本息。持有当年到期国债的投资者如果“以旧换新”继续购买新发行的国债，可享受原债券利率基础上提高一个百分点计息。

梁万羽所在的信托公司承销国债。现场申购结束，信托公司统计发现，投资者申购的额度，远超公司承销的额度。溢出资金达五亿多。其中申购者包括梁万羽自己。清退这笔钱，涉及人数众多，手续非常繁复，信托公司也很难去跟投资者解释这样的乌龙。

公司高管连夜召开会议，讨论来讨论去都骑虎难下。最后有人提议，干脆来它个瞒天过海。对上还是按照承销额度如期缴纳承销款项，对下则如数承认投资者申购数额，到期还本付息。反正两年时间也不长，就让这事神不知鬼不觉地过去。

两年期国债年利率 13%，而两年期银行存款利率只有 11.70%。让这笔钱躺在银行就等于承认了这笔固定的损失。最后公司高层决定继续投资，把这笔钱投出去。有同事说公司把一部分钱放到广西北海投资房地产开发。也有说这笔钱最后去了武汉，交易国债去了。

梁万羽不太担心，就算最后这钱投出去回不来，公司总得兜底。况且他还近水楼台。

股市行情仍然看不到希望。1994 年 7 月 29 日，上证指数盘中一度跌到 325 点。第二天，各大报纸一口气发布三大利好：年内暂停新股发行和上市；严格控制上市公司配股规模；采取措施扩大入市资金范围，即允许券商融资，成立中外合资基金。

紧接着的周一，上证指数高开 18%，以大涨 33.46%收盘，并在一周内实现指数翻倍。仅一个多月时间，大盘就重回千点。但潮起潮落间，很多人再也没机会浮出水面。万老板扛过了四月的暴跌，却没有看到八月的黎明。东华证券广东路营业部大户室，大多数人都没活过那个夏天。

犹豫间，股市给梁万羽上了最生动也最沉重的一课。风光一时的万老板黯然离场，大哥许志亮心灰意冷，表兄梁天德音信全无。时间就这么一天天过去了。

年底梁万羽、马文化、宋旭东、严浩几位朋友例行团年。宋旭东和马文化带着老婆孩子。严浩有董晓眉作陪，就梁万羽孤家寡人。大家聚完餐，一起去外滩散步。东方明珠还显得有些孤单，但这几年陆家嘴的变化真是太快了。马文化再也不提他那些老调。

之后四兄弟重新找了个馆子小酌一杯。说起这一年的憋闷，梁万羽满腹牢骚，喝得烂醉。

饭局散场后，严浩扶梁万羽回家。走进梁万羽的房间，严浩被满墙的手绘 K 线图震住了。

“我操！万羽你什么时候开始躲在家里练神功了？”

“小时候没机会学画画，现在弥补一下。”回家洗了把脸，梁万羽稍微清醒了些，躺在床上开起玩笑来。

“倒是挺有艺术感。”

严浩凑近墙壁，右手食指在坐标纸上一张张划过。“上证综合指数日线、上证综合指数 5 日线、上证综合指数月线、泸州老窖、万向钱潮、国际医学、川盐化、乐山电力……跌成这个鸟样你还一直关注乐山电力？”

“身在上海，心系家乡嘛。川盐化是四川第一家上市公司，乐山电力是红庙子那一波最抢眼的公司。你看泸州老窖去年这一波。”说起股票，梁万羽精神来了。

“哈哈，搞的还是偶像崇拜那一套，尽挂些大牛股。”

“也不是，有些画着画着没意思就扔了。”

"可是,我怎么没看见……"严浩继续在墙上找。"你有没有关注期货?"

"国债期货? 40倍杠杆谁玩?"

"你说少了,很多地方还70倍杠杆呢。你少放点钱,仓位轻一点不就好了吗? 算了你今天不太清醒,你先去做做国债期货的功课,三天后我来找你。"

梁万羽整墙整墙的手绘K线图激起严浩浓厚的兴趣。最近的采访中,严浩正好听到一些风声。

"你窗帘捂得这么死,不知道的还以为你搞秘密工作呢。"第三天晚上,严浩如约来到梁万羽的单身公寓,一副密谋天下的架势。

"我习惯了。但是你一进来我是感觉哪里不太对劲,要不你拉开一点吧。"

"还是算了。"严浩说着把梁万羽唯一的一把椅子拖过来坐在写字台前面。梁万羽坐在床沿,两手向后支撑着身体。

"做空? 为什么做空?"梁万羽问严浩。

"做空又不犯法。没空头的话多头怎么玩?"

1994年股市过山车,但国债期货大热,严浩写过不少文章,面儿上的信息和底子里的八卦都知道不少。他最近对万国证券做空国债期货的消息敏感起来,是因为刚好听到些消息,而手上凑巧拿到一大笔钱。

严浩的父母一直催他跟董晓眉结婚。头一年什么东西都疯涨,严妈妈慌了,说这么涨下去家里这点钱怎么守得住。年底,家里凑了25万,给严浩买房,操办婚事。那是家里所有的积蓄,其中很大一部分是原始股的福利。严浩得到小道消息，万国证券1月份开仓数十万口，做空国债期货327合约。

327合约挂钩的是1992年发行的3年期国债，票面利率9.5%，发行章程规定的1995年6月底到期的本息合计128.5元。而在传言万国证券开始做空327的1995年1月份，327的价格区间在146.11～148.45元，高点出现在1月12日。

按照最近不断上涨的保值贴补率，实在是没有做空的理由。不过在梁万羽看来，万国证券悄无声息地进行如此大手笔的运作，必然掌握了某些确切的信息。万国证券跟申银证券是风头最劲的两家券商，在IPO市场的争斗精彩纷呈，可谓一时瑜亮。

“虽然饭局上他们言之凿凿，但对我来说，单一信息源永远是不足以采信的。万羽你经常在大户室串，看看能不能求证一下这个传言。”

“看不出来啊严浩，这么敬业，春节大假都不忘挖新闻找选题。”

“挖掘新闻是我们新闻工作者的本能。放不放假的，都不能够放下我这颗热爱新闻的心。”

两人心知肚明地胡扯着。

严浩手上捏着母亲给的25万，加上自己悄悄攒下的钱，有接近35万。《浦江日报》经济版主力记者，这个身份给了严浩一些挣钱的便利。这次得到的消息，也算是某种便利吧。可是按照母亲的规划全款买房、装修、筹备婚礼，结完婚他严浩马上就又没钱了。如果万国证券做空327的消息属实，他能不能悄悄搭个便车，跟在大鲨鱼后面捡点小鱼小虾吃？

在乐山电力上赚到第一桶金后，梁万羽蠢蠢欲动了一年多。

他仍然每天画着大盘和一些个股的K线，等待一个合适的机会。现在严浩言之凿凿，梁万羽瞬间被点燃。

节后上班，两人分头行动。

严浩尝试寻找更多信息源，梳理市场上多空双方的理由，尤其是空方的理由。梁万羽要搞清楚的是，万国证券做空327合约的消息是否属实，还有什么后续动作。这样的机会不多见，一刻也不能耽误。

几天后两个人再次坐到一起时，一切都有了眉目。多方是中经开，以及围绕在中经开身边的众多大户。正如万国证券也曾是国债期货的多方一样，中经开也曾做空国债期货。但大多数时候，作为财政部的下属机构，中经开是国债期货的多方。

这是一个平衡的游戏。

如果国债在二级市场的价格高于当前时间截面的理论价格，做空的力量就会自然浮现。这时候做多，最后必然会赔钱给空方。但二级市场从来都不是单纯的算术题。

除了贴息预期尚不明确，保值贴补率的连续蹿升其实一直是支持做多的。据说，春节后的第一个工作日，财政部国债司研究过1995年到期的各类国债还本付息方案，初步意见是建议贴息。但具体贴息多少，没有结论。而且这个意见也还没有往上递交。严浩拐了好多道弯才听到这个"据说"。

1995年1月、2月，保值贴补率持续上升，分别达到9.84%，10.38%。按照2月份的数据，327到期本息可达到149.26元。在严浩和梁万羽再次碰头那天，3月份的保值贴补率公布，达到空前的11.87%。但这些数据所有人都能看到，空方绝不可能只是想做慈善，给对手送钱，对吧？

严浩原本百思不得其解。但这几天他到处“采访”，终于找到了一般人不曾注意的理由。政府近几年一直着力控制通货膨胀，这仍然是1995年的工作重点。去年年底以来，保值贴补率上升曲线陡峭。而三月份两会就要召开，这样的成绩政府是拿不出手的。这个数据接下来一定会掉头向下。

“你想想看，这是‘八五’计划的最后一年，通胀要是持续下去，经济波动不说，社会都难稳定，改革还怎么搞？”

“你这是政治，我们谈的是经济。”梁万羽打断严浩。

“那我告诉你，政治大于经济。在社会主义中国尤其如此。你不要假装没念过书，我们学的是‘政治经济学’，不是简单的经济学。”

“你这都是出租车司机的理论。数据不会说谎。”

“数据是市场给的，也是人做的。关键时刻，数据也需要政治正确。”

梁万羽得到的消息是，万国证券做空327合约情况属实。而且跟市面上捕风捉影的传言不一样的是，因为有开仓限制，万国证券开始就把主要仓位放到了北京商品交易所，而且还在跟很多会员单位借仓位。梁万羽也的确听到好几个交易员都表示，保值贴补率很快会降下来，贴息更不要指望。

市场上做多的理由看起来很充足，但梁万羽和严浩都认为，做空的逻辑也完全说得过去。最重要的是，万国证券这么大的机构，断不会往一个大多数人看来都是坑的地方跳。

这注定是一场神仙打架的游戏。

“会不会是下面的交易部门自作主张？”梁万羽问。

“这种可能性不是没有。但我认为可能性极低。去年下半年万国证券就在清查营业网点的小金库。实际上随着公司越做越大，万国证券正在做决策机制、风控机制等方面的改革。去年我采访他们的领导，谈得最多的就是管理改革，我觉得下面的部门不可能在这时候顶风作案。”

所有能想到的问题两人都梳理了一遍。

尽管这里面可能有很多缺失，但就严浩和梁万羽眼下的条件，功课也只能做到这个程度了。如果仍然想搭便车，剩下的问题就是站队了。

在每一个重要的历史时刻，站队都是一门艺术。二选一的游戏看起来概率相当。但期货是你死我活的零和博弈，如果控制不好杠杆，最后就是一念天堂，一念地狱。

情人节，同时也是元宵节那天，严浩整个下午都跟梁万羽泡在徐汇的敦煌洗浴中心。两人洗过澡，搓完背，再来一次指压按摩。严浩之前买好票要跟董晓眉去看电影。这事儿被他忘得干干净净。

其实他们没有更多要商量的事情，所有信息两人都毫无保留地交换过，就差一起做个决定。

原本不抽烟的严浩这个下午一直抢梁万羽的烟抽。他一会儿把烟夹在食指和中指之间，一会儿又夹到中指和无名指之间，怎么都找不到一个舒服的姿势。

“不行，我要再去按摩一次。”严浩把烟头摁在烟灰缸里使劲摩擦，吐出嘴里最后一口烟，缓缓地站起身来。“妈的，一楼大厅的广告说按摩可以放松身心，我他妈怎么按摩完浑身发紧？”

"按摩只能抵达你的皮肉,抵达不了你的神经,更抵达不了你不安的内心。"梁万羽打趣道。其实梁万羽的紧张程度也不遑多让。他有过一些见识,但当他准备大干一票时,还是轻松不起来。

乐山电力"一夜暴富",老大哥许志亮近 10 万的"分红",再加上两年的零敲碎打,梁万羽跟严浩资金相当。但严浩有父母亲做后盾,梁万羽只能靠自己。

两人存入各自所有的积蓄,在 148.30 元附近建立空仓,仓位 50%左右。严浩自己攒的钱,他父母是没数的。如果实在不对劲,顶多亏掉自己那 10 万元他就离场,这样至少不影响婚姻大事。但这次要是得逞,他绝不再像个机器人那样每天写稿子。这方面梁万羽压力更小,他的钱都来自股票市场,而且没人知道他有多少钱。如今的梁万羽不再是几年前那个口袋空空大谈股市利弊的小子了,他胃口大着呢。

建完仓,两人跑出去大吃一顿,又是抽烟又是喝酒,脏话连篇地说些不相干的话。

这一天收盘,上交所国债 327 合约的成交量大涨 67.28%,持仓量上涨 8.14%。而北商所国债 327 合约成交量大涨 191.17%,持仓量上涨 3.6%。市场分歧明显,多空双方的角力在强化。

自从持有仓位那一刻开始,严浩像丢了魂儿似的,注意力完全被勾走了。白天,严浩借着采访的由头,在上午 10:15 前赶到《浦江日报》附近的营业部。不到下午 16:30 国债期货的交易专场结束,他是不会回办公室的。

以前一条千字文的报道，严浩可以在通勤时段就打好腹稿，到办公室开完会，40 分钟就写完。现在路上没空琢磨。下午回到办公室，坐在办公桌前，严浩一会儿泡茶，一会儿起身丢垃圾，一会儿上厕所，偶尔想起，还要给梁万羽打个电话。所有的稿前综合征，都在这几天集中爆发。

市场并没有太大波动。2 月 16 日的收盘价，跟两人入场的价格持平，17 日跌了 0.16 元。

这个周末，严浩哪也没去，跟梁万羽泡在一起。他们虽然资金分离，但此刻就像一个战壕的兄弟。市场没多少波动，但他们内心跌宕起伏。他们每天利用各自的人脉搞数据，搞信息，分析市场动向。小道消息说，万国证券阵营到处借仓，一直在追加空仓。对严浩和梁万羽来说，这是极强的暗示，能给他们安全感。

次周一，20 日，上交所的 327 合约继续低开，收盘涨了 9 分钱，至 148.23 元。

21 日，327 合约高开至 148.36 元，成交量增加 143.74%，持仓量上涨 14.20%。一番多空交战，收盘仍然稳稳地落在 148.20 元，可以说有惊无险。

但是这一天，北商所的交易数据让梁万羽颇为不安。北商所对应 327 合约的 401506 合约交易量暴增 546.47%，持仓量增加 10.98%，达到 293 万口。更让梁万羽感到不安的是，自 15 日建仓以来，401506 合约呈现出稳健的涨势。21 日多空激烈交战，收盘价从前一日的 148.90 元涨到 149.08 元。参考北商所 1.5%的保证金比例，这是 8%的账面波动。

梁万羽找来刻度纸，把上交所的 327 合约和北商所的

401506 合约近两个月的行情在同一张纸上反复勾描。情人节之后，市场传言四起，北商所呈稳健的升势，而上交所反应很平淡。可是万国证券做空国债期货的主战场正是北商所。万国证券不断加仓，仍然压不住 401506 的涨势。据说，随着仓位的不断增加，万国证券每天的亏损动辄数以千万计。

唯一的好消息是，梁万羽和严浩的主战场上交所，327 合约这几天并没有什么特别的波动。按照 21 日的收盘价，账面持仓大概还有接近 2.7%的浮盈。两人这一趟轰轰烈烈，盯的绝不是这么个数字。

梁万羽找来严浩，说起自己的忧虑。他说不上来自己的理由，但总觉得暗流涌动的博弈下，北商所的价格一直打不下来，势头不乐观。

“你这就动摇了？你看上交所的数据，这不还在拉锯吗？而且从这几天的表现看，我们显然摁住了上涨的势头。”严浩已经有强烈的代入感，仿佛看到了自己打击多方的拳头挥出。

“我看了上交所的数据。但北商所的数据感觉不太对。”

“你要相信万国证券，相信老管。万国证券能做到今天，就因为他们从来都是大赢家。相信我，老管不会就这么认输的。”

“327 合约三百多亿的市场，不是万国证券一己之力可以左右的。而且你看这几个月暴涨的保值贴补率和 1993 年 7 月公布的三年期存款利率。新的国债马上就要发行。这就不是个做空的局。”

“战胜市场从来都是少数人的游戏。你才持仓一周就坐不住了，换个方向你还是坐不住。”

“你不要老是想着战胜市场。在这个市场，我们算老几啊？”

“别妄自菲薄好吗？好歹我们都在准一线，你在战场，我在信息场。况且我们不是与大佬为伍吗？”

“你可以说你在信息场，我算什么在战场？问题是，你觉得对面坐的都是傻子？连我们都看得明明白白的问题人家都看不见？”

“在这个市场最大的忌讳就是摇摆。市场每天都在波动，最终得看你到底信什么。”

“我信自己的直觉。这是我唯一可以依靠的东西。”

“笑话。万羽你炒过几天股啊？谈什么直觉！”

“我没吃过多少猪肉，可是我这两年每天都在见猪跑。狼奔豕突！”

“不会用成语就少用！”

梁万羽告诉严浩，他把自己所有的想法都说出来了。还有，他并不觉得犹豫和摇摆是什么羞耻的事情。

两人大吵，不欢而散。

2 月 22 日，北商所在 09:30 率先开市，高开至 149.11 元(前收 149.08 元)。10:15，上交所开市，327 合约高开至 148.24 元。梁万羽听从了他唯一可以依靠但被严浩嗤之以鼻的直觉，市价平仓并转手翻多，全仓买入。他想过告诉严浩一声，但最后放弃了。他不管那么多了。

这一天，上交所的 327 合约走势较前一日更弱，收于 148.21。北商所延续涨势，收于 149.38。两个交易所之间的价差拉大至 1.17 元。这印证了梁万羽的担忧。北商所的空头风险进一步放大。

晚间,《新闻联播》出人意料地公布了财政部1995年第一、第二号公告。从3月1日起发行1995年三年期凭证式国债,年利率为14%,并实行保值贴补。消息一出,市场上关于1992年三年期国库券将贴息两年的传闻不胫而走。据说,国务院已经同意对1992年三年期国库券进行为期两年的贴息,每年贴息2.74%,同时保值贴补正常延续之前的政策。按照这个说法,1992年发行的三年期国库券到期的利息将增加5.48元。

虽然只是传闻,但这则消息得到多头队伍的附和,而且为广大持有1992年三年期国库券的投资者所乐见。这个贴息的数字有板有眼,中国人民银行1993年7月将三年期存款利率从10.8%提高到12.24%,跟327合约对应的国库券9.5%的利率正好相差2.74%。政府曾经承诺,国债利率要不低于同期限储蓄存款利率,所以贴息2.74%的传闻并不离谱。

新闻联播和随后的传言让梁万羽兴奋不已。在窗帘遮得严严实实的单身公寓,梁万羽伸出右手,手指随着墙上的手绘K线起起伏伏。他穿着秋裤,高举双手,扭动腰肢,又蹦又跳。他知道这场博弈很快会水落石出。

就在这个被捂得严严实实的单身公寓,他和严浩从动念到密谋,投下这辈子最大的赌注,跳进同一个战壕。但此时此刻,两个大学毕业后一直保持紧密联系的好友,已经分立敌对阵营。不用怀疑,严浩肯定看了新闻联播公布的财政部公告,也听到了贴息传闻。只是严浩可能还不知道,原本跟他一个战壕的好友已经倒戈相向。

这对昔日好友之间,裂痕恐怕在所难免。

2月23日，北商所开盘就站上150.00元。梁万羽左手揣进裤兜，右手在空中摇晃，踏着蹩脚的舞步在公司走廊来回穿梭。他找了个借口溜出来，去到他最熟悉的东华证券广东路营业部。

乘坐出租车穿行在黄浦的街道，梁万羽突然有一种抽离感。再看眼前这一切时，焦距不自觉地拉长了。那是一种非常有趣的感觉。开年以来，忙忙碌碌的股民没有一天敞亮的日子。他最开始混迹营业部时认识的那一批大户，如今没有一个幸存下来。

10点15分，上交所，327合约在开盘即拉到149.50元。较前一日收盘价涨了1.29元。粗略一算，梁万羽一夜之间浮盈35%。而他的好朋友，一起进场的严浩，如果没有跟他一样转手做多，持仓浮亏已经超过30%。那是靠写字赚稿费根本应付不过来的数字。不过如果还是5成仓位，严浩还是能够承受。当然这一切都不得而知。梁万羽搞不清楚严浩的情况，也不便多问。

很快，327合约就紧跟北商所的节奏，冲破150.00元大关，但有所起伏。这是市场在消化贴息传闻，多空角力。这天下午开盘，327继续拉升，一度冲到151.98元，比前一日的收盘价上涨了3.77元。

梁万羽高枕无忧，但他有些担心严浩。严浩账户里是父母所有的积蓄。他父母正等着他用这笔钱买房结婚呢。

这一天梁万羽都泡在营业部。下午时分，他拿着小笔记本在大厅待着。何其熟悉的场景。营业部大厅人来人往，有人忧心忡忡，有人沾沾自喜。大屏幕上，红色的、绿色的数字不停跳动。梁万羽把笔记本垫在膝盖上写写画画。他有点爱上这种画面了。

“我操！龟孙!”大户室传出惊叫!

“哇——天!”一楼营业厅随即一阵惊呼。整个营业部骚动起来。

梁万羽冲上二楼,只见两位大户脸面铁青,呆呆地盯着行情屏幕。327 合约的分时线突然像一条瀑布,自由落体一般倾泻下来。

“还在跌！怎么可能!”

“我说什么来着？谣言就是谣言！嘚瑟了大半天,该还的债还得还!”

“操你妈！老子上厕所时还有 50 万,回来就他妈只剩 10 万了啊！这他妈是有人作假!”

“啊啊啊啊啊！天不负我也！操你妈!”有人激动得抱头痛哭。

“大家冷静一下,看看是不是电脑坏掉了?”一位客户钻到电脑桌下去扒拉线路。

“电脑坏掉了？我看是你脑子坏掉了。”

大户室闹作一团。梁万羽脑子嗡嗡作响。

“你要相信万国证券,相信老管。万国证券能做到今天,就因为他们从来都是大赢家。相信我,老管不会就这么认输的。”

还记得周二那天晚上严浩说的什么吗？真是神仙级别的预言！人家严浩不愧是上海最富实力的财经记者,不枉人家这些年遍布上海北京的人脉资源,对局面判断简直毫厘不爽。

随着时间逼近 16:30，327 合约的分时线终于停止骇人的下坠，定格在 147.50 元。

一天的交易结束了。

那是难以名状的 8 分钟。一帮股民 8 分钟前还垂头丧气，现在吆五喝六，欢快地离开了营业部。剩下一部分人 8 分钟前还洋洋得意，此刻错愕地坐在大厅的长椅上，久久不肯离去。他们原本以为自己跟对了人，站在胜利的一边。现在，他们无处可去了。

交易部的人忙作一团，因为砍仓不及时，好多客户穿仓。交易部今晚得全员陪着清算部的同事加班，看看营业部今天到底会承担多少穿仓损失。

看着眼前这一切，梁万羽只觉得人生虚幻。这一天他盘中的浮盈一度翻倍，可是最后 8 分钟让一切化为乌有，他还得搭上十万左右的亏损。8 分钟时间可以干什么？8 分钟可以让很多人先上一回天堂，再去一遭地狱。

“万羽，就差你了。”BP 机响起，马文化发来信息。

聚会。梁万羽把这事忘得干干净净。2 月 23 日，严浩的生日。严浩从来不过生日。前一阵看房，准备婚事，约好凑到生日这一天来宣布好消息。

梁万羽赶到的时候，马文化、宋旭东和严浩都已经落座，一起出现的还有严浩的未婚妻董晓眉。“哇，看来是有重大利好！”看着严浩伸手从包里取茅台，宋旭东开始起哄。四人毕业后第一次在上海聚餐，宋旭东从家里偷了半瓶茅台。

“前几天采访时一位老板送的，今天顺便带过来。”严浩得意地说，“万羽来啦，就等你了。”梁万羽知道，严浩得意的不是茅台。但他仍然恍惚,一句话没说。

“怎么样? 定下来没?”马文化问严浩。

“如果没什么意外,估计就今年 5 月吧。我爸妈的意见本来是 9 月。他俩都做教师,对 9 月特别有感情。”严浩很克制自己的情绪。

“你不是不着急吗? 怎么突然又排得这么近了?”董晓眉盯着严浩,内心有藏不住的喜悦。

“就房子麻烦一点。年前也看得差不多了,如果你没什么意见,我们就选富丽公寓吧,可以选个三房两厅的。”

“之前 84 平米都嫌压力大。”

“钱慢慢挣嘛,总有机会的。现在不买大一点,有了小孩马上又要换。”

“你可别谈条件,我还没答应你要生孩子。”

严浩一直对结婚这件事不太上心,总是拿工作来引开话题。前面这半个月,严浩人影都见不着,连情人节都能忘。今晚他倒果决起来了,这让董晓眉很意外。

端起酒杯,严浩感慨起来。严浩跟董晓眉的恋爱长跑已有八年。这是一个非常尴尬的时间。通常来讲,到这个关口,要么结婚,要么分手。严浩的父母看得着急,一直催婚。

“现在正是我事业的攻坚阶段,哪里顾得过来结婚、照顾小孩嘛。”

“我 30 岁都不到啊,你们着什么急。晓眉也有自己的事情要忙。”

“现在时代都不一样了。你们不要老是拿自己五六十年代的经验来指导 90 年代的生活。”

“我们还要再攒几年钱，不然房子、孩子，压得喘不过气来。”

严浩变着戏法推延结婚时间，但说来说去，父母的理由和自己的说辞就那么几套，换着场景重复。结婚生孩子慢慢成为家里的终结话题。

严浩的很多说辞父母不好辩驳，但钱的问题倒不是那么复杂。父母把所有钱都凑起来交到儿子手上，决意推他一把。

如此周到的安排，严浩不好再推脱。而且董晓眉虽然不催，他们身边同龄的朋友大多也都走到了这一步。严浩这才开始到处看房。

内环线新盘林立，大部分价格都在每平米 5000 元左右。南市、卢湾、徐汇、长宁、虹口以及浦东陆家嘴地区，无论多层还是高层，价格都在 5000 元以上，杨浦在 4000 元左右。人们对浦东的印象看来有所改观。以前说宁要浦西一张床，不要浦东一间房。现在浦东商品房的价格也起来了，不过相比市中心还是要便宜一些，内环两侧大概在三四千元。花木路的多层，商品房才 3300 元每平米。

看来看去，严浩更倾向于住得离城区有点距离。一小时公交车，在严浩可以接受的范围。严浩经常从市区往返浦东，也经常到外地出差跑新闻。他已经有些适应在路上的节奏，很多稿子都是在路上完成腹稿，到目的地之后凭着记忆一气呵成，再花点时间修修补补，就可以交给编辑。

他们最远看到七莘路的富丽公寓。富丽公寓布置错落，讲究客厅的空间感和卧室的私密空间，而且物业管理是开发商直属的物业公司。户型选择也比较多，84 平米到 176 平米都有。

当然大户型不是严浩的选择，他爸妈给不了他那么多钱。

“大面积落地窗多好。这些年挤够了。”在样板间参观的时候严浩对董晓眉说。

地铁1号线延伸开通至莘庄后，从富丽公寓到市中心只要20分钟。如果开车，可以从六车道的漕宝路直达徐家汇。当然，这里面一部分乐观元素是房产销售勾勒的。他们就擅长干这个。规划图上有个商场他们就敢说是未来的区域商业中心，规划图上有一两家银行他们就敢说这是未来的金融中心。销售员的未来和购房者的未来不是一回事。购房者的未来是居住环境、升值空间，销售员的未来是购房者签下购买合同，自己拿奖金和提成，再转战另一个项目。

严浩越看越远，一个重要的原因是房价怎么说也便宜一点。富丽公寓售价大概在3000元每平米。如果挑八十多平米的户型，20来万就可以搞定。

今天一坐下来，一切决定似乎清晰起来。座中诸位，只有严浩和梁万羽最清楚，这个决定，严浩也是国债期货收盘之后才清晰起来的。16:22之前，严浩根本没心思想这个问题。

梁万羽满脑子都是这次过山车的经历。在做出最终的投资决策前，梁万羽和严浩利用各自的信息渠道，穷尽分析。但是北京上海两个交易所，如此大的价格偏离是他闻所未闻的。在万国证券做空的主战场，期货价格越打越高，在上交所却波动微弱。同样的信息，同样的数据，他和好友严浩的预期几天时间完全走向对立面。这也是他不曾想到的。在全国各大交易所普涨的行情下，上交所的327合约可以在8分钟里断崖式下跌，直降

4.48 元,很多原本盈利的账户瞬间拉爆。

这终究是个野蛮的市场。以前听说有期货公司的出市代表穿着防弹衣去交易所,梁万羽一笑置之。现在他意识到那可能不只是江湖传闻。

虽然亏损不至于影响今后的基本生活,但 8 分钟时间,房子车子都打水漂了。这足以打蒙梁万羽。

“万羽,你今天怎么心不在焉的?一句话也不说。”马文化问。“万羽!万羽?”

“嗯?啊,没什么,这几天没睡好。”梁万羽心思完全不在。

严浩一脸狐疑。他们天衣无缝的密谋,历经惊心动魄,但凭借 8 分钟的神迹,结局如此美妙。梁万羽在想些什么?在算账吗?第一次赚到大钱产生幻觉了吗?

不对,他不会因为两人拌几句嘴就改变主意了吧?梁万羽不至于这么蠢,不至于这么没有骨气吧?见到势头不对就掉头?如果真是这样的墙头草那活该两头挨打,晕头转向。

“好不容易出来见一次。来,喝杯酒精神一下。”马文化举起酒杯。

“你们喝吧,我先回去睡一觉。抱歉。”梁万羽甩下这句话,失魂落魄地离开了。

第七章

回到住处，梁万羽的思绪仍然一团乱麻。梁万羽清晰地记得许志亮离开东华证券广东路营业部那天的场景。“走吧万羽，这不是我们待的地方。”

这不是许志亮待的地方，是他梁万羽待的地方吗？许志亮在淄博基金大赚，到二级市场几个月都没扛住。相比之下，梁万羽根本不堪一击。

梁万羽鞋也不脱，躺在床上翻滚。大上海终究不是梁万羽可以轻易游走的，股市更不是。虽然他号称上交所开市之前就洞察到股市的巨大机会，可是5年了，他做了些什么？得到了什么？跟着大哥许志亮借出差的机会到处收原始股？见过许德明这种精明又坚决的股民？跟表兄梁天德观摩了股票黑市的伎俩？在万老板的提点下画了很多手绘K线图？哦不，他还在乐山电力赚到20万，跑一趟淄博，大哥许志亮给了他一个超级大红包。

可是这一切跟他的能力有多大关系？居然敢押上全部身家

豪赌40倍杠杆的国债期货。他是觉得钱来得太容易，还是觉得自己和严浩一通纸上谈兵就可以去市场收割了？到底是自己见识够多，还是自己太没见识了？如果钱这么好赚，大哥许志亮不会那么快心灰意冷地退出，表兄梁天德也不至于现在人影都找不到吧？

梁万羽想要一个鲤鱼打挺坐起来。可双腿抬得老高，也只能像玩跷跷板一样把上半身跷起来。他起身在贴满两面墙的手绘K线图下打转。他盯着大盘走势图、牛股走势图。他也不知道自己在想什么。

突然BP机上跳出信息。上交所通告，宣布16点22分13秒以后"327"品种的所有成交无效。

"啥子？日你妈哟！"梁万羽把这句话拖得老长。他在手绘K线图下面怔住了。"无效？"梁万羽将信将疑，趴在床上几乎是一笔一画地读着公告。他跳下床，打车到广东路营业部。是的，上交所宣布下午最后8分钟的交易无效。梁万羽在电脑上又反复读了那条公告。他至今仍然能够一字不落地背下来。

各会员公司：

今日国债期货"327"品种在16点22分出现异常交易情况。经查，系某会员公司为影响当日结算价格而严重蓄意违规。根据本所交易规则及国债交易的相关规定，本所决定：

一、今日16点22分13秒以后"327"品种的所有成交无效。该部分成交不纳入计算当日结算价、成交量和持仓量的范围之内。

二、今日"327"的收盘价为违规交易前的最后一笔成交价151.30元。

无效！最后一笔成交价 151.30 元！营业部没人有空搭理梁万羽。白勇身子陷在他的老板椅里，抬头看到梁万羽。“万羽，恭喜啊！”继而摇头，哑然失笑。交易部闹作一团，电话不停地吵。

“我们也跟你们一样刚接到交易所的公告。没有。我们也没有任何别的信息。”

“什么？不知道……不知道……不知道不知道。”

交易部得重新做账，配合清算部重新做清算。这个夜晚，谁也别想睡觉了。梁万羽离开营业部，从广东路一路走回静安寺附近的住处。说不上来他是什么情绪，大赚一笔的狂喜？庆幸？解气？可能都有。可是他现在已经不知道该相信什么了。收盘前那种事情居然能发生。电脑一笔笔记录的交易能说取消就取消。

这一天，实在是太漫长了。

第二天一早，国债期货暂停交易。下午 3 点 30 分，国债期货交易专场恢复交易。327 合约的价格一直在涨停板上。多头得势，都想让利润继续奔跑。梁万羽找到机会，市价平掉了仓位。

就在这天半夜，25 日凌晨 0 点，新华社以电讯形式发出了财政部有关 1995 年到期各类国债还本付息方案的第三号公告。三号公告称，1992 年向社会发行的三年期国库券到期还本付息时，利息分两段计算：1992 年 7 月 1 日至 1993 年 6 月 30 日，按年利率 9.5％计付，不实行保值贴补；1993 年 7 月 1 日至 1995 年 6 月 30 日，按年利率 12.24％加人民银行公布的今年 7 月份保值贴补率计息。

这个贴息额度跟几天前的市场传言一模一样。而一号、二号公告通过新闻联播公布，三号公告则较正常发布时间提前了几个月。这让坊间流言纷飞，有人大骂这次多空之战为一场“阳谋”。

真真假假的消息很快在圈内传开。万国证券要破产了，这是被重复最多的消息。在这惊天动地的一战中，大约有40万投资者合计三十多亿保证金躺在万国证券的账户上。有人私下评论说，这个不可一世的证券王国挑错了对手，把枪口对准了它所寄生的王国，结果对方先开了枪。

不同渠道的信息，确凿的和尚待证实的，逐渐拼凑起这一天的样貌。23日开盘不久，万国证券就疯狂堆空单。但不知道是受前一日传言的鼓励，还是多头本来就人多势众。327合约的价格无论如何都打不下来。

更致命的是，下午一点开盘后，万国证券的盟军辽国发投向多头阵营，倒戈相向。辽国发平掉50万口空单，反手买入50万口多单，1分钟内将327合约推高了近2元。随后万国证券又在327合约上开出40万口空单，但仍然于事无补，其亏损可能达数十亿元之巨。

眼看大势已去，16点22分13秒起，万国证券连续敲入23笔空单，每笔90万口。上交所的电脑自动配对成交速度高达每秒1800笔，合计2070万口的空单最后成交了1044万口（当天327合约共成交1205万口）。8分钟不到，327合约价格从151.30元被一口气打到147.50元，在分时线上形成那道骇人的下坠。

在这次过山车式的博弈中，梁万羽获利接近100%。“就差那么一点点。”梁万羽心想。差一点点翻倍，也差一点点就被空头埋了。

这次爆赚因严浩而起，几次翻转，梁万羽成为赢家。有那么一瞬间，梁万羽生出一种荣誉感来，不单单是赚钱，而是他孤身来到上海，一步步寻找自己的位置。618宿舍那个寒酸自卑的小子，如今一步步把腰板挺直了。想当初各有华彩的其他几位，如今都还在挣扎。他知道，自己的矛头对准严浩更多一些。

转念一想，梁万羽又开始为自己感到羞愧。尽管相处中偶有言行让敏感的梁万羽感到不太自在，但截至目前，618宿舍几位兄弟都待他不薄。这次做国债期货，虽然过程让人备受折磨，但梁万羽成了最后的赢家。可是如果没有严浩，梁万羽到现在还在画他的K线图吧。像个胆小鬼一样，看着市场起起落落，守着自己的积蓄一动不动。

严浩的具体情况不得而知，看23日晚上聚餐时严浩的表现，交易所公告8分钟交易无效之后，他是好不了的。而梁万羽甚至找不到一个合适的理由，打电话给严浩。两个坦诚相待的朋友一路往前走，一步步走来，轨迹就相互偏离了。

梁万羽真正得到严浩的信息已经是6月份。他鼓起勇气打过几次电话到《浦江日报》，没找到人。他还多次跟马文化和宋旭东聊起严浩，得到的信息别无二致。严浩最近忙着浦东新区开发五周年的系列报道，没时间跟大家见面。

“他一定是遇到了什么事情，但是他谁都不肯说，什么都不肯说。我给马文化大哥和宋旭东都打过电话，他们都说不出个所以然。我想着情人节前后那一周，你们待在一起的时间最多，所以想看你知不知道他到底怎么回事。”在人民公园的一角，董晓眉焦急地跟梁万羽说起严浩的变化。

这是梁万羽认识董晓眉以来，他们第一次单独待在一起。梁万羽想象过万千种跟董晓眉单独见面的场景，不过没有这一种。

梁万羽第一次见董晓眉是大学二年级参加学校的诗歌沙龙。新晋无名诗社社长严浩是沙龙组织者兼主讲人。那天晚上，董晓眉穿一件格子衬衣，留着齐耳短发，黑色的钢丝发夹把前额的头发拢到左耳后。浅笑低眉间，在人群中是那么特别。只一眼，梁万羽就喜欢上了这个优雅安静的女孩。

但梁万羽根本没有勇气去跟这个女孩搭讪。大学时代的梁万羽，窘迫又自卑。上大学那年梁万羽16岁。那是他第一次离开县城，第一次出门远行，第一次坐火车，第一次见到大江大海，第一次走进一座藏书过百万册的图书馆……

也是第一次，梁万羽发现自己的贫瘠如此彻底，从物质到精神。偌大的上海，对他来说更像是一座巨大的孤岛。

梁万羽总是感觉生活费随时都有可能续不上。物质的匮乏具体而棘手，见识的贫瘠更让梁万羽汗颜。几个凑巧组合在一起的室友聊起天来，梁万羽发现自己很难插得进话。文学、电影、音乐，包括电视节目，每一个对他都是陌生的。他的知识都来自书本，学校会发的那种书本。

上大学前，梁万羽的课外阅读仅限于梁家坝一个老先生家里的几本线装书，《诗经》《论语》《大学》，还有一本竖排铅印的《幼学琼林》。很多句子梁万羽都囫囵吞枣地背了下来。“靡不有初，鲜克有终。”“德不孤，必有邻。”“鷦鷯巢林，不过一枝；鼹鼠饮河，不过满腹。”

可是到了大学，严浩、宋旭东他们聊俄罗斯文学，聊梵高、莫奈，聊贝多芬、柴可夫斯基、披头士。这对梁万羽来说简直闻所未闻。四个人中，马文化最大的阅读偏好是哲学，其次才是他的专业历史；宋旭东偏经济史；严浩记忆力出众，也最具文采。中国的新诗，从郭路生到北岛、芒克，再到海子，从手抄本到《今天》杂志，严浩张口就来。

藏书过百万册的图书馆对于梁万羽来说就像荒漠甘泉。他疯狂地泡图书馆，像电影里攻堡垒一样攻克自己接触的每一个门类，每一个新名词。

那天晚上的诗歌沙龙上，严浩向大家隆重推介食指——郭路生。在众多新兴诗人中，严浩对食指情有独钟，虽然在严浩上大学时，北岛、海子等人风头一时无二。《相信未来》横空出世那年，严浩刚好出生。不知道这算不算严浩偏爱食指的原因之一。

严浩上初一就开始在作业本背面写诗，他写过很多自己都不明就里的句子，以为那就是诗歌的样子。父亲把自己的手抄本递给严浩，告诉他那是真正的诗歌。

在晦暗的六七十年代，食指的很多诗歌对人们的集体心理有着令人悸动的刻画。

“也许你们都可以熟练地背出食指的《相信未来》，但我今天想分享给你们的，是同样作于1968年的这首《这是四点零八分的北京》。”严浩在新闻系的教室来回踱步，右手紧紧攥着手里的钢笔。

我的心骤然一阵疼痛，一定是
妈妈缀扣子的针线穿透了心胸
这时，我的心变成了一只风筝
风筝的线绳就在妈妈的手中
……
管他是谁的手，不能松
因为这是我的北京
这是我的最后的北京……

“你们不一定能理解这首诗的情绪，我起初也不理解。几年前我爸给我背这首诗时，我看到他眼里满是泪水。”

1968年，严浩刚参加工作的小姑被抽调到贵州参加三线建设。几年后严浩的父亲千方百计想把小妹调回上海，总是功亏一篑。后来小姑成家，孩子慢慢长大，自己放弃了。小姑就这样泯然于大山深处，一辈子忙于生计。严浩看过小姑年轻时的照片，明眸皓齿，一笑倾城。

严浩的父亲多次诉说当年在上海火车站送别小妹时，自己内心的无力感。在那样的时代洪流下，个人选择是没人关心的。纵使你有一万个理由，你都回答不了这个问题：三线建设是国防建设和国家经济建设的重要组成部分，你有什么理由不支持？

可是小妹一个人，跟一帮同事去到几千公里外的大西南。之后的生活谁来照顾她？她接下来的人生会独自面对哪些不确定性？

严浩的父亲没有因为三线建设和上山下乡离开上海，但在上海火车站跟小妹告别时，他多么希望自己可以替小妹去贵州，去面对那不可预知的未来。

这时，我的心变成了一只风筝
风筝的线绳就在妈妈的手中
……
管他是谁的手，不能松

食指这首诗，写给经历那场浩荡迁徙的每一个人，每一个家庭，写给那个政治第一的时代，也写给他自己。在那样的时代，人们相信未来吗？

写完这首诗，食指坐上火车前往山西杏花村插队，后来又去山东济宁参军。1972年底，食指变得沉默寡言，精神抑郁，几个月后被北医三院诊断患有精神分裂症。

听到这里，现场一阵静默。梁万羽一直偷瞄董晓眉。董晓眉完全被严浩吸引住了。

后来梁万羽得知董晓眉非常沉迷西方古典音乐，还跑去通览西方古典音乐历史。肖邦、李斯特、舒伯特、门德尔松、巴赫的传记，找来一本本读下去，其中巴赫的故事梁万羽读得最多。梁万羽一个五音不全的人，也从来没有表现出对西方古典音乐特别的兴趣。马文化觉得事出蹊跷，一通穷追猛打，梁万羽才如实交代。只是没等这一摞书看完，董晓眉就跟严浩在一起了。

马文化"安慰"梁万羽，不管怎么说，董晓眉为他打开了西方古典音乐的大门。

经历八年恋爱长跑，董晓眉跟严浩今年决定结婚。然而刚跟几个要好的朋友宣布婚期，还答应要买富丽公寓的三室两厅，第二天严浩就跟变了个人一样。

严浩天天耗在单位。他只说自己很忙，有很多工作要做，写不完的稿子。董晓眉每天回家都特意翻翻当天的《浦江日报》。每天的经济版和每周的“证券投资专版”，严浩的稿子的确很密。

严妈妈说，严浩忙到连回家吃饭都很敷衍。他几乎把自己关在父亲的书房，看书、写文章、发呆。从家里零零星星地收到样报样刊判断，严浩还同时给好几家报纸杂志写股评。

严浩父母察觉出异样，反复追问。

“前几天上海市政府发展研究中心主任王战、浦东改革与发展研究院院长姚锡棠等三十号人在浦东开了三天三夜的头脑风暴会议，商讨一些领域对外资开放，比如设立合资的外贸公司、中外合资的保险公司等等。这些专家还是看好浦东的金融服务。可能是实业空间太有限了。”

为了向父亲证明自己没有瞎忙，严浩特意在饭桌上谈起这次内部会议。“浦东的未来还得看金融。这些想法倒是不错，但得看政府给不给政策。下个月国务院副总理朱镕基就会来上海，看看吧。”

4 月份朱镕基到上海考察时，真就批了那份报告。“浦东还是值得期待的。你看吧，中国人民银行的楼已经建完了，上海分行马上就要迁过去。这将引领浦东的金融格局。很多金融机构马上就会跟过去。”严浩在父亲面前炫耀自己的内部消息。

董晓眉不相信严浩只是在忙工作。他一定有什么事情瞒着他们。

6 月 2 日端午节，董晓眉等了一天，严浩都没有动静。她失望地把电话拨到严浩家里。严妈妈说，严浩一下午把自己关在书房。

“你俩是不是吵架了?”严妈妈问。

“还没有,不过正准备吵。”董晓眉说。严妈妈赶紧把电话递给严浩。

“你等一下。”严浩轻声说。

“我一刻也不要等。你到底在躲什么?接个电话都要躲。你告诉我,你最近有没有什么事是要跟我说的?”

“没有躲什么。只是,很多事,很多事。最近接了好几个报纸的股评专栏,我们专版人手不够,还有常规的报道……”

“这不是我想说的事。”

“你问我是不是遇到什么事。我一件件说给你。你想说的是什么事?”

“你知道我想说什么!”

“你想说什么?你说。”

“我说完了!”董晓眉挂断了电话。

“可能严浩就真的是很忙。我也听说他最近忙着浦东新区开发五周年的系列报道。你还记得吧?我们毕业那一年,1990年4月18日,国务院总理李鹏在上海宣布中央同意上海市加快浦东地区开发的决定。哦不对,那一年你还在念大三。”梁万羽想顺着严浩的说辞帮着圆圆谎。

“根本就是胡说八道。”董晓眉低头哭了。“等你见到人就知道了。他这几个月,人瘦了一大圈,头发白了好大一片。写稿再费神,也不至于几个月就把头发写白了吧。”

“你别着急,会有解决办法的。你先回去,不要太担心。”

送董晓眉离开,梁万羽打电话给宋旭东和马文化。梁万羽自己也闹不明白，他这个举动到底是因为董晓眉，还是严浩。如果说是因为严浩，他也搞不清楚这是出于对严浩的谢意，还是歉疚。某些时候他觉得自己好像抢了严浩口袋里的钱，弄得严浩很糟糕。某些时候他又觉得，每个成年人都应该为自己的决定埋单。严浩看不起他梁万羽的直觉，那么看看今天这一切，看看严浩的直觉如何！

梁万羽只字不提他跟严浩2月份的事。眼前的局面是，严浩的父母已经把存折都给了他，要他买房结婚。但他肯定遇到了什么说不出口的困难，不然几兄弟不至于四个月见不着他。

“他现在到底缺多少钱？”马文化问梁万羽。

“就是买房、结婚的钱吧。我们都知道他父母给了他25万。这就是底。”

“这小子不声不响地做了什么傻事啊！晓眉打电话也说不清楚，干着急。”

马文化没挣多少钱，他要养家，还得照顾农村老家。宋旭东全家的积蓄，还不只是他自己的，全都搭在华变电能的原始股上。梁万羽很清楚，这时候要大家筹钱，各有各的难处。

梁万羽没有征求大家意见，直接给出的方案是：钱由梁万羽掏，事情交给宋旭东出面处理。怎么解释不那么重要。说是宋旭东跟朋友借的也罢——严浩也知道宋旭东拿不出钱。说是……反正这事交给宋旭东去编，但绝不能提这钱是梁万羽出的。让严浩先平稳渡过难关。什么时候还钱嘛，以后再说。

“万羽你小子哪里来这么多钱？”马文化大吃一惊。

“哎呀我说马大哥，这事重要吗？”梁万羽不耐烦。

“不是……”

“这事儿就我们三兄弟知道，任何人都不要走漏风声，尤其是董晓眉和严浩的父母。”梁万羽再三叮嘱。

严浩的婚礼最终还是安排在这一年的教师节。这也是严浩父母最初的想法。他们按揭买了富丽公寓的两室一厅，不是三室两厅。

婚礼那天，严浩的父母在华山路安排了热闹但不铺张的宴席。待众人散去，严浩让董晓眉先陪他父母回家休息。“我们几兄弟再坐会儿。”

严浩重新拿了瓶白酒，四人在杯盘狼藉的婚宴大厅中间找了张桌子坐下来。他已经有些东倒西歪了。

“来，我们几兄弟再喝一杯。”

“今天晚上你不应该早点回家吗？我们哥儿几个，什么时候喝不成？”宋旭东说。

“看来是还没喝够。”马文化补白。

“大部分时候喝的都是白水。你以为都喝酒，那我早就倒下了。”

“改天再喝吧。”梁万羽轻声说了一句。他情绪很复杂，说不清道不明。

“不不不，这将是今晚最后一台酒，也是最重要的一台酒。旭东，马大哥，万羽，严浩有今晚，全靠几位兄弟。我先干了这杯。”

酒杯端起来，大家一起祝贺严浩又完成一件人生大事。

“可是我他妈怎么也没想到是以这样的方式完成。”在这个大喜之夜，严浩酒劲上来，2 月份的惊魂一日也浮上心头。憋了半年多，他第一次有勇气重谈这件事。

2月中旬，因为得到万国证券做空国债期货327合约的消息，严浩觉得自己逮到一个千载难逢的机会。他决定搭个顺风车，一起做空327合约。在严浩看来，以万国证券的实力，不管是判断能力还是资金实力，这都将是一次志在必得的胜利。他先后将自己手上的钱全仓买入327合约的空单。

严浩瞟了一眼梁万羽，但他一直没提梁万羽，只是一个人在那里回忆。严浩至今不确定梁万羽最后是真的倒戈了，还是被他带进坑了。

梁万羽不插话，和宋旭东、马文化一起静静地听着。宴会厅的舞台挂着红色幕布，上面扎着五彩气球，在灯光下有些刺目。几个服务员在门外等着收拾完下班。严浩继续他的故事。

万国证券从1月份开始做空。整整一个月的时间，万国证券和盟友辽国发到处借仓，不断加注。可327合约的价格并没能打下来，空方一直在浮亏。2月份公布的保值贴补率，对做空尤其不利。可是空方并没有妥协，而是一直加仓。这些信息都摆在台面上，并不是什么秘密。所以严浩坚信空方一定掌握了什么确切信息，而且坚信空方的能量，就像他入场时一样。

回想起来，建仓几天后上交所的327合约都只是小幅波动，而市面上很多消息都有利多头。严浩本来有机会撤出自己的筹码。

“我也收到了这种建议。”严浩又用余光偷瞄梁万羽，“可是我想，多空之间，原本就是一场战斗。临阵缴械，算什么事呢？”

“其实从22号开始就不断有人倒戈。特别是23号下午辽国发翻多，成了击毙空方的最后一枪。简直他妈无耻叛徒！本来在一条战线向前冲锋，结果他妈的在最关键的时刻调转了枪口。”

“如果没有这些临阵投降的叛徒，那场战斗成什么局面还得另说。而且就算这样，我们最后时刻还是翻过来了。一口气打到147.5元。可是他妈的最后8分钟居然不算。都他妈成交了宣布无效，交易所干什么吃的？不合规就不给成交啊！凭什么！他妈的！我操你妈！”

严浩把酒杯一摔，靠在椅子上毫不遮掩地嚎啕大哭！他坚守信念，打光最后一颗子弹，23日那天把所有积蓄都加仓进去做最后一搏。结果第二天下午平仓出来就剩几万块钱。“我他妈赚着十来万下班，一顿晚饭吃完回去告诉我最后8分钟不算，操他妈的！凭什么！凭他妈什么！”

听到“327”这个数字，宋旭东就明白了怎么回事。

看到梁万羽全程沉着脸一个字不说，又想到梁万羽二话不说掏出25万借给严浩，宋旭东似乎猜到了更多。只有马文化在一旁不明所以。他当然知道国债期货的事情，但对个中细节并不了解。

人前是那个著名的财经记者、一篇文章会影响很多人观点的知名专栏作家，此刻委屈得像个孩子。他卷入一场血腥的搏杀，他辜负了父母，辜负了董晓眉的信任。25万的外债让他根本看不到尽头。

宋旭东和马文化一个劲地安慰严浩，说什么你还不到30岁，你在媒体有这么多资源，没道理被一时的挫折击垮。如果只是考虑挣钱，一个著名的财经记者，想挣钱还没有办法吗？

说着说着，宋旭东也吐起苦水来。有时候理性地安慰一个沮丧的人，反倒会给人一种事不关己的距离感，遭到本能的抗拒。在那样的时刻，共情才是更重要的。那个沮丧的人，他需要自己的情绪真正被感知、被理解。他需要发泄出负面情绪，而不是找到出路——那是冷静之后的事情。

宋旭东这些年如意吗？从职场的角度，算是很顺利了。1990年夏天入职时，宋旭东是他们公司唯一经济系科班出身的人，并且在第一时间赶上公司股份制改造的战略调整。他是公司晋升最快的、最年轻的办公室主任。

可是对宋旭东打击最大的，是公司上市之路一直坎坷。今年已经是宋旭东入职的第六个年头。从第一年他们就锚定上市的目标。第一波没轮上，1993年一大波公司上市，还是没拿到名额。1994年大部分时候股市都在暴跌，政府救市之后根本就来不及反应。

时间就这么溜走，一年又一年。宋旭东经常怀疑自己是不是不适合做这个工作，是不是耽误了公司上市的进程。每年总有那么几个月，他每天都得靠安眠药入睡。

本该是严浩的好日子，四个人却躲在这里喝闷酒。先是严浩怒不可遏的宣泄，再是宋旭东沉闷的倾诉。梁万羽话很少，只是一直喝酒。他总觉得说什么都不合适。

马文化连声叹气。他理解严浩的愤怒，虽然并不清楚细节，也知道宋旭东这些年的努力和对抗。而梁万羽，大概是今天晚上情绪最复杂的人。

看着梁万羽毫不克制地一杯杯灌酒，马文化眼里全是故事。毕业后梁万羽零零星星有过几次短暂的恋爱经历，但他总是认真不起来。如今毕业都五年了，梁万羽掏腰包帮严浩渡过难关，玉成他和董晓眉的婚礼。这段往事，就该过去了吧。

“哇……”

“靠，严浩你！快点！哎呀！我今天才买的！”

马文化正沉浸在感伤的情绪中。严浩趴在桌上“哇”地一声吐了一地。马文化连忙跺脚，心疼他第一次上脚的皮鞋。

宋旭东和马文化把严浩架去厕所。梁万羽忙去找服务员来打扫。厕所里传来“哗啦啦”的呕吐声。

一番折腾，大家似乎清醒了。

四人移步旁边的包间，要了一壶清茶重新坐下来。马文化举起茶杯，三人再次祝福严浩新婚之喜。

马文化语重心长地分析起几兄弟的处境来，特别是严浩的。严浩到底怎么亏掉那么多钱，马文化仍然不是很清楚。刚毕业的时候聊起上交所的新闻，马文化就像个老古董。股票、国债期货怎么炒，马文化仍然不明就里。但身在上海，严浩做财经报道，宋旭东的工作重心是股份制改造，马文化最近两年还参与了证券市场规范化管理相关的课题研究。资本市场无新事，他也不至于太陌生。

眼下，严浩需要找到一个方法从债务泥坑里爬出来。靠工资，大家心知肚明，可能性太小了。还是那句话，从哪里跌倒，就从哪里爬起来。找补还得从这个市场，不过是不是可以换换方式。

“严浩，你现在在上海甚至国内财经报道方面都已经很有影响力了。我们研究所好几个人都经常看你的文章。而且最近几个月，到处都能看到你的文章。可是我觉得要从挣钱的角度，稿费可能不是很好的选择。如果你活在胡适、鲁迅的时代还差不多，就算罗广斌、王蒙的时代也不得了。”

"马大哥,崇拜你。这个你也研究?"梁万羽终于开口。

"这不是重点。我想说的是,影响力,你应该利用起来。你看那些股评家一天天见人说人话见鬼说鬼话,如果不是真的一窍不通,背地里就肯定有些见不得光的东西。但股民搞不懂,天天跟着这些评论家起哄。"

"股市一天天过山车。什么东西推动那根曲线上蹿下跳?肯定不会是单一原因,这个你们比我懂。但我觉得有一个因素不可忽视,那就是市场情绪。这个情绪写在每个人的脸上,写在每一张申报单上,也写在报纸上。你们这些有影响力的财经记者、专栏作家,虽然你们有时候也打架,但是你们的声音,会真实地影响到市场情绪。如何利用你的影响力,如何去利用这些情绪?"

"严浩你天天在做文章,为什么不做做这个事情的文章?"

"我只是仗着比你们痴长几岁,信口胡说。我想提醒你们,特别是严浩,做人啊,不能被过去裹挟。我们很多人都被过去裹挟,这是人性。但你们做投资,不都说投资是反人性的吗？那就先从自己反起。"

"严浩你不到 30 岁,机会多的是。不要抱怨,不要垂头丧气。要向前看！另外,不管什么时候,要做自己擅长的事情,用自己擅长的方式去参与竞争。"

一场醒酒的清谈,被马文化一场即兴演讲点燃。也许这么说有些夸张,但这场即兴演讲,改变了这几个人的人生轨迹。

不,马文化还没说完。

"自己不擅长的事情怎么办?"马文化突然压低嗓门,"借力。

想想你们各自擅长的事情,是不是恰好形成一个稳定的三角?”

过去几年,四人在各自领域都有所积累,但还从来没有认真考虑过相互借力,做点事情。

眼下,华变电能上市的事情终于见到曙光。根据最新得到的反馈,华变电能的各项指标都符合上市条件了。华变电能都要靠短期债券解困了,再不突破可能就要沉下去了。

上市自然很重要,但上市得有一个好的估值。除了公司业务自身,还得有媒体的推波助澜。你的规范运作,你的市场前景,你的科学管理,只有自己说是不够的。你得让更多的人知道,甚至被人们讨论。这就需要一个好的故事。这是严浩擅长的事情。

资金方面,梁万羽依托信托公司,证券公司也混得很熟,想必会有很多思路。事实上马文化有所不知,327 事件之后,梁万羽在东华证券广东路营业部声名鹊起。大户室一波震荡,新来的很多大户都认梁万羽的故事。这个名不见经传的小子原本站在空方,几天后他毫发无损地、在最合适的时机调转方向,最后成为赢家。这种敏感度,在这个市场千金难买。

《浦江日报》需要什么?好的故事,是每一个媒体都无法拒绝的。不只是媒体,股份制公司、证券公司、市场里的投资者,甚至连每天闲来无事翻报纸的各色人等,都喜欢好故事。

这就是马文化口中稳定的三角。如果大家目标一致,有强烈的预期,把这个故事讲好,最后一切都会水到渠成。

这就像一盘棋。棋盘、棋子、棋手都是现成的。今天,马文化捅破了这层窗户纸。

第八章

华变电能确定股份制改造方向至今，5 年时间过去了。公司的确因为宋旭东的书生气错过了一些机会，但还有一个问题就是公司的存量业务，想象空间始终不大。上市公司通常玩的那套并购游戏，华变电能并没有那样的手腕。

深夜的清谈之后，宋旭东跟严浩和梁万羽多次碰头，寻找新的可能性。梁万羽跟电力公司还真是缘分不浅，乐山电力之后，他又跟华变电能扯上关系。

1996 年初，梁万羽无意间看到报道，世界银行国际金融机构(IFC)派专家考察了青海的光伏发电市场，对当地光伏发电市场的开发工作给予高度评价。世界银行有一个愿望，要让 2000 年全球温室气体排放保持在 1990 年的水平。太阳能作为一种清洁能源，在美国、德国、日本等国家已经呈现出很好的发展态势。世界银行正利用全球环境基金(GEF)支持加速发展中国家光伏发电技术的商业化、市场化，推动光伏发电的大规模应用。

青藏高原日照时间长。青海省的年日照时间可达 2350～

2976 小时，年平均日照率为 53%～80%。因为这里海拔高，气候恶劣，地广人稀，交通也极不便利，常规的电源很难抵达广大农牧区。1995 年，青海开始大力发展家用光伏电源。这里的太阳能资源和实际应用都已经体现出一定的区域优势。

梁万羽灵机一动。要说面积 72 万平方公里的青海太阳能资源多，那么同在青藏高原的西藏，太阳能资源岂不是更加丰富？西藏平均海拔在 4000 米以上，气候恶劣不输青海，尤其是广袤的藏北地区。西藏同样地广人稀，交通不便，超过 120 万平方公里的土地上，人口只有两百四十几万，平均每平方公里只有两个人。

光伏发电这么新的话题，华变电能能凑得上热闹吗？梁万羽马上找到宋旭东和严浩。

“这跟华变电能的业务线有什么关系啊？八竿子打不着。”听到梁万羽这天马行空的想象，宋旭东眉头一皱。

“你不觉得这是个好故事吗？上海企业支援西藏建设，为广大农牧民搭建光伏电源。”

“我们虽然度过了求生存的阶段，但现在还要发展啊。这就开始做慈善了？”

“通过政府立项，我们把技术带进去，把光伏发电站建起来。站稳脚跟之后，再从民用切到商用市场。事情办得漂亮点，该挣的钱你还挣。每天太阳升起的时候，华变电能就开始挣钱。谁会不喜欢这样的故事？”梁万羽几乎是一边讲，一边就把后面的故事编下去了。

“我已经有画面感了。”严浩支持梁万羽的想法。

“我们哪有这个技术和经验啊！”宋旭东不为所动。

“那天马大哥说什么来着？借力。不需要什么事情都由你亲自来做。”严浩说。他已经被梁万羽的提议打动了。

新年刚过，宋旭东和严浩经成都，飞往拉萨。

从下飞机那一刻起，严浩的鼻腔就干得出奇，上腭到咽部就像被吸干了水分。严浩找到大学同学次旦扎西。

扎西带着严浩和宋旭东到八廓街、冲赛康感受一番拉萨老城的风情。街道两边的建筑都是底部宽大、上部收紧。扎西说，建筑学上，这叫收分墙体，这样的结构比较稳固。一面面白墙上嵌着同样下宽上窄的窗户，点缀着黑色边框和红色窗棂，看起来简洁大方。

藏族人对白色充满感情，白墙、白色的牛奶、白色的哈达、皑皑雪山。这也许是高原人跟强紫外线的对抗。按照扎西的说法，几种颜色的运用都有讲究。白色是向“天上神”致敬，红色是向“地上神”致敬，黑色则是向“地下神”致敬。

建筑的墙体上方，红色的边玛墙让人印象深刻。扎西说，这种边玛墙需要先把边玛枝去皮晒干，切成30公分长短，扎成手臂粗细，一层边玛枝加一层黏土，不断夯实。到了顶部再做防水处理。这样的营造方式可以减轻非承重墙体的重量。但因为工序复杂，成本太高，多为寺庙和以前的权贵阶层使用。普通民居，这部分通常用干柴垛、牛粪饼替代。

在拉萨适应了三天，扎西带着严浩和宋旭东去拉萨北侧的当雄县纳木湖乡，扎西出生的地方。西藏的阳光名不虚传，晒得严浩脸颊刺痛。三天时间，他的额头见到太阳就有些发痒。扎西让严浩抹点酥油，说那可以保护皮肤。严浩连忙摆手婉拒，他适应不了酥油的腥味。

去当雄的路上，严浩看到羊八井的野温泉，不顾高反危险，拉着宋旭东体验了一把独立天地间，赤裸来相见的豪情和野趣。

低洼的山谷中，阳光无差别地射进每一个角落。两个赤裸的男人身下冒着汩汩温泉。远处，念青唐古拉山裹着皑皑白雪向天际延伸。严浩身子往下缩，把整个头都没进泉水里。远处一个更大的泉眼，白色的烟雾在阳光下摇摆。

一阵长长的憋气后，严浩浮出水面，清冽和温热就在一线之间。炫目的阳光下，他的长发上冒着热气，凝结着晶莹的水珠。虽然微微有些头晕，他还是感觉到前所未有的放松。

几米之外的一个池子，一群藏族大汉在氤氲的水雾中高声闲谈。他们的长发上凝结的水珠也清晰可见。看到两个外地小伙眯缝着眼睛忘情地搓着额头，池子里的藏族大汉发出爽朗的笑声。

快一年了，严浩没有一天可以卸下包袱。莽撞行事后的悔恨，债务带来的窘迫，稿债缠身的压力，以及自己这种沉闷造成的家人间的疏离。这些不快相互助长，与日俱增，压得严浩喘不过气来。

不过眼前，一次事业上新的尝试，让他感觉到前所未有的坚定和踏实。

扎西的祖上世代以牧业为生，一辈子与牛羊为伍。纳木湖乡紧挨着纳木错，西藏第二大湖泊，也是中国第三大的咸水湖。纳木错东西绵延 70 公里。每年夏天，牧人赶着牛群羊群沿着纳木错南岸一路向西。

眼前一望无际的纳木错风光，是外地人很难抵达的秘境。这里牛羊成群，牧人日出而作，日落而息。美中不足的是，交通、通信和电力等方面比较棘手，尤其是深入到夏季牧场。

站在纳木错南岸，看着远处黑色的帐篷青烟缭绕，严浩跟宋旭东谈起梁万羽天马行空的想象。如果这些牧民每户都有一块太阳能板，就可以解决夜间照明甚至小功率家电的用电问题，生活会方便很多。这一切看起来很遥远，但技术上完全可以实现。

回到拉萨，严浩和宋旭东拉着扎西商量。他们准备在西藏成立一家全资太阳能子公司。公司行政事务由扎西牵头，技术上由华变电能委派专人负责。试点业务就从当雄县开始，先以解决牧民定居点的照明为主，逐步延伸到牧民转场放牧的据点。

“牧民祖祖辈辈生活都这样过的，他们设备掏钱买，难得很。”扎西担忧，“你们也看到了，当雄这地方人这么少。继续往藏北走，到那曲、阿里去看，这边的生意有多难做你们就知道，走上一天，几个人都未必能见到。”藏语说话，经常动宾倒装。

看到老同学在考虑投资改善家乡的生活条件，扎西很高兴，也很感动。但生意就是生意，终究要落实到投入产出的问题。扎西心直口快，不希望老同学大老远跑来亏钱。

“你说得没错，这个投资一定会有回报诉求。但我们不一定从这家子公司来索取。”严浩安慰扎西。

回到上海，两人找到梁万羽，谈起在西藏成立全资太阳能子公司的可行性。严浩热情最大，大概是因为他现在亟须更多的事情把自己填满。

“我们在八廓街的甜茶馆一坐，单凭那灼热得叫人睁不开眼睛的太阳,发展西藏的太阳能,就会是一个动人的故事。我回来之后查了查,西藏是中国太阳辐射能最多的地方,比同纬度的平原地区多 1/3 到 1 倍。西藏的日照时数也是全国最高的,拉萨市的年平均日照时数近 3000 小时。"严浩激动地说,"而且看看纳木错南岸那浩瀚的荒原,据说藏北更加荒凉。那些地方的电力、通信,不知道猴年马月可以抵达。如果能用太阳能帮牧民解决供电供热,这绝对是胜造七级浮屠的功德。另外羊八井的温泉,有机会万羽你一定得去体验一次。"

"我跟你讲商业,你跟我讲故事。"宋旭东仍然不确定,扎西的担忧在他看来是肺腑之言。

"好的故事,就是好的商业。"严浩说。

"旭东你不用太担心。我认同严浩的逻辑。没有好的故事,一定不会有好的商业。同样,一个好的商业样本,一定会是一个好故事。"梁万羽附和道,"初步听下来我觉得这件事有可行性。你正常推公司的上市进度,我们一起来做一点锦上添花的事情。"

华变电能的上市,程序上的事情按部就班推进就好。梁万羽搭线,东华证券专门抽调精干团队来推进。但市场最终能不能给出一个让众多投资者满意的估值,是宋旭东和严浩接下来努力的方向。

宋旭东说服总裁办公室和大股东,公司再次定向增发 5000 万,用于一笔新的并购业务,并从中抽出一部分资金来运作上市。而定向增发的资金由梁万羽供职的信托公司和东华证券广东路营业部吃下。

327 一役,为梁万羽在小圈子赢得一些虚名。他觉得自己对资本市场的理解突然进阶了。也不知道是不是资金实力上了一档之后，他变得从容了。名声这东西，只要你自己别太沉迷，别被裹挟，还是可以带来很多帮助的。这次华变电能定向增发，当梁万羽开始组织资金时，他发现事情比想象中容易。很多资金不请自来，推着他做操盘手。

所谓的并购，几个月后不了了之。在宋旭东的极力促成下，华变电能用这笔钱在拉萨成立了全资子公司西藏尼玛实业有限公司。公司从当雄县开始试点，为农牧民提供太阳能供电解决方案。

尼玛在藏语里是对太阳的敬称。在当雄西部偏北530公里外的地方，那曲有一个县就叫尼玛县。西藏尼玛实业有限公司的落地几乎由严浩的同学扎西全权主持，华变电能提供技术支持。扎西的名字并没有出现在这家公司，政府部门任职的他不便抛头露面。公司前几年几乎都是投入型。媒体也没有关于这件事哪怕只言片语的报道。

1996年7月，在宋旭东入职并为之奋斗六年之久后，华变电能终于在上交所成功上市。那正是股市大涨的时候。开年以来，股市一路上扬，从年初512点一路登上800点。华变电能开盘13.60元。这个数字对梁万羽有些特别，那是四川第一家上市公司川盐化的开盘价。虽然比不上梁万羽的彩票股乐山电力那么爆炸，但足以安慰投资者这些年的等待。而且好消息是，跟随着大盘走强，华变电能国庆节之后就翻倍了。加上媒体隔三差五关于华变电能温和友善的报道，投资者对这家公司愈发熟悉。

作为公司高管，华变电能上市之路的骨干，在公司上市特别是股价一路走高之后，宋旭东的身价很快逼近千万。

私底下，跟上华变电能这波造富热潮的，还有宋旭东的好兄弟严浩、梁万羽、马文化。严浩成了华变电能媒体形象的推手，他有笔杆子，有媒体影响力，还有政府背景的媒体平台《浦江日报》。所以公开地、私下地，华变电能都给了严浩足够的回报。

这个形象打造是持续的。

梁万羽把大部分钱都用来吃进华变电能定向增发股份。华变电能上市后，梁万羽的资产又悄悄跟着翻了几个跟斗。马文化实际上是这次合作的幕后推手。他让梁万羽、宋旭东、严浩都向前迈了一步。宋旭东和梁万羽都在自己可操作的空间内考虑了马文化的贡献。马文化能够在上海买房买车，都基于这些兄弟情谊。

但严浩和梁万羽没打算就此收兵。他们还在等待。

1996 年 10 月的第四个星期二，正当华变电能的股票跟随着市场节奏疯涨时，证监会发言人重申，证券机构不得在股票代理买卖中从事信用交易。从这一天开始到 12 月中旬，监管机构连下“十二道金牌”，抑制股市暴涨。12 月中旬，市场终于认识到了强监管的决心，半个月内狂泻三成。

严浩天天写宏观新闻，分析财经大势，还是分析不透证监会控制股市涨跌的底层逻辑。这也许是无限权力带来的无限膨胀，也许是无限膨胀带来的无知无畏。一个市场的涨跌如果掌控在监管机构手里，那相当于裁判来主宰比赛的胜负。

那段时间，严浩又闻到了空气中熟悉的压抑。327 的糟糕回忆不时泛起。12 月大盘暴跌,更是让严浩感到恐惧。但这次梁万羽摁住了严浩。

梁万羽觉得,在监管的强力压制下,市场表现出来的回落是短暂的。因为市场的看涨情绪并没有得到彻底释放,至少值得观望一阵。当然,能有这种从容,主要还是因为他们手上华变电能的筹码都很便宜,只是多赚少赚的问题。

那些不那么便宜的筹码,比如梁万羽手上操盘的资金持有的其他股票,就把他折磨得生无可恋。梁万羽在 12 月的第二个暴跌日跑掉。1 月中旬,股市缓缓恢复元气,逐渐企稳。梁万羽重新进场。

1997 年 2 月 19 日,星期三,这个后来被中国人铭记的日子。21 点 08 分,93 岁的邓小平同志因为患帕金森病晚期,并发肺部感染,最终呼吸衰竭辞世。大约凌晨一点,CNN 发布“据没有证实的消息”称,邓小平已经去世。凌晨两点,在中央电视台特制节目《重要新闻》中,著名播音员罗京播报了《告全党全军全国各族人民书》和“邓小平治丧委员会名单”。

周一时,梁万羽抓到一只消费股,日内有 2%的收益。结果周二大盘剧烈波动,盘中接近 11%的震动,收跌 8.91%。梁万羽在跌停板未稳时跑掉。周三这天,大盘高开 1.87%,梁万羽还沉浸在头一天的灾难性跌盘情绪中,不敢动手。临近收盘大盘仍然涨势如虹,他才在几乎涨停板的位置追进前一天抛掉的消费股。

周四早晨,举国哀伤的情绪传导到证券市场。大盘几乎跌停开盘,低开 9.61%。集合竞价看到大势不妙,梁万羽的瞬时反应是开盘前就排队去卖。结果周四这天,大盘居然拉回来了。

梁万羽的消费股也大差不差地跟着大盘走势。一夜之间，梁万羽又亏了近10%。

2月21日，大盘继续高开。此时梁万羽犹豫了。等大盘拉到4%的位置，他觉得自己正在错失良机，壮着胆冲了进去。还是他那只消费股，近7%的涨幅时拿到筹码。结果一个周末之后又是跌盘。

梁万羽管理着过千万资金。这种动不动就几十上百万的波动，实在是让梁万羽难以消受。对神经高度紧张的梁万羽来说，这一周的操作是进也错，出也错。往日里那些手绘K线图积累的直觉、那些盘口的敏感度纷纷失灵。市场的无情在于，它可以反复扇你耳光，却不多看你一眼。这有点像拳台上的拳击手，一旦挨上一记重拳，对手会趁你恍惚时疯狂出拳，直到你倒下。

用梁万羽的话说，这种大的波动，是杀人的行情。一步错，步步错。在反复犯错的过程中如果你熬不住，心态就会扭曲。在最恐惧、最贪婪的时候，人性体现得最淋漓尽致。不经历这些，没有经验的堆积，你永远不能真切地体会这种感觉。所以真正在实战中经历过磨难的人，真正对市场有一定了解的人，会敬畏规则，敬畏市场，敬畏不确定性。而更多的人只相信自己，相信自己发现了别人不曾留意的信息，相信自己能够战胜市场。

幸运的是，主战场那边情况不错。进入4月，大盘重新突破前高，市场信心大涨。华变电能乘胜追击。

新一期《浦江日报》证券投资专刊，严浩发表半个版的报道，《离太阳最近的地方——华变电能全资子公司试水高原太阳能市场》。文章大谈美国、德国等西方发达国家在太阳能市场的积极探索，并分析了国内光伏发电市场十多年的发展。

“因为地广人稀、交通不便，西藏农牧民的电、热需求很难通过常规电力供应解决。而这里恰恰是我国太阳能资源最丰富的省份。华变电能的积极尝试，是上市公司努力承担社会责任的体现，是一项巨大的民生工程。而多个信息源表示，华变电能光伏发电的计划已经酝酿多年。据悉，华变电能正积极推进，在可以预见的未来将西藏光伏发电转向商用市场。”

“据华变电能高层透露，华变电能在西藏的太阳能项目缘起于解决西藏偏远地区牧民的日常用电。公司前两年都是纯投入，没有利润可言。但恰恰是这两年的探索，华变电能开发出高海拔地区太阳能资源利用的整套业务和技术路径。”

除了梁万羽那句充满蛊惑力的“每天太阳升起的时候，华变电能就开始挣钱”，严浩又重新讲述了那个他们演绎过很多次的充满情怀的援藏故事。在展望公司未来的时候，严浩继续贩卖情怀。他说，西藏对于我国，有特殊的政治地位和国防地位。改善西藏百姓生活条件的同时，华变电能西藏太阳能项目的有序推进，将为祖国边防要地提供重要的能源支撑。

华变电能股票连续几天涨停。上海多个财经节目都在讨论严浩这篇文章，尤其是里面谈到的光伏发电、清洁能源的开发。

严浩先是把华变电能的西藏项目渲染成民生工程，再上升到助力边防建设的高度，还代入了国际清洁能源探索的大背景。西方至少在1860年代就开始讨论太阳能转化利用的问题。中国则至少在1965年就有学者进行光生电动势的理论和实验探讨。

中国1980年代开始做光伏发电，但是上海一直动静很小，光伏发电更多地停留在学术研究层面。严浩表达了对光伏发电前景的高度看好。“西藏是中国太阳辐射能最多的地方，比同纬度的平原地区多1/3～1倍；西藏的日照时数也是全国最高的，拉萨市的年平均日照时数近3000小时。如果你对这个数字没有概念，那么我告诉你，上海的年平均日照时数只有1600多个小时。”严浩把他们前一年聊天的内容重新搬出来谈论一番。

光伏发电还有一个人所共知的事实，太阳能资源取之不尽，是人类可持续发展战略最理想的能源选择。中国国土辽阔，很多地方地广人稀且日照条件极佳，这为解决中国能源问题提供了可能。“而发展这个市场所需的主要材料硅，地球上已经探明的储藏量非常丰富。”严浩补充道。事实上，青海的家用光伏电源市场的产值在两年前就达到了700万元。

在其他报纸的专栏上，严浩继续谈论光伏发电的市场前景，并对上海这样一个资本和智识如此集中的城市，迟迟没有实质性地推进光伏发电表示遗憾。在一篇讲述他前一年短暂的西藏之旅的文章中，除了介绍拉萨的人文风情和纳木错震撼的自然风光，严浩也不经意地畅想了一番，如果光伏发电能够深入西藏的广大牧区，会给西藏牧民生活带来怎样的改变。文章写得极为动情。

几天后，华变电能宣布，旗下全资子公司西藏尼玛实业有限公司聘请上海交通大学教授做顾问，继续探讨光伏发电的优化措施，并决定在那曲、日喀则等地区广泛推进家用光伏发电的应用。

5月12日，大盘站上1500的高点。华变电能一度涨到46.80元。梁万羽暗自希望华变电能能够突破50元，他的彩票股乐山电力的最高价。但大盘在1500点并没有站稳，只停留了短暂的两个交易日。当5、6月份上证指数几度反扑失败，跌破1300点，华变电能也失守40元大关时，梁万羽清空了自己手上所有的华变电能的股票。一年多时间，他持有的股票翻了近20倍，身价也悄悄迈过了8位数的坎。此外组织定增资金，他还从客户那里拿到不菲的分成。

严浩这次终于听了梁万羽的意见，也在差不多的位置悄然离场，并说服宋旭东套现自己手上的股票。当然宋旭东仍然留了一部分股票。这家公司代表他截至目前的职业生涯，是他的全部心血。

卖掉华变电能的股票之后，严浩脸上重现诗酒年华的浪漫神色。他重新变得爱笑，爱开玩笑，乐意谈论一些挣钱和政治经济之外的话题。只不过经历这一轮锤炼，他看起来多了几分稳重。

严浩执意掏钱，请梁万羽、宋旭东和马文化去看看回归前的香港。他们去程坐火车从上海站出发，耗时29个小时到香港。K99次沪九直通旅客列车5月19日刚开通。这是严浩刻意选择的体验线路。

宋旭东被严浩取笑像干部出巡。他穿一身白色短袖衬衣和浅色西裤，在火车上跟太多男士撞衫。对绝大部分旅客来说这都不是一次普通的旅行。红色的火车头开进香港九龙站，象征意义超越任何一辆快速列车抵达终点。

火车一路南下，毕业这些年似幻似真的经历，像窗外的风光一样在梁万羽的脑海飞速掠过。刚工作时，梁万羽经常穿着已经褪色的中山装出门，那还是他大学时的衣服。毕业后第一次在上海聚会，他跟马文化、严浩似懂非懂地争论股市利弊。在淄博，他跟许志亮还有阿祖，背包里藏着两百万股票搭出租车夺路狂奔。在上海徐汇的敦煌洗浴中心，他跟严浩像两个地下工作者，昏天黑地密谋做空国债327。无数个夜晚，手绘K线图墙下的梁万羽，出神，入梦。

每每回头，时光飞逝的感觉，刻肌刻骨。

如果说原始股时代的梁万羽靠的是运气，国债327时靠的是不可言传的直觉，华变电能则全然不同。梁万羽占尽天时地利人和，他嗅觉敏锐，思路清晰，主动出击，杀伐果决。几年前那个毫无能量感的、拮据羞怯的梁万羽，如今已经是行内操盘新锐。

再次走上街头，梁万羽的肩膀打开了，背也挺直了。跟618的室友坐在一起时，梁万羽也底气十足。这种自信的建立，梁万羽花了整整11年。

在火车上翻看着香港回归的专题报道，梁万羽内心一片激昂。

为了打发时间，四人在卧铺车厢玩起两副牌升级的游戏。每次做闲家反主成功，梁万羽就铆着劲往底牌扣分，豪赌扣底。输了就缴械投降，赢一把就直冲云霄，鸡犬升天。

在香港，梁万羽和马文化、严浩、宋旭东四人去到中环威灵顿街，加入拥挤的食客队伍品尝香港的早茶。他们追着小马哥的足迹，跑到铜锣湾的新宁大厦、新界和合石坟场，寻找现场和《英雄本色》镜头中的不同。他们登上太平山顶，俯瞰维多利亚港湾。

一百年了，香港终于回到祖国的怀抱。天地英雄气，千秋尚凛然。

回到酒店，就着维多利亚港湾绝美夜景，四人喝着小酒，吃着炒蟹，慨叹人生。马文化几次感叹，老爷子要是再坚持几个月就好了，就可以在7月1日来香港看看。马文化说，香港将是上海追逐的目标，从经济、文化、娱乐方方面面，包括金融。众人揶揄马文化的政治高度。“你们别笑，上海有根基。也许我们都能看到这一天。”

严浩更关心眼前的事情。摆脱327的噩梦，回上海他要做的第一件事就是在富丽公寓重新买一套三室两厅。这是一个男人的承诺。要是退回去几年，严浩肯定又是一番高谈阔论。生活对人的改变，总是了无痕迹。

不过如果一定要说这么具体的话，马文化现在最希望有个机会能挪挪身子。生活早已经吞噬了他对学术的念想。他想看看有没有机会去政府部门。别看研究所那些人一个个开口闭口阳春白雪，不过是曲径通幽而已，最终惦记的都是多挣几个铜板。

梁万羽野心勃勃。他说如果再赚到一波，他要考虑在维多利亚港湾弄一套房，再买艘游艇玩玩。他也考虑在上海再买几套房。坊间传言，上海在考虑买房退税。这势必带动上海的房地产市场。上海人住得太挤了，房产需求很大。这个市场一定会火。梁万羽觉得自己似乎已经找到在资本市场立足的密码。钱总会来，而且他现在看很多问题，似乎都比以前更清晰了。

只有宋旭东闷闷不乐。最近几个月，华变电能的股票一直下跌，尤其是他们这一波套现离场之后。在香港这几天，华变电能股价已经快腰斩了。

宋旭东真诚地感谢马文化、梁万羽、严浩。没有马文化捅破窗户纸，没有梁万羽的市场敏感度，没有严浩的全心助阵，华变电能在资本市场不太可能引起关注。

然而当华变电能的股票被如愿推上去，西藏太阳能的故事成功引起媒体讨论后，对于梁万羽和严浩来说，漂亮的一战就该鸣金收兵了。可是宋旭东不一样。这就像宋旭东家的菜地。大家一哄而上，菜长起来，嘻嘻哈哈收割一番，散了。虽然自己也是分享收成的人，但宋旭东内心五味杂陈。华变电能对他来说实在意味着太多。华变电能从股份制改造到成功上市，前前后后耗时六年。在任何阶段持有公司的股票，在宋旭东看来，这都代表投资者对公司品牌和公司管理层的高度信任。有的信任是长期的，有的是短暂的。不管怎么说，信任感都弥足珍贵。

公司股价这么波动，这些股东大概率是跟不上节奏的。媒体热烈讨论华变电能的情怀和前景时，就有宋旭东认识的投资人激动地加仓。而那时候梁万羽却盘算着如何悄然离场。等他清掉仓位，华变电能就变成了过去式。

宋旭东有一种藏在骨子里的价值判断。他认为股市的资金，应该流向那些优质公司。投资者用脚投票，把那些不讲诚信、业绩平平的上市公司淘汰，让优秀的公司得到助力，快速奔跑。在宋旭东看来，波动是一时的，价值观才是指引我们去到更远的彼岸的灯塔。如果一家上市公司只有波动，没有长远的未来，那这家公司最终能留下什么？

可是在梁万羽看来，天下熙熙，皆为利来；天下攘攘，皆为利往。这在资本市场几乎是赤裸裸的。所有人都认为自己是对的，站在对面的是傻子——总有人站在对面。这就是市场存在的原因。

“旭东你已经不是学生娃、愣头青了，丢掉那些教科书上的说教吧。”梁万羽略带嘲讽地说，“市场参与者哪个是无辜的？股市的资金什么时候不是扎堆押注那些可能暴涨的公司？股民想的都是怎么赚点快钱，从来没有哪个股民立志来帮上市公司。只是有的成功了，有的失败了。”炒蟹没怎么动，两个人先杠上了。

“没有优质的上市公司股民赚谁的钱？”

“谁来接下一棒就赚谁的钱啊。公平买卖，大家的预期和判断不同而已。”

“所以就是个投机市场，暴涨暴跌。”

“你说得没错。一哄而上、一哄而散，暴涨，暴跌，甚至是断崖式的、踩踏式的暴跌。这就是我们的股市。你去翻翻K线，很多暴涨暴跌之间都可以找到一根中轴线。这根中轴线两侧，暴涨有多疯狂，暴跌就有多惨烈。非常明显的对称性。”

“一帮饕餮之徒利用自己的资金优势和信息优势肆意掠夺，跟山贼匪寇有什么区别？”

看起来像是就事论事，可是宋旭东满脑子都是梁万羽主导的华变电能的操盘。这次华变电能炒作光伏发电的概念，赶上了股市暴涨的大背景，人为操纵的痕迹暴露得不是很明显。但是参与者都心知肚明。当然，宋旭东自己也是参与者，不知道他骂的饕餮之徒包不包括自己。

梁万羽根本就不在乎这些。在他看来，所有的投资者都是房间里的聪明人，在被彻底击垮前，他们都是这么认为的。为什么说彻底击垮前呢，是因为在通往被彻底击垮的路上，他们大多会认为自己只是运气不太好。每一个成年人都应该为自己的选择负责。

“我不知道你哪来的怜悯之心，不客气地说，我觉得你这完全是妇人之仁。华变电能那么多年上不去，谁来怜悯你？如果这次一切不奏效，华变电能价格推不上去，谁来买单？”

窗外夜色阑珊，港湾游轮往来。严浩和马文化有点插不上话。四人陷入沉默。这次争论成为梁万羽和宋旭东关系的转折。宋旭东觉得梁万羽巧取豪夺不择手段。梁万羽觉得宋旭东，吃完肉嘴角的油还没抹干净呢，就开始念叨君子远庖厨。

价值取向不同，两人注定渐行渐远。

第九章

从香港回到上海没多久，梁万羽果断地辞掉了工作。许志亮没再阻拦。他知道这次拦不住了。

离职那天，梁万羽开着新车去信托公司跟许志亮告别。四缸的奥迪100，他人生第一辆车。梁万羽穿一身新买的花花公子的西服，戴着金色边框的渐变色蛤蟆镜，不失时机地抖动着手上的卡地亚金边腕表。那段时间他还留起了小胡子，举手投足间完全变了个人。

走之前，梁万羽从车上取来一个用透明胶封住的小纸箱，说要给许志亮留点纪念。纸箱里放了30万现金，再添三四万，许志亮就可以买一辆跟梁万羽一样的车。

梁万羽在北外滩买下一套公寓。他喜欢临江而居，站在阳台上看黄浦江货轮往来奔走，公平路码头人来人往。有时候这里的确是吵了点，但吵闹中找到安静的感觉其实很妙。梁万羽把单身公寓的手绘K线图原封不动地挪到新公寓朝着黄浦江的房间。不过真正的交易操作，他基本上都放在东华证券广东路营业部。他还是恋旧。熟悉的人，熟悉的环境，可以让他更加放松。就像真想去放松一下的时候，他多半会去敦煌洗浴中心。

梁万羽搬到北外滩那天，中华网在纳斯达克上市的新闻传出。在家庭电脑和个人电脑都尚未普及的中国，中华网的产品设计、业务模式、行业影响力、每日 PV、营业额、盈利情况，都不算出色。中国第一次接入互联网是在 1994 年。那一年，中国科学院高能物理研究所建立了国内第一个 Web 服务器。1995 年 BBS“水木清华站”对外开放。1997 年 6 月，网易成立。今天熟知的门户网站搜狐、新浪、腾讯等，都是在随后的 1998 年才成立。

中华网搞了一堆名头很大的网站如 China.com、Hongkong.com、Taiwan.com、Cww.com 等之后，通过堪称传奇的资本运作，作为第一只“中国概念股”在纳斯达克上市。在美国资本市场公开募集时，中华网的定价不仅从最初的每股 14～16 美元提高到 20 美元，还在挂牌首日一度暴涨至每股 67 美元。

梁万羽是何其敏锐的人。看到新闻他的第一反应，是自己可以做点什么。

当你在取得一次成功之后，取得第二次成功最快的方式就是复制第一次成功。梁万羽不想再听宋旭东叽叽歪歪，他要寻找自己的另一个华变电能。

华变电能的成功给了梁万羽很多启示。

一只股票如何才能被市场拱上浪尖？最要紧的就是跟随市场热点。热点怎么形成的？热点是市场情绪的堆积，所以要讲更迎合市场情绪的故事。当然华变电能上市赶上了一波好的行情。这是老天爷赏饭吃。后面梁万羽能够抗住短期大幅波动，则得益于多年市场敏感度和抗压能力的培养，特别是国债327的历练。

情绪在心理学上用来描述个体自觉的心理失衡状态。这种失衡由外在的刺激或内在的身体状况引起。市场情绪无所谓理性和非理性，就好比市场无所谓好的市场和坏的市场——当然前提是有健全的法律规范和监管措施。

情绪就是情绪，你需要做的是洞察，甚至利用好它。

市场热点形成的浪尖，通常水分都很多。而且毫无疑问，这些浪尖都是钱堆出来的。重要的是把钱吸引过来，别的都是空谈。

梁万羽很讨厌价值投资那一套。在他看来那不过是蛊惑人心的另一种话术。每个字背后都是矫饰和伪善。中国股市有所谓的长线投资吗？除了那些套牢趴下的，卖股票卖忘记的，谁不是在玩快钱游戏？梁万羽不是在骂宋旭东。骂饕餮之徒的时候，人家宋旭东也没有点梁万羽的名。

最大的启示在于，投资的诀窍从来不是去寻找一只潜力股。寻找潜力股太难，一路都是坑。创造一只“潜力股”更可控，而且周期更短，速战速决。实在不行，打不赢就跑总是可以的。

华变电能在资本市场混迹那么些年，有一些知名度。但是梁万羽可以肯定，如果按照宋旭东的思路，就算最后能够上市，华变电能也不可能造成什么声浪。可是在马文化的点拨下，在他和严浩的合力下，他们最后做到了。

看到中华网上市受到热捧的新闻，梁万羽迫切地想要找到跟华变电能一样好的标的，故伎重施。这里的“好”并不是指多么优质的资产，他看中的是公司跟场外因素的高度配合，资金、舆论和公司的联动。

不过梁万羽很快会发现，复制华变电能的故事，得从头建立一个像他跟宋旭东、严浩那样的信任组合。这太难了。

毕业七年，梁万羽已经从最初那个“高级酒店的服务生”蜕变成资本市场名副其实的玩家。可是看看这座城市的发展速度，梁万羽仍然充满紧迫感。从 1991 年的南浦大桥开始，杨浦大桥、奉浦大桥到今年的徐浦大桥，两年一座跨江大桥，让浦东和浦西的连接越来越快。“一步跨过黄浦江”，不再是梦想。从东方明珠到建设中的金茂大厦，浦东的天际线不断刷新。两年前中国人民银行上海分行迁到浦东，如今上交所又在 7 岁生日的时候搬到陆家嘴 18 号。梁万羽感觉自己一天不奔跑，就会被这座城市甩在身后。他率先瞄准本地上市公司申江传媒集团。

因为年轻时常年熬夜，又经常喝酒，申江传媒集团的董事长何志成四十多岁就被查出肝癌，不定期到徐汇一家肝病医院住院治疗。除了严浩，梁万羽跟媒体打交道很少。可是跟媒体密谋，他又不想找严浩——另一个媒体人。

确诊肝癌之后，何志成很少出门应酬。梁万羽想了很多办法，始终没有合适的机会接近何志成。

某种程度上，梁万羽跟何志成算是病友。大学时体检，梁万羽被查出是乙肝病毒携带者。中国是个“乙肝大国”。1970—1992 年中国乙肝大爆发，乙肝病毒携带者达 1.2 亿人，超过总人口的 10%。乙肝病毒主要通过血液、母婴和性接触传播。乙肝病毒携带者是肝硬化、肝癌的高危人群，但大多数情况下他们的生活都不会受这个病毒影响。急性发作的乙肝通常不致命，而大部分人活不到肝硬化或者癌变的时候。

梁万羽年轻，身体也好。他从没把这个病毒当回事，也一直秘而不宣。

得知何志成住院治疗的消息后，梁万羽也跑去同一家医院。他找到何志成的主治医生、上海顶尖的肝病专家胡宇。胡宇看起来四十多岁，浓眉大腮。一通检查之后，梁万羽是乙肝病毒携带者无疑，但转氨酶、乙肝病毒等诸多指标都在正常值范围内。

“你注意定期体检，最好每年都检查一次。不熬夜，不喝酒，不要操劳过度。”胡宇程式化地交代说，也不怎么看梁万羽。

“就这样？不需要住院吗？”

“其他指标都正常，目前没有住院治疗的必要。这个病毒现在又不能根除。”

“不不不，医生，我现在很焦虑。我想住院治疗。”

“我见过很多不想住院的病人，还从来没见过主动要求住院的。”

“那是因为我之前没来嘛。”梁万羽涎着脸说。

“下一位。”胡宇根本没时间跟他逗乐。

就这么三言两语，梁万羽给打发出来了。这不是梁万羽的目的。他守在医院走廊，一直等到胡宇坐诊结束。

“胡医生，我自己是携带者，也有一个朋友已经发展到肝癌。能不能耽误您点时间，我想跟您请教请教。”梁万羽缠着胡宇，就这么一路跟着胡宇去到医院食堂，一路上问了很多肝癌治疗的问题。这算是为接近何志成备课。但胡宇还是没答应让梁万羽住院。

梁万羽继续候在医院，等着胡宇下班。

再次出现在胡宇面前的梁万羽一脸愧疚，为之前没有跟胡医生交代实情道歉。

他告诉胡宇，自己是乙肝病毒携带者不假，自己从来没有重视过这个病毒不假，自己朋友得了肝癌也不假。但他的真实身份是一名电视剧编剧，正在为一部都市题材电视剧的剧本创作做调研。因为这个剧的主角，父亲得了肝癌，辗转多地求医。这件事影响了主角前后数年的生活，对剧情发展至关重要。当然剧组也希望借这个机会给观众科普一些肝病常识。

剧组没有人有过这种近距离体验。他跑来看门诊的时候提出住院，是想近距离观察肝癌患者的身体和心理反应，看看这个疾病可能给一个家庭带来什么样的影响。

胡宇是个文艺青年，拉着梁万羽聊了好一阵《渴望》《编辑部的故事》《北京人在纽约》。梁万羽好紧张。幸运的是胡宇谈的也都是一些普通观众的感受，没机会戳穿梁万羽。

临走的时候，梁万羽给胡宇塞了一个2000块钱的红包，要胡医生替他隐瞒编剧身份。在医院，他就是一个普通患者。“这是剧组的一点心意。今后少不了有问题要请教胡医生。”胡宇习惯性地掂了下红包，心想，影视行业果然出手大方。

就这样，梁万羽住进了肝病医院，并如愿跟何志成安排在同一个双人病房。

报纸上的何志成西装革履，留着三七分头，看起来神气十足。病房里的何志成眼里满是消沉，头发也有些凌乱。见到新的病友住进来，何志成丢开手上的书，同情地说："呵，小伙子还这么年轻。"

肝癌还没有很好的治疗手段。医生给何志成开了一堆中成药、西药，要他多休息。梁万羽跟何志成请教肝癌的注意事项。何志成重复一遍医嘱，跟胡宇医生讲的如出一辙。何志成感慨地说，这东西隐蔽性很强，人们往往因为不重视错过最佳治疗时机。他主要是喝酒太多，作息不规律。没办法，工作上的事情推不掉。很多时候他想起做个体检，忙起来一打岔，就忘了。

当一切回归到生死层面，人和人之间的差距就很小了。住院楼这一层住的都是肝硬化、肝癌患者。人们对疾病的恐惧和对生命的眷念，不会因为社会地位高低、财富多寡、智识高下而有任何不同。短暂地忘却这种情绪时，何志成也会跟梁万羽聊聊资本市场，聊聊国际大局，聊聊传媒生态，甚至一些家长里短、追女泡妞的趣谈。

让每一天不那么煎熬，在这里是个难题。

梁万羽说起家里亲戚也是肝癌。亲戚朋友给了好多偏方，包括用野猪睾丸泡酒喝。民间偏方里，有很多想象不到的东西入药。这些偏方通常没那么好找，听起来奇奇怪怪，也毫无逻辑可言。

"我也是听人这么说，不知道行不行。"几乎每一个传播偏方的人都这样说。有时候再加上一句，这个亲戚那个朋友吃过，据说是很管用。梁万羽也是这么跟何志成说的。

野猪在川西山林很常见。土地紧张，老百姓经常开荒，和野猪抢地盘。到了庄稼成熟的季节，野猪半夜出巡，跟老百姓抢粮食。玉米高粱红薯地，几头野猪一个晚上祸害一大片。村里人用土狗、火枪围捕野猪。《枪支管理法》出台后，村里人改用陷阱逮野猪。有时候他们也用钢夹，一种用钢片、弹簧做成的简易咬合装置。

野猪睾丸属于难得之物，符合偏方属性，但对梁万羽来说反倒没有那么困难。他找老家的亲戚弄来野猪睾丸，用柴火烘干后邮寄到上海，神秘兮兮地送给何志成。

何志成一开始听到偏方的确很“偏”，抱着侥幸心理想一试究竟。等用野猪睾丸泡的酒摆在面前，何志成越看越觉得不对劲。他好歹也是个文化人，上过正经大学，还是上市传媒集团董事长。用野猪睾丸泡的酒，喝到胃里也还是酒啊。酒精主要靠肝脏来代谢。肝不好的人喝酒，这不是往伤口上撒盐吗？

这个偏方，会不会主要是野猪睾丸在起作用呢？何志成转念一想。他把野猪睾丸从酒里捞出来。这东西炒来吃也没几口啊。

何志成把野猪睾丸重新晾干，切成芝麻粒大小，用温水冲服。头几个白酒泡过的野猪睾丸，何志成不觉得有多难吃。后来吃没用酒泡过的野猪睾丸，何志成感觉眼睛里都是令人掩鼻的味儿。每次咽下野猪睾丸粉末，他总是用力撑大鼻孔，让空气快速冲淡鼻腔里令人反胃的腥膻。

吃了一阵野猪睾丸再做肝功能和病毒检查，何志成的指标没什么明显变化。可是隐约间，他觉得自己的性欲似乎增强了。对于一个四十多岁的男人来说，不管哪里能挺直都足以令人开心。这是一堆坏消息中难得的好消息。

何志成跟梁万羽说，这东西可能真的有用。

那段时间，每隔一两个月，必定有几只用柴火烘干的野猪睾丸被装进中国邮政的包裹，从川西一路翻山越岭到达上海，被一个肝癌患者切成芝麻粒大小，用温水冲服。

有了这层不足与外人道的微妙关系，梁万羽跟何志成越走越近，很快成为好朋友。

在肝病医院病房，梁万羽慢慢恢复了他股市操盘手的身份。他不失时机地跟何志成提到互联网热潮。何志成连忙摆手。这玩意儿他可不懂，也不想碰。申江传媒集团从未涉足互联网，不过网站出现之后，他们的报道经常被转载。传媒集团下面有多份报纸、杂志，还有电台、电视台。

与其自己生产的内容在网络上免费给人用，不如做个网站自己来分发。梁万羽游说何志成。不过梁万羽醉翁之意不在此。他可没什么传媒梦。他心里想的，始终是复制一个华变电能太阳能项目的故事。

何志成对互联网不感兴趣，但华变电能那样的故事，他很难拒绝。

梁万羽先筹钱，吸筹，完成布局。这里面当然少不了何志成和传媒集团一些高管甚至主管部门领导的份额。把想网罗的人拉到同一个战壕，形成实质上的利益共同体，这是最高效的捆绑方式。

1999 年夏天，申江传媒集团宣布收购香港亚洲新闻资讯网和东亚信息网，试水互联网。申江传媒集团自己的官方网站申江新闻网也很快上线。集团称，未来将在互联网资讯生产和传播上发力，专注亚洲乃至全球新闻资讯传播，并将开展机构对个人的资讯和研报分发业务。

和梁万羽的预期一样，消息一出，市场就给了申江传媒集团一个涨停板。那段时间，何志成作为热情拥抱互联网的传统媒体人代表，接受好多媒体采访。他那张以前常用的形象照再次出现在报纸和杂志上，西装革履，三七分头，神气十足。

何志成请单位新来的研究生为他翻译国外讨论互联网趋势的文章，经常在采访中引用外媒的观点，并不失时机地套用一些现学现卖的新名词。在何志成新版名片上，赫然印着：亚洲互联网协会会长。

这些看多互联网市场的文章率先得到网络媒体的转发，慢慢地纸媒也开始讨论。当然纸媒的讨论总是四平八稳，抛出正面观点的同时，一定会摆几杆枪攻击一番。但何志成，特别是申江传媒集团进军互联网的消息，确凿无疑地传开了。

一切都在计划内。

梁万羽并不着急。凡事都要有自己的节奏，循序渐进，就算挣快钱也是。梁万羽始终相信过程，对过程保持敬畏。行百里者半九十，每一步都有可能发生意外。

大概过了半个月，一篇关于申江传媒集团进军互联网的负面报道被递到梁万羽手上。当时梁万羽正在东华证券广东路营业部大户室复盘自己的规划。看完报道梁万羽破口大骂。

1990 年代的 A 股庄家盛行，号称无股不庄，无庄不股。坐庄这件事，梁万羽把营业部的资源利用到极致，做过充分的调研和准备。他专挑小市值股票，也不会去举牌上市公司。

申江传媒集团的股票走势会怎么演进，每天成交量如何，怎么在这个过程中制造一些起伏，把那些强盗给洗出去。梁万羽做了非常细致的规划，甚至提前画好了K线图。

K线图先从月线画起。根据传媒集团的运营节奏，比如半年报和年报可能做出什么数据，广告营收的集中爆发月份，重大利好的发布节点，公司拓展广告业务的可能性，可以跟哪些巨头签署战略合作。这样，确定哪几个月份应该是阳线，哪几个月份应该盘整回调。

月线画好之后是周线、日线。日线是纯战术层面的问题。梁万羽会揣测市场参与者的心态，包括他刻意引导的。实际操作中，梁万羽再根据市场表现对预演的日线进行调整。他会去核查跟进的大资金，判断是敌是友。

市场上有一些非常聪明的资金，专门盯着庄股。他们尾随庄家，零敲碎打地进场，在庄家拉升的过程中悄悄离场。这种资金极大地提高了坐庄成本。庄家起个大早，准备钓鱼呢，结果收杆的时候鱼饵被偷吃掉，鱼跑了。这个过程中所谓的交易活跃，是那些"窃贼"营造的假象。庄家们最恨的就是这种钱，拉升前会坚决把它们洗出去。

有一天，梁万羽逮到一个账户上千万资金跟进，他通过营业部的关系直接联系对方。双方坐下来谈判。"如果真有兴趣，就再拿4000万出来，我们步调一致，一起分钱。如果只是想凑凑热闹，那你就耐心等着。"最后对方识趣地退出了。但事情不会总是很顺利，眼前这篇报道就很不识趣。

"互联网需要好的故事。但有时候，故事就是故事！"梁万羽摊开报纸，文章中部醒目地用加粗的宋体字印着这句抽文，很熟悉的措辞。

报道深入挖掘了申江传媒集团在互联网方面的连续动作。

传媒集团的官方网站申江新闻网设计简单粗陋，内容几乎就是传媒集团纸质端内容的搬运。网站没有友善的交互页面，评论互动功能也很简单。倒是浮窗广告，来了一堆申江传媒集团自己的品牌。

最重头的是申江传媒集团宣布收购的香港亚洲新闻资讯网和东亚信息网。网页设计跟申江新闻网几乎一个模板，新闻内容贫乏，更新频率也低。记者专门跑到香港，了解香港本地用户对网站的体验。结果发现两个网站都是几个月前才注册，办公地址空无一人。记者问了一圈，没几个人知道这两个网站。

这就是申江传媒集团的互联网资讯生产和传播现状。

除了几个确实能在网上查到的网站，申江传媒集团并没有为高调布局的互联网事业配置专业团队。他们的互联网事业就是几个日均 PV 三位数的网站，和毫无竞争力的重复搬运的内容。

“我们在实地调查中发现，两个网站在东亚片区甚至香港的影响力都几乎为零。而那个被高调印到申江传媒集团董事长何志成名片上的“亚洲互联网协会”，是一家香港公司的名字，也刚注册几个月时间。我们去了协会注册地，没有找到任何标识和实际办公场所。”文章写道。

“日你妈哦，这么邪呢。”梁万羽右手拇指和食指轻轻地拧着眉心。《证券投资周刊》，创刊号，《浦江日报》。

嗯？主编：严浩！

梁万羽气得抓起报纸一把扔出去。呼！报纸在空中打了个转，又从梁万羽头顶飘下来。

正如《浦江日报》所报道的，申江传媒集团进军互联网的事情几乎就是纸上谈兵。当然他们本来就志不在此。梁万羽第一次跟何志成提互联网时，何志成对互联网在中国的前景是看空的。“至少 5～10 年内这都只会是个概念。”何志成斩钉截铁地说。

“有个概念就对了。我们就用这个概念讲个故事。”梁万羽丝毫不担心。等他把自己的计划和华变电能的成功经历讲给何志成听，何志成瞬间就明白了。

现在好了，网络上都是申江传媒集团讲故事的故事。传媒集团用他们最擅长的方式欺骗投资者，在他们最不擅长的领域。

这种事情的确可能发生，要说梁万羽完全没有预料到是不可能的。但爆出这篇报道的是严浩，几年前他们还一起讲故事。这让梁万羽倍感气愤。你严浩那么窘迫的时候，我梁万羽带你走出困境；现如今你日子好了，做主编了，跑来拆我梁万羽的台。

梁万羽本来计划周密。他把交易悄无声息地分散在几个证券公司的营业部。露出马脚的地方在于他的确有些操之过急。在香港搞这两个网站，除了名头吓人外一无是处。他就想利用信息传递不发达讲个信息传递的故事，挣一笔快钱。哪知道他这次扛了互联网的旗帜，恰好吃了互联网的亏。《浦江日报》的影响力集中在上海。可是门户网站一转载，其他城市的报纸又开始转载这篇报道。事情就这么传开了。

本来悄悄弄点筹码过来，就算事情不成，亏钱是万万不至于的。他们有很多办法脱身。现在事情一闹，散户纷纷卖出，申江传媒集团连吃三个跌停。

一家媒体曝出勾结庄家的丑闻，同行是最兴奋的。他们正好落井下石，举着正义的大旗打击竞争对手。何志成从来没想过要追互联网的风口。在梁万羽一通画饼煽动之后动了心。结果弄得传媒集团陷入负面舆情，让同行看笑话，让公司内部笑话。

“梁万羽你用尽心机就为这个？我本来已经没有太多精力来折腾了。赚钱亏钱先不说，你把我和我的媒体卷入这种污名。这会毁了我你知道吗？我们做媒体靠的就是声誉。一家没有声誉的媒体他妈的一钱不值。”

虽然每家媒体都有些不足为外人道的谋财之道，但他们营造的永远是新闻理想和扒粪者形象。现在好了，申江传媒集团成了被扒的对象。在敦煌洗浴中心的桑拿间，何志成大骂梁万羽，激动得直喘气。三七分的发型在蒸汽和汗水的浸泡下乱作一团。他眼里的愤怒和鄙夷，简直要把梁万羽给吞了。

赚钱亏钱的事当然也不能不说。何志成不关心梁万羽和他那些随从的资金，可要是让传媒集团跟投的钱亏出去，那何志成就彻彻底底，里外不是人了。

桑拿间每一丝愤怒和鄙夷，梁万羽都分毫不差地记到了严浩头上。查出肝癌后，何志成的事业心直线下降。得了这种病，人生就要往后看了，还打拼个什么劲儿。结果住院病房里冒出一个梁万羽，把他推到是非之地。某些瞬间，梁万羽也心有愧疚。就像他为没有一开始跟胡宇交代实情表现出的愧疚一样。

可是棒子也他妈别往一个人身上打不是吗？大家都是成年人。董事长怎么了，董事长就不用为自己的行为负责？我梁万羽的确费尽心机，可他妈动心的是你何志成自己啊，决定是你自己做的啊。你为什么不问问自己为什么动心？你他妈为什么不好好做你的董事长好好养你的病？还不是他妈贪！

遇到问题，当务之急是解决问题。抱怨，抱怨他妈谁不会啊？

当然，当然这些话梁万羽一个字都不能说出来。他不断道歉，说自己也没有预料到这件事情会出岔子，引起舆论发酵。“但何董您请放心，事情一定会有解决的办法，给我点时间。”

何志成刚愤愤地离开敦煌洗浴中心，梁万羽几个核心的资金方就急匆匆地赶过来。这里才是梁万羽名副其实的调度中心。

梁万羽泡在澡堂子里一支接一支地抽着万宝路香烟。他一口气要吸掉半支烟的架势，长长地呼出烟雾。众人在边上站着，但梁万羽只是重复前面的动作，眼睛死死地盯着水面，一句话也不说。

大概六七支烟的工夫之后，梁万羽终于开口。30%的浮亏，认赔出局对大家来说都不致命，但是这一战梁万羽不能输。

梁万羽满脑子都是严浩的影子。看看这个意气风发的媒体人婚礼那天晚上的模样。如果没有梁万羽，他会有今天？他不得继续白头发，继续哭稿子，还他国债327的债？他在华变电能太阳能项目中扮演什么角色自己不清楚？这才几年，就着急洗白，要重塑良心媒体人形象？去他妈的！

现在问题摆在眼前。舆论部分，申江传媒集团会配合逆转形势，但股价这一端也不能输，而且要强势回应。跟之前的预算相比，现在要花两倍的资金量来做这只股票。每个人都去筹备自己那一份。5天之内到账。不然就大家一起，金钱、声誉，一败涂地。

5天后，资金到位了。申江传媒集团的股票，被梁万羽从每股4元拉到8元，没人跟进；再从8元拉到16元，还是没人跟。手上的筹码越积越多，资金压力越来越大。

股票每天都得有一定的成交量。操作不好就有可能吃进别人的卖单。那些跟风进来的资金，蚕食着诱饵。有时候守一根阳线比守一座城还难。每一个交易日对梁万羽都是煎熬。梁万羽再次把投资人聚到敦煌洗浴中心。"至少再筹5000万来摆到账上，不然大家就这么温水煮青蛙等到水开，最后都是死路一条。"梁万羽说完，抓着浴巾就走了。公共澡堂里留下面面相觑的几个投资人。

一周后，钱到账了。申江传媒集团10个交易日拉出6个涨停板。半个月后，股票再跌进22元，盘整后重新上扬，买盘纷纷杀入。梁万羽表情抽搐，一口接一口地吸着万宝路香烟，开始出货。赶在互联网泡沫破灭之前，梁万羽从申江传媒集团完美抽身。

事后，还是在敦煌洗浴中心，梁万羽泡在热水池里跟他的投资人大肆炫耀。这回他不再抽烟，双臂张开，放松地搭在池子边沿。

"看到了吗？这他妈就是对散户的精准打击，也是对人性的精准打击！散户就是羊群。约翰·缪尔曾经说，一只羊简直没有资格被称作是一只动物，要整整一群羊的智商才勉强算得上一只愚蠢的动物。这次你们看到羊群是怎么思考的了。看到一只股票每天出现在涨停板上，散户就像羊群看到嫩绿的青草，眼睛都是放光的。"

申江传媒集团从4元涨到16元，股民只是看看热闹，不过是庄家做戏。没人相信这股票还能涨。这只股票继续上涨，从16元拉到三十多元。散户是畏惧的。就算不畏惧，也几乎跟不上节奏。可是当这只股票又从三十多元掉到22元，而且盘整后继续上扬的时候，散户们坐不住了。一鼓作气，再而不衰，必然有新一波升浪。

有趣的是，很多散户会去分析前面升浪到盘整的成交量。掐指一算，主力还在。

从筹码数量判断，这大致是准确的。但这些屋子里的聪明人忘了一个问题。如果庄家的筹码均价在4元，共掌握2个亿的筹码，也就是5000万股。庄家在22元左右捞回2个亿的成本，并不需要卖掉5000万股，只需要卖掉大概900万股。剩下的四千多万股，庄家哪怕卖一毛钱一股，还是每股净赚一毛钱。

所以主力的确还在，但主力可能早就回本了。这就是庄家可怕的地方。在这之后，你在任何位置进场，都可能是高点。收回成本之后，庄家可以肆意玩弄散户，就像食肉动物玩弄已经到手的猎物。

“别说一个《浦江日报》的周刊了，来十个我他妈照样把K线拉到他们怀疑人生。操！”梁万羽不屑地说。

第十章

不幸的是，随着互联网泡沫的破灭，股市进入长期萧条。以1999年“5.19”行情开启的一波小牛市，持续到2001年的2245点，整体市盈率超过60倍。监管层开始担心股市的虚假繁荣，大盘一路下滑。梁万羽也似乎在申江传媒集团一役用光了所有运气。

市场信心这东西，有一天真的可以虚弱到一钱不值，吃再多的野猪睾丸都补不起来。直到2004年，梁万羽都在无序中折腾。

2004年新年过完，就3月份还凑合，之后就是一眼望不到尽头的跌盘。梁万羽试过很多以前熟悉的套路，手里那根K线无论如何也拉不起来。

梁万羽曾经将一只钢铁股有条不紊地做出一根走势很好的K线。技术分析派们喜欢念叨那些波浪，那些肩，那些底，就像一个精心拾掇站到台前的姑娘。人们通常津津乐道的部位，该有的都有。结果6月份大盘狂泻不止，这只股票在半个月内跌去62%。为了不让自己爆仓,梁万羽经常在收盘前借钱拉高收盘价。

对做交易的人来说,最大的苦闷在于无处诉说。赚钱了你不能到处说,因为别人又没搭上车,甚至可能正亏钱,说出来惹人嫉恨。亏钱了你不能到处说,因为说出来也无济于事,谁也帮不上忙。你不能跟家人说,也没法跟朋友讲。他们不一定懂,更无法承受这种反反复复的波动。你更不能跟那些关系不咸不淡的朋友讲,他们正等着看笑话。

心理压力大的时候,有人喝闷酒,有人在论坛上写段子,有人去逛夜场。2004年,梁万羽晚上几乎都住在敦煌洗浴中心。酒精的麻醉、吵闹和之后的温存,可以让他短暂地忘掉白天盘面的撕扯。尽管如此,他几乎没有一天可以睡个好觉。失眠,多梦,不由自主地胡思乱想。他也开始掉发,甚至有了白头发。

有一天,他少有地事后感慨起股市的死气沉沉来。最相熟的谈小雁赤裸着身体,将一对饱满的奶子紧紧地贴在梁万羽胸口。谈小雁右手漫不经心地拨弄着梁万羽早早缴械的下半身。"羽哥你要不歇一阵吧?这个市场都没Beta了,你这不是负隅顽抗吗?你看现在谁还在聊股市?"谈小雁说。梁万羽像从噩梦中惊醒,猛地坐起来,惊愕地看着谈小雁。一个市场没了Beta,做什么都是负隅顽抗。这正是梁万羽讲给谈小雁的。可是当这话从谈小雁嘴里说出来,香软呢喃地从梁万羽的胸脯爬上耳垂时,他觉得事情不对劲了。

真他妈醍醐灌顶啊,梁万羽想。可不要小看这些夜场小妹。他们跟市场一线参与者的距离如此之近,交情如此之深。这是那些成天坐在电脑前面打字的股评家一辈子也够不着的。

梁万羽跑去卫生间用凉水冲了把脸，出神地瞪着陌生的自己。梁万羽你他妈这几个月都在干什么？你他妈脑子丢到哪儿去了？被用过的避孕套糊住了吗？

第二天一早，梁万羽告别了睡梦中的谈小雁，离开了上海。

手上的持仓梁万羽丝毫没动。市场已经这样了。这船万一要沉，就大家一起沉好了。

梁万羽先回到川西老家。

华变电能大赚之后，梁万羽曾经短暂地把父母接到上海北外滩。但老人根本住不习惯，待了一个星期就吵着要回去了。“城头有哪样意思？走到哪人家都把你盯到。对门对户的招呼都不打。”陈德培说。梁万羽又在成都牛市口买下一层商品房，一梯四户。父母住在成都，自己往返探望方便点。成都人讲话都听得懂，生活起来总会好些。陈德培还是不去。他喜欢自己待了几十年的梁家坝。每天进出看见自己的庄稼地、菜园子，看着年猪一天天长大，这样他才感觉踏实。

梁万羽给家里钱。陈德培说，我们无毛无病，拿那么多钱来做啥子。你在外面花钱的地方多，自己留着。“那就不要干活了，现在又不缺吃的不缺用的，好好休息。”梁万羽劝陈德培。身体好好的一天吃了不做事成啥话？没一句是陈德培听得进去的。梁万羽只好随老人开心。

哥哥姐姐家经济会紧张一些。但重要的开销无非修房造屋，梁万羽稍作帮衬，不在话下。每个人都有自己的生活节奏。只不过有梁万羽在，哥哥姐姐的生活现在有人兜底。成都的房子，往后大概率也就是留给哥哥姐姐的孩子了。

丰收的季节刚过，梁家坝没有梁万羽儿时那种热火朝天的感觉。到处门庭冷落，萧瑟得很。

村里通了电，通了公路。越来越多的年轻人跑到外地打工。留下的老的老，小的小。要等到腊月打工仔回家，学生放假，坝上才会重新热闹起来。

梁万羽回家这天，梁家坝下着小雨，裹上外套仍然觉出一身凉意。60岁的陈德培一个人安安静静地坐在火铺的角落烤火，像一只打盹的猫头鹰。

父亲抬头的瞬间，梁万羽心里一惊。陈德培形容枯槁，跟往日判若两人。

梁万羽尝试搞清楚发生了什么，父亲简单粗暴地打断他。"没得哪样。老子身体好得很!"母亲梁玉香背着背篓从地里回来时，正赶上父子俩的沉默时刻。

"得饭吃没？万羽。"梁玉香问儿子。从梁万羽上大学开始，梁玉香每次跟儿子说话都是这句开场白。她总是担心远离父母，儿子不能照顾好自己。

几乎一刻不停，梁玉香利落地张罗一家三口的晚餐。她从屋后取来柴块，把火塘烧旺，把米淘好倒进鼎罐。梁玉香直起身，用火钳从头顶的横梁上取下一块腊肉。这是梁万羽最爱吃的猪后腿肉。

尽管这些年梁万羽已经越来越少回家。梁玉香还是每年都会挑最好的猪后腿肉，做成腊肉给儿子留着。

火塘里，火炭像蛇吐信子一样伸出蓝色火苗。梁玉香右手抓起火钳，熟练地将火炭一颗颗夹出来，整整齐齐地码放在黑黢黢的猪皮上。火炭码完，猪皮开始发出滋滋的声响。梁玉香左手拿起吹火筒，呼呼地吹着炭火。

油烟的香味混杂着猪皮烧焦的煳味在厨房蔓延。梁玉香仍然呼呼地吹着，直到猪皮表层看起来已经烧成黑炭，再转移到下一处。猪皮下的肥肉被烤出一层热油。热油裹着黑黢黢的尘垢，在肥肉表层洗刷出一道道沟壑。烧完猪皮，母亲把猪肉整块放入洗菜盆。鼎罐里米汤刚好烧开，盛出来浇到烧焦的猪皮上。稍稍浸泡之后用菜刀一刮，猪皮变得像玉米一样金黄。

洗净切片后的烤腊肉，肥肉透亮，闪着光泽，瘦肉紧致，颜色鲜艳。这时候鼎罐里的米饭刚好干了水汽。梁玉香拨出火炭铺在三角边，噗地一口吹开火苗，以火中取栗的矫健，徒手将滚烫的鼎罐端下来煨在火塘边。

梁玉香将切好的腊肉放进锅里，加入半碗清水，盖上木锅盖，开始切青椒，清洗萝卜苗。梁万羽搭不上手，抓起火钳拨弄火塘里的柴火。

这是在外面闯荡时，梁万羽无数次重温过的烟火气。在城市里偶然闻到柴火的气味，他总是会想家。如今回到家里，一切都慢了下来。一家人围坐，柴米油盐。对梁万羽来说，这是过往，也是前行的力量。

只是今天，沉默得有些异样。

往日的陈德培，此刻一定忙着指手画脚，一会儿要梁玉香切掉没有洗净的猪皮，一会儿要梁玉香把猪肉切得厚一些，或者薄一些。陈德培很少下厨，这是他参与厨房生活的方式。梁玉香一定会不耐烦地嘴上还击，但几无例外，手上会不偏不倚地照做。

梁万羽小心翼翼地瞥了一眼角落里无精打采的父亲。陈德培一句话也不说。他一会儿看起来若有所思，一会儿看起来又困得不行。他的视线甚至都不落在梁玉香和梁万羽身上。

梁玉香不时问起梁万羽在外面的情况，打破这透着紧张和谨慎的沉默。

“万羽啊，你到底啷个想的嘛？工作有那么忙吗？”

“万羽啊，实在没有合适的，我们要求就不要那么高。人这一辈子，不可能啥子都那么周全。能遇上一个对你好的，就好好跟人家处。妈跟你说，找一个对你好的，比找一个好看的、一个你喜欢的要好得多。这个妈看得多。”

“万羽啊，你再不结婚，妈就老得不能帮你带孩子了。你在上海又没个人帮忙，又要上班……”

陈德培还是不说话。火塘里柴火哔哔啵啵的声响和梁玉香忙乎时丁零当啷的动静异常真切。

锅里的腊肉嗞嗞作响，是那半碗清水烧干后肥肉出油的声音。梁玉香揭开锅盖，简单翻炒后把备好的青椒倒入锅中用腊肉盖住。梁万羽到城里生活后才理解这种青椒的精妙。城里买二荆条，通常体形修长，皮薄肉厚，还不辣。赶上辣的二荆条，又辣得像化学材料，无从下口。普通的青椒或者有的叫作灯笼椒的，一样的毛病，肉厚，不辣，有的还一股白水的寡淡。家里这种青椒个头适中，肉很薄，香辣适中。想吃辣一点，就摘颜色深一点的，甚至颜色发紫的。为了好看，还可以摘几个红辣椒。

青椒炒腊肉起锅，加一点点猪油和姜片，加两碗清水烧开，萝卜苗烫几秒钟就出锅。梁玉香还炒了梁万羽最爱吃的渣海椒和酸菜。简简单单的一餐就做好了。回到父母身边，梁万羽还是那个受宠的孩子，端起碗就要吃锅巴。熟悉的口感和味道，每一口饭菜都别有滋味。

梁玉香端着碗，不多会儿又看看梁万羽，不想错过儿子任何一个动作和表情。陈德培毫无胃口，吃了小半碗饭，几筷子萝卜苗。

梁玉香不断东家长西家短没话找话，不让场面冷下来。除了家人，这个坝子里最让梁万羽惦记的就是表兄梁天德。十年了，表兄梁天德还是没有消息。有人说梁天德去海南炒地皮亏得一塌糊涂，欠了高利贷被人害死了。有人说梁天德根本就没去过海南，在成都炒期货赔得精光，跳楼死了。有人说，梁天德赚了钱，跟一个漂亮的女大学生移民去了美国。

像梁天德一样在红庙子赚到钱的人很多，因为那是一波牛市，是缔造神话的地方。但是很多人最后都没守住这些钱。

1993 年 3 月 22 日股票黑市从红庙子街迁移到成都城北体育馆，4 月 26 日乐山电力上市几近癫狂，盘中最高价达到 50 元。还没上市的金顶集团股票炒到近 30 元，比秋天上市时的价格还高。4、5 月份接盘的投机客们，每个人都接到一把快速下坠的飞刀。

同年兴起的期货市场有多野蛮呢？后来名声大噪的大佬串通交割库做空玉米期货，一时间百万玉米进四川。几个后来在国债期货上结仇的冤家，其实这时候已经交手了。走出成都，海南、广西北海都曾掀起淘金般的房地产投资热潮，最后也成为很多投机客的梦碎之地。

梁万羽知道，考验表兄梁天德的远不止这些。从红庙子发家的投机客们转到二级市场，迎面就是一波荡气回肠的下跌。

如果把乐山电力上市的1993年4月26日算作红庙子的巅峰，紧随其后这一波下跌持续到1994年7月29日，上证指数从1345点直降至325点。

听完各种传言，梁万羽还是更愿意相信最后一种。反正都是传言，不如选一个好的听。

“我爸到底咋回事哦？”趁陈德培饭后去睡觉，梁万羽悄声问母亲梁玉香。

“也没说清楚哪里不舒服。上个月到乡上去赶场，回来路上淋了雨，感冒了就一直没好。”梁玉香说。

陈德培身体一直很结实。但眼前的陈德培不是梁万羽熟悉的父亲，精气神判若两人。这让梁万羽直觉非常糟糕，第二天就不由分说地把父亲带到县医院。

“哪里不舒服？”县医院门诊大楼二楼诊室，内科医生扶着眼镜问陈德培。

“没得哪里不舒服。”陈德培不认账。

“哪里不舒服？”内科医生把目光投向梁万羽。

“是有点感冒了。”陈德培改口道。

“感冒好久了？”

“个把月了。”

“有啥子症状？”

“没得啥子症状，不咳也不吐。”陈德培说得斩钉截铁。

“啥子症状？”内科医生再次把目光投向梁万羽。

“就是周身有点软，不想吃饭。”陈德培答道。

“喝不喝酒？”

“不喝。”

“你不喝酒?”梁万羽差点被父亲逗乐。

“是好久没喝了嘛。”

“好久?”内科医生问。

“感冒了就没怎么喝了。”

“以前喝得凶不凶?”

“不凶。”

“不凶是多少?”

“三两嘛,没人劝的话。反正半斤是肯定没到。”

“一天吗?”

“一天? 一顿呢。”

“一天喝几顿?”

“三顿嘛,又不兴过早宵夜。”喝个酒有啥子呢,问这么细。陈德培十几岁就开始喝酒了。

“你可能不只是感冒,要检查一下。我给你开点单子。今天抽不了血了,明天来,要空腹。”内科医生给陈德培开了检查单,两对半、肝功能、血常规、腹部彩超等。

梁万羽心里忍不住发慌。梁万羽自己也是乙肝病毒携带者,前些年又跟申江传媒集团董事长何志成住过院,他知道做这些检查的指向。这也正是他急急忙忙把父亲带出来检查的原因。

担心的事情总是会来。

第二天下午拿到检查报告,内科医生随便找了个托辞把陈德培挡在外面。他告诉梁万羽,陈德培的肝,有接近 2/3 的区域都已经感染了。“晚期。来得太迟了。提前一年过来可能情况会好一些。”

重新将陈德培带进诊室，内科医生并没有什么特别的表情，也没有刻意强调事情的严重程度。他给陈德培开了一堆中成药、西药，并告诉陈德培回到家尽量多休息，农活就不要再干了。

“少吃油腻食品，少吃肥肉，酒就不要再喝了。”

“一点都不能喝了吗？烟还能不能抽？”

“你不要来问医生能不能抽烟，没得哪个医生会建议你抽烟。只是说，这个病它不要求你戒烟。”内科医生笑了，“还在想喝酒不？”

“最近倒是不想喝哦。不过要是改后都不能喝酒，那活起还有啥子意思？”

谢过医生，梁万羽领着父亲从诊室退出来。医院走廊里，来来去去都是些愁容满面的人。医务人员忙忙碌碌地穿行其间，没空理会这些情绪。

看着仍然有些不明所以的父亲，梁万羽咬着嘴唇不断深呼吸。他首先想到几年前在上海认识的肝病专家胡宇。因为想操盘申江传媒集团，梁万羽住进肝病医院的病房，最后不单如愿接近了何志成，还跟何志成的主治医生、上海一流的肝病专家胡宇结识。

翻出胡宇的电话，梁万羽内心说不出的滋味。

命运的嘲讽太过无情，让人无法消受。梁万羽曾经费尽心机住进病房。如今他想把肝癌晚期的父亲送进病房，但恐怕已经来不及了。

电话那头，胡宇安慰梁万羽，如果觉得不踏实，可以再到成都的大医院复查一次，去北京上海也行。但是血液、彩超这种检查，出错的可能性极低。结合梁万羽提供的信息，诊断结果应该是可靠的。

“医生还是开了很多药。”梁万羽左手握着电话，右手提溜着鼓鼓囊囊两塑料袋的药。

“医院都要卖药的嘛。而且开药对病人也是一种安慰。不过我觉得这个阶段，减少刺激和补充蛋白质是更重要的。”

梁万羽径直带着父亲陈德培从县城到成都。最好的三甲医院，专家号居然排到一周以后了。梁万羽上大学在上海，在成都没什么人脉资源。从挂号窗口出来，他沮丧透顶，又不能在父亲面前表现出来。站在医院外面的台阶上，梁万羽有些手足无措。

这时一位中年妇女凑过来，弟娃儿，想挂哪个医生的号嘛？我们有办法。说来奇怪，梁万羽脑子里第一时间闪过的是有一年他回成都找表兄梁天德时，暑袜街那位缠着要他找个小妹的大姐。

“窗口都挂不到号，你有啥办法？”

“那你不要管嘛，只管给你弄到号就是。”

“好多钱？”

“普通号便宜，专家号要80块。”大姐乜斜了一眼陈德培，一看眼神就知道是远处乡下来的，随口开价。这让梁万羽气不打一处来。哪来的妇人，还狗眼看人低。

不过梁万羽瞬间就明白，这个大厅无所事事的人不少，肯定不止这个妇人可以弄到号。钱没多少，但他觉得这帮人乘人之危。被抢劫的感受，在哪儿都不会太好。

最后梁万羽搞到专家号，但得第三天才能看医生。梁万羽带着父亲去牛市口看他几年前买的新房。有三套都租出去了,一套空着。

"你看嘛,这一层楼都是我们的。喊你们来住咋个说都不来。"

"你这房子好打挤嘛,哪有我们屋里亮闪。"

梁万羽带父亲陈德培去人民公园喝盖碗茶。这还比较合他心意,热闹,还便宜。但一天中,陈德培精神好的时候不多,总是很疲惫。他们大部分时间都在锦江宾馆休息。梁万羽想让父亲体验一下被人服务的感觉。他知道不能告诉陈德培酒店住宿和餐饮的价格。

"你莫管这些嘛,我回公司都是可以报销的。"

终于排上号的时候,医生还是重新开了检查单子。两对半、肝功能、血常规,又加了乙肝病毒、甲胎蛋白、乙肝定量和核磁共振。核磁共振也得排队。

所有的报告出来之后,诊断结果跟县医院的几乎没差别。医生告诉梁万羽,现在的情况,已经没法手术,只能药物治疗和化疗。但是化疗本身对身体也是一种伤害,会很遭罪。病人和家属要有心理准备。

梁万羽马不停蹄地带着父亲飞到北京,去了协和医院。医生看了成都的检查单,听梁万羽转述了成都的诊断和意见。医生告诉他,其实没必要再来协和了。医生甚至没有再开检查和额外的药物。但是如果病人有需要,医院可以尝试做介入手术进行化疗,看看情况会如何。

陈德培跟着梁万羽到处跑,知道病情可能很严重,但梁万羽一直没告诉父亲得的是癌症,而且是晚期。"是不是医不好了?

万羽。医不好了我们回去，在外面东跑西跑的，花钱得很。”

这时候就不要提钱了吧。越是提钱，梁万羽越是难受。很多人的无奈，是没有钱来解决问题。梁万羽的绝望，是拿着钱解决不了问题。

介入手术看起来很简单，推进手术室半个小时就出来了。但手术后几天陈德培几乎吃不进东西。剧烈疼痛，呕吐。一开始护士说，能忍尽量忍忍，实在忍不住就说话。

陈德培一辈子要强，一边疼得直喘粗气，一边说，不怕不怕。主治医生查房的时候骂护士，痛成这样你不给病人镇痛药。这么大年纪了遭这罪干嘛？护士委屈兮兮地说，他自己说扛得住……

因为感染面积太大，介入手术没有明确的周期，只能一边做一边观察。陈德培说什么也不愿意再做。挨到出院，陈德培一心想要回梁家坝。他担心自己饿死在北京。梁万羽连哄带骗，带陈德培去了天安门和毛主席纪念堂。陈德培还是高兴，但疲惫更多一些。看长城的计划，梁万羽就取消了。

也许是心理上对在上海结识的肝病专家更有认同感，梁万羽带着父亲坐上了飞往虹桥机场的航班。飞机进入平流层，机舱内慢慢安静下来。虽然陈德培不是第一次坐飞机，但他还是很好奇，一直靠在窗边，目不转睛地盯着飞机下方卷积的云层。那是电视里面孙悟空日行千里的交通工具。

梁万羽一直偷瞄父亲。就那么一瞬间，梁万羽豆大的泪珠夺眶而出。他赶紧起身，快步走进厕所。梁万羽坐在马桶盖上，任由眼泪流了十多分钟。

梁万羽成长中一直带着深深的自卑，在乡下那个跟着母亲姓的孩子，在城里的乡下人。他一直觉得只要自己能够挣到足够多的钱，所有问题都会迎刃而解。眼下自己虽然在股市一塌糊涂，但怎么说他还是个千万富翁。父亲重病后，他突然发现有时候钱也起不了那么大的作用。现在钱能做什么？也就坐飞机选个头等舱，在城里住个五星级酒店，给父亲买更贵的营养品。

出来十多天，父亲的身体状态甚至更差了。他能看出某些瞬间父亲还是挺高兴，但更多的时候父亲甚至都没有精力高兴。

在上海，胡宇重复了成都和北京的专家叮嘱的内容。酒千万别再喝了，主要是怕出血。出血就很快了。后期主要解决的就是疼痛问题。如果出现肝腹水，就定期抽掉。盐酸曲马多缓释片备足，后面如果实在不行，得用吗啡。没必要让老人遭罪。这都是处方药，每次开的量有限，要打个提前量。“实在不够，打个电话，我找成都的朋友开了给你带过去。万羽，多陪陪你父亲吧。他有什么想做的事情，趁他精神还好的时候带他去。”

梁万羽握住胡宇的手，两人轻轻地拥抱。胡宇一直惦记梁万羽的电视剧什么时候能拍出来，这次也没好意思再问。

告别胡宇，梁万羽带父亲陈德培回家，安安静静地待在梁家坝，哪儿都没去。天气好的时候，梁万羽就陪父亲在院子里晒晒太阳。他们经常谈起陈德培年轻时的闯荡，梁万羽小时候的模样。

家务事仍然由梁玉香主导，但大部分时候有姐姐和嫂子搭手。哥哥则里里外外忙着家里的事。寨子里远亲近邻，前前后后所有家庭都赶来看望陈德培，送钱的，送鸡蛋的，送面条的。每天晚上家里都有很多人围坐。梁万羽几次雇小货车从县城往梁家坝拉水果和酒水零食。这让家里人倍有面子。

也许这就是陈德培更喜欢住在梁家坝的原因。在这里，他能清晰地感受到自己跟这片土地，跟远亲近邻的关系。这是城里生活远远不及的。但梁万羽很不理解的是，大家经常当着父亲的面，毫无顾忌地谈论疾病和死亡。

梁万羽的父亲陈德培没什么文化，但一辈子克勤克俭努力营生，养活这个小家庭。陈德培卖过麻糖，一种用玉米提炼的硬糖，敲碎了论两卖。他还收过烂鞋子。村里人都干农活，解放鞋通常都先烂鞋面，补无可补，剩下的塑料鞋底就被陈德培回收了卖到县里。如今通公路后，村子里到县城也就个把小时车程。但在梁万羽的记忆中，以前父亲陈德培每次进城都是天不亮就出门，天黢黑才回到家。

父亲还做过铁器的生意，卖菜刀、镰刀、锄头、犁等。铁器生意成本高，村里人又爱赊账，不久就做不下去了。父亲经常说，赚钱把钱算，折本把本算。村子里就这么几百号人，做什么生意都是小打小闹。最后算不过本，陈德培只好回家种田。

靠夤夜奔袭，靠人背自行车驮，靠寨子里几百人几无富余的产出和捉襟见肘的购买力，陈德培几年的生意并没有给家里经济状况带来多大改观。但陈德培带回很多“外面”的信息和故事，给小小的梁万羽带来很多潜移默化的影响。而对梁万羽人生轨迹影响颇大的梁天德，正是在陈德培的引导下走出大山。

梁万羽还很小的时候，陈德培就要他好好读书。似乎那就是梁万羽唯一的出路。“要是你不给老子好好读书，那你就回来跟牛屁股。”陈德培总是恐吓儿子。

“跟牛屁股”是个形象的说法，说的是老百姓犁地，成天握着犁把跟在牛屁股后面吆喝。梁万羽没犁过地，但他知道成天跟牛泡在一起有多烦。

梁万羽才6岁的时候，父亲就要求他每天上学前先把家里的黄牛牵出去吃草。等牛吃饱，才轮到梁万羽回家吃饭，背着书包去上学。看牛有没有吃饱，要看牛的肷窝有没有鼓起来。肷窝就是牛背上，最后一根肋骨和髂骨之间凹陷的地方。

晨曦越过山岗，洒在庄稼地里。庄稼地边沿，留给人畜走的路就两个脚掌宽。青草尖仍然挂着露珠，晶莹剔透。梁万羽捏着手里的缰绳，距离牛鼻子一步之遥。这样，牛就不至于偷偷吃别人的庄稼。有时候，梁万羽故意把绳子放得长一点，给牛偷吃一口。得是又嫩又肥的苕藤子，麦苗也行，但苞谷秧不可以。

远处的林子里，布谷鸟、斑鸠、喜鹊、乌鸦、麻雀、知了，伴随着牛的铃铛声，吵作一团。牛虻爬满黄牛的额头、眼睛、鼻子，爬满牛耳朵和牛尾巴扫荡不到的地方。黄牛奋力摆头，牛虻机灵躲闪，又跑到梁万羽的胳膊、脚杆，停靠在梁万羽每一处裸露的肌肤上。梁万羽不断拉扯裤脚和袖管，手舞足蹈。

一天早上放牛回来，梁万羽家里挤了一屋子客人。因为繁重的农活压力，家里的早餐是正餐，吃得非常丰盛。家里有客人的时候，饭菜比平时也更好。梁万羽放牛饿了一早上，兴冲冲地端着碗往人堆里凑。客人连忙招呼说："幺儿回来了，快来挤挤，一起吃，一起吃。"

陈德培大大咧咧地说："不管他的！小崽崽家，吃的日子在后头。"

第二天早上再出门放牛，梁万羽就只牵了母牛出去。陈德培一早下地干活，回来发现小牛犊被关在圈里，大骂梁万羽："你个狗日的！你啷个不把牛崽吆出去吃点草！"

“不管他的！小崽崽家，吃的日子在后头。”梁万羽不以为然地答道。

打那之后，陈德培就再也不让儿子放牛了。陈德培逢人就说，陈德培的儿子不做放牛娃，陈德培的儿子天生就是读书的料。

这个冬天，梁家坝很暖和。可是再暖和的太阳也唤不醒陈德培日渐干枯的身体。陈德培的饭量越来越小。从两碗饭降到半碗饭，不过三个月的时间。年前家里杀了年猪，陈德培都提不起兴趣多夹两筷子。

所有人都心照不宣。陈德培剩下的时间不多了。哥哥开始悄悄地带着阴阳先生选墓地。亲友的重复探视，更加确认了这种信号。一生要强的陈德培有时候很感激大家的惦记，有时候又不愿面对，宁愿自己在床上躺着。姐姐和梁万羽总是找借口去陪父亲。陈德培连连摆手：“各人去耍，我不要陪。”

慢慢地，陈德培不再摆手拒绝。他没有力气了，连说话的力气也没有。眼神里的光越来越黯淡。

最让梁万羽难以接受的是，父亲完全没有给他任何腾挪的机会。肝病的恐怖之处就在于，如果一个人因为肝病感到不舒服了再去看医生，通常就很糟糕了。陈德培这样对肝病一无所知的老汉，身体明明不对劲了却一味强撑，一检查就是晚期。梁万羽不肯原谅父亲，但凡父亲能给自己一个电话，但凡父亲能少喝点酒……梁万羽更不肯原谅自己，有申江传媒集团的经历，他就应该意识到自己常年喝酒的父亲，年老注定难逃肝病——肝硬化、肝癌。他早就应该带父亲出去体检，提前把父亲的酒给戒了。

当然这都是后话，除了增加自己的内疚，于事无补。以父亲固执的个性，在他身体毫无异样的情况下，他肯去医院吗？就算检查出来有肝病，父亲能戒酒吗？

也许能，也许不能。

没等天气暖和起来，陈德培就耗光了身体里的最后一丝能量。

这天晚上，陈德培示意守在身边的梁玉香，他想在床上换个方向睡。警觉的梁玉香哭着找来梁万羽三兄妹。根据老一代传下来的经验，一个重病临终的人换方向睡，就离断气不远了。有时候人们为了减轻病人的痛苦，会主动提出帮病人换个朝向睡下。

这种方法可能总是很灵验，于是一代代传了下来。梁万羽不明所以。后来他想，大概是调转睡姿这一番折腾，加速了病人精力的消耗。

梁玉香不停地哭，但是她坚持不让陈德培调换睡姿。姐姐更是早就泣不成声。只有哥哥和梁万羽强忍着泪水。

最后半小时，梁万羽紧紧抓住父亲陈德培的手。上大学以后，梁万羽回家的时间越来越少。陈德培是那种说一不二的家长权威，父子之间的交流方式通常都是对坐沉默。

梁万羽尝试让父亲喝点水。水杯凑近父亲嘴边时，他都没法喝进一口水。梁万羽找来吸管塞进陈德培嘴里，水杯里不停地冒泡。

陈德培已经没有进的气，只有出的气了。他的手指一点力气也没有，只是偶尔抽动一下。

梁万羽就这样守着父亲，直到陈德培眼里的最后一道光熄灭。

第十一章

料理完父亲的后事，梁万羽买了张成都飞拉萨的机票，来到他从未踏足的圣城。他想远离熟悉的世界，让自己静下来，想想后面的路。

飞机落地那一刻，拉萨用最炽热的阳光和层次分明的蓝天白云迎接梁万羽。贡嘎机场到城关区 60 公里。嘎拉山公路隧道已经贯通，全长近 4 公里的雅鲁藏布江大桥正在赶工期，要 8 月份才通车。宽阔的雅鲁藏布江河谷，江水像湛蓝色的丝带一样镶嵌其间。

出租车开进城里，停在斑马线前面给磕长头的队伍让路。他们头发蓬乱，额头上凸起板栗大小的青疙瘩，手里的木板“手套”磨得十分光滑，就连胸前用牦牛皮做的围裙，也给磨出洞来。他们完全沉浸在自己的世界里，俯身贴地，磕头，起身前行三步，继续俯身贴地，磕头。整洁的路面上，木板“手套”着地时磕出清脆的声响。他们来自广大藏区，行程数月一路磕到这里。

拉萨老城区还跟严浩、宋旭东当年描述的一样，这里的建筑就像一直生长在这里，从不衰老，从不褪色。八廓街上，转寺庙的人们手里摇着金色的转经筒，嘴里念念有词地沿着顺时针方向移动。

大昭寺门口，人们心无杂念地磕着头。梁万羽又碰到在马路上停车让行的那支朝拜队伍。他们中很多人就这么待在这里，一连磕好几个月的头。他们磕头转经，不只为自己和家人，还为天下众生祈福。他们看起来身无长物，甚至衣着有些破旧，但每个人脸上呈现出的平静是梁万羽在上海，特别是他接触较多的证券从业者的脸上，很难看到的。

梁万羽不明就里，但大受震撼。这天晚上，梁万羽躺在床上，脑海里全是过往。他迷迷糊糊地勾画小平同志去世那周的大盘K线，还有那只他坐庄失败的钢铁股的日线。他希望经过震荡回调，手上的K线重新回弹，一路上扬。哪知道画着画着纸上的K线就变绿了，一泻千里，止都止不住。

一个人跑到拉萨，梁万羽不是为了复盘这些糟糕的经历。可是辗转反侧，他就是控制不了自己的思绪。画K线的画面就像被录入一个自动倒带的录像带，梁万羽一闭上眼，就看到它在重复播放。他永远突破不了那个剧情，不断地重复、重复、重复。

梁万羽不记得自己一晚上翻了多少次身。可以确定的是，他几乎一秒也没睡着。第二天在丹杰林路一家藏餐馆顶楼，老板建议梁万羽点3磅酥油茶，说那有助于缓解高反。酥油茶端上来，他才意识到八廓街的空气里若隐若现的，正是这股酥油茶的气味。两杯酥油茶下肚，他只觉得满脑子油腥。

梁万羽回想起毕业这些年的折腾，很多画面历历在目。总的来说梁万羽的境遇一直在变好，但身边的人似乎离自己越来越远，表兄梁天德，上司许志亮，618宿舍三个曾经的好友。

梁万羽掏出手机，上上下下重复翻看着通讯录。他竟然不知道该把电话拨给谁。表兄梁天德那个大哥大号码早就拨不通了。许志亮仍然关心梁万羽，但他不知道跟许志亮聊点什么。

马文化、严浩、宋旭东？梁万羽有暗自关注他们的消息，但已经不记得上次跟他们联系是什么时候了。梁万羽谈不上对这些人有多大的恩，但也不至于有多大的仇吧。马文化据说被借调去了上海周边一个开发区做了主任。严浩早就成了《浦江日报》的副主编、主笔，但是在体制内，再往上的位置他近期是没有机会了。宋旭东1997年升任华变电能副总裁，公司业务不知道，但公司股价就没再起来过，在七八元之间徘徊。

也都不是多大的腕儿，对吗？为什么都没人愿意主动破这个冰？为什么大家就这么越来越疏离了呢？

最后梁万羽第一个拨通的居然是谈小雁的电话。正在补觉的谈小雁带着疲惫和娇态，彼此简单问候了几句。挂掉电话后梁万羽只觉得可笑。有时候他觉得自己什么也不缺，可是此刻反问一句，他梁万羽有什么？

拉萨的阳光名不虚传，晒得人慵懒，骨肉发酥。梁万羽重新点了3磅甜茶，在阳台上两眼无光地坐了很久，才重新拿起手机，给马文化、严浩、宋旭东挨个拨了过去。

马文化的确去了一个开发区挂职，不过不是主任，是副主任。分管副市长想把40平方公里的开发区打包上市，让马文化这个副主任压力很大。说实话，玩这些资本游戏，马文化还是隔着一层。他还想着什么时候请618宿舍几位老同学出来帮帮忙。华变电能过去的时间有点久,但是几位同学的能量都比以前更大,看有没有机会续上前缘。

“你跟嫂子最近怎么样? 不天天待在一起后好点吗?”梁万羽不想谈工作,赶紧把话题岔开。

“你嫂子已经升了公司财务总监。可我们还是老样子。回不去了。”

“会好起来的。又分不开。”

“是我回不去了。前几年买车买房后家里压力马上就卸下来了。说起来都是兄弟几个的功劳,也没好好感谢你们。”

“是马大哥给大家指了条明路。”

“那一阵她其实热情了好多。可是我这个人啊,感觉不对了之后,就再也难有亲密感了。我也不知道为什么。一来二去,现在又走回老路了。”

马文化和李东燕各自忙碌。他们的主要交集来自孩子。这是他们至今没有离婚唯一的原因。不过两个人同时出现时还是保持礼貌和得体。现在马文化所有的希望都寄托在孩子身上。但新工作忙得他焦头烂额,孩子这头也顾不上。

李梦为马上要中考了。这孩子遗传了马文化的聪明和勤勉,成绩一直在班级里名列前茅。儿子升高中马文化不紧张,但他想让儿子念完高中去美国上大学。马文化已经开始为这事焦虑,能不能拿到Offer,他能不能供得起。以他目前的收入肯定是覆盖不了的。

梁万羽安慰马文化,只要梦为有能力拿到美国大学的Offer,学费总有办法。实在不行大家一起想办法。再说了,梦为那么聪明,没准到时候人家可以拿到全额奖学金呢。

严浩租用一个杂志刊号创办了《新世纪财经》，一本聚焦证券市场的月刊，只坚持一年就放弃了。做内容严浩在行，做经营实在不是他的强项。一本杂志想要保持内容的独立性，要狡猾地跟监管周旋，该写检查的时候写检查，但该报道的时候不能怂。

此外最重要的是保持财务独立。这就像一个知识分子想要保持独立思考和发声，经济独立是第一步。有的机构象征性地投点广告，就美其名曰变成了你的客户。再遇到这家机构的负面新闻，你会怎么处理？如果拿到不错的广告客户，天天做些不痛不痒的报道，读者不会买账。一来二去，就变成了个吃软饭的主。

站在市场的角度，这就是一门生意。主编可以不管经营，但这些问题始终存在。最后严浩还是选择留在《浦江日报》，他已经升任报社副主编和主笔，主要分管经济类报道，但他的兴趣仍然集中在证券市场这一细分领域。他们每周一期《证券投资周刊》坚持了5年。

“做好的内容很不容易，上面有层层监管。我们每天都在找选题，但每天收到最多的电话就是大大小小的禁令，这不让讲，那不让报。”严浩在电话那头苦哈哈地说道。

“你们是报纸，是喉舌，舆论导向的事当然不能马虎。做这么多年了还在抱怨，你长不大了吗？”

“和客户的关系也是扯淡。签了单的客户不能报负面，正在公关的客户不能报负面。天天为这个跟负责经营的总监吵架。他妈的避开他们的清单你就没得写了。”

“可以报异地新闻啊，还有花样百出的社会新闻啊，狗生崽啊猫上树啊单身狗日了老母猪啊。”

“操!”

“你不也搞了很多劲爆的调查报道吗?前几年申江传媒集团的报道,你们的人还跑去香港实地调查。报道出来,互联网泡沫还没来就差点把人家股价搞垮了。”

“那是创刊号嘛,当然要拿出点水准来。你还挺关注我们的周刊啊。”

“严大主编主持工作,谁敢忽视?”

“唉,你不知道,那篇报道差点把周刊搞死了。报社受到好大压力。宣传部领导来说和,让我们同业不要相互拆台。报道出来那周,我们编辑部收到一个包裹,收件人正是主笔这篇报道的年轻记者。打开一看,里面是一把血迹斑斑的匕首。人家刚从北京转到上海,一个漂漂亮亮的小姑娘,几个月都不敢走夜路。这帮孙子!”

“你也不要怪人家使用非常手段。你听没听过一句话,断人财路,如杀人父母。你有没有想过你那篇报道差点杀了多少人的父母?”

“这帮孙子缺德啊,互联网泡沫都吹成那样了,还在那骗钱,手段还那么低劣。我当时一看报道和股价就知道是个局。”

“所以选题是你钦点的?”

“你关心这么细节的事情干嘛?那把带血的匕首是你寄的?难道传言不虚?”

“哦哦哦,不好意思,宋旭东的电话进来了,刚才打过去他没接。”梁万羽赶紧中断了电话,嘴里暗自骂道,日你妈!

打电话给宋旭东之前，梁万羽点了份薯条，慢条斯理地蘸着辣椒面吃起来。拉萨人似乎特别爱吃薯条、薯片、土豆块。藏餐馆、甜茶馆、路边摊，到处都在卖。

从顶楼的藏餐馆望出去，一排排错落的红色边玛墙跟严浩、宋旭东当初的描述如出一辙。远处，五色经幡随风飘动。楼下街对面的策门林寺，不时有信众缓缓地走进大门。这里的人走起路来，永远都那么不疾不徐。

华变电能上市时一番炒作后各自散去，梁万羽和宋旭东之间的隔膜越来越深。如今飞到拉萨，两人距离拉开四千多公里，接通电话那一刻，一切不快都瞬间消融。

宋旭东安慰梁万羽，不要因为一时失意太过消沉。这个市场就是这样，起起落落。只要没有彻底出局，机会永远都在，或早或晚。

梁万羽没有彻底出局。成功运作华变电能之后，他已经悄声在上海置下多处房产。买完北外滩那套公寓的第二年，全国房改新政出炉。停止住房实物分配，逐步实行住房分配货币化。上海开始实行买房退税政策。后来又取消“律师费”“公证费”，两次降低契税。外省人到上海买房还给蓝印户口。梁万羽敏感地意识到，中国房产商品化的时代开启。

浦西一直很拥挤，但是浦东十几二十万一套的房子随便选。梁万羽一直是浦东的“多方”。他就赌浦东会发展起来。眼下荒一点没关系，反正买完他也不一定住。买完花木路，联洋片区起来他继续买。梁万羽还在成都买了一层一梯四户的商品房。

只要不加杠杆豪赌，梁万羽不太可能再退回赤贫状态了。他的心烦来自屡屡犯错，在于自己居然像个傻子一样在下行市场胡乱折腾而不自知。以前陈德培经常教育梁万羽，出门在外，要低头赶路，也要抬头看天。很多人都有过这样的时刻，因为太过专注于赶路，就忘了自己要去向何方。

除了工作，宋旭东最近被一些人际关系搅得很烦。朋友之前受他鼓动买了华变电能的法人股，一直没有变现渠道。华变电能的股票除了上市那阵，长时间不温不火。但法人股更糟糕，都快跌破净值了。“不过听说国家正在酝酿股权分置改革，如果能落实，这帮人就不用天天在我跟前嘀咕了吧。”

“什么叫股权分置改革？”

“装外宾不是？你是买过原始股的人。那么多公司上市的时候不都有国有股、集体股吗？那些股票在A股市场这么些年都不能流通啊。”

“这我知道，你的意思是现在可以流通了？”

“还在讨论，还在讨论。”

“讨论有个球用！起码十年前就讨论要上股指期货了。国债期货关掉后也一直说放开，再也没有放开过。”

“你别说，现在也在讨论这个事情。可能很快会搞一家金融期货交易所。”

“我知道在讨论。关键这玩意儿什么时候兑现啊？”

“我他妈又不是证监会、国资委的人，也不是人民银行的，你现在就得跟我要答案吗？”

“我就烦这些鸟机构的尿性，任何一个动作，都得加上定语状语一大堆。”

“我听说这事儿已经有些谱了。但到底是一两年，两三年还是更久可以落地，我就不瞎说了。不然我成谣言传播机了。你要是这么大情绪，就当我跟你胡扯了。”

“那就先等着吧。看看我们有什么事可以做。”梁万羽谢过宋旭东，“顺便提醒你旭东，这次如果有机会，动作快点，别再书呆子气了。华变电能上市……”

“得了。好好晒你的太阳喝你的甜茶，这些事情我自己会考虑。”

电话刚断，梁万羽接到一个拉萨本地的电话。电话那头是次旦扎西，严浩的大学同学。得知梁万羽一个人跑到拉萨，严浩请扎西安排梁万羽体验一下西藏本地人的生活。

当梁万羽被扎西送到当雄县纳木湖乡的达布村时，牧民次仁旺堆一家正忙着第二天的迁居。牧民不同季节会把牛羊迁到不同的牧场，比如夏季牧场、冬季牧场。有时候季中也会做三五公里的短途迁移。

达布村位于纳木错南岸，即便很多年后，这里也少有外地人踏足。更多的游客都直奔圣象天门而去。几年前宋旭东和严浩来西藏，扎西带他们到过纳木湖乡。不过两人只是短暂逗留，当天就离开了。

扎西的家人都已经搬到城里。他把梁万羽交给自己儿时的伙伴旺堆。旺堆家里人丁兴旺，两个弟弟被送去寺庙做了喇嘛，一个妹妹嫁了人，还有 18 岁的小妹妹仁增拉姆待字闺中。旺堆开玩笑说，小妹上了几年学，反倒不好嫁了。

旺堆比扎西小几岁，打小跟扎西在草原上放牛，打乌朵。旺堆不适应学堂的生活，念到初中就回家放牛了。他的同伴里面，就扎西走出西藏念完大学。

旺堆上学时最不习惯的就是晚上听不到牛群的声音，经常睡不踏实。他搞不清楚在学校学那些东西对自己有什么帮助，反倒是回家学习放牧、缝帐篷、搬迁、生火、防范野生动物，让他备感踏实。初三下学期，不等拿毕业证他就跑回家了。不过到下一代，他还是坚决把三个孩子都撵去学校上学，不让孩子待在家里。

扎西跟梁万羽交代，如果想要回拉萨，就让旺堆骑摩托车带他到有信号的地方。接到电话，他会第一时间开车过来接。“严浩交代过，好好待几天你在牧区。有什么事，你找旺堆。想办法他会。”

牧民们家当极简。简单的锅碗瓢盆，一两个柜子，坐卧两用的床椅、垫子，毯子，以及一堆分别装着酥油、奶渣、干牛粪和其他零碎物件的编织袋。毯子、袋子和扎帐篷用的绳索都是用牦牛毛编织的。

远处的山上仍然覆盖着积雪。阳光斜照下，黑色的牦牛群漫过草甸，像一块织满图案的氆氇。

旺堆骑摩托车载着梁万羽冲向草场。摩托车颠簸得厉害。梁万羽双手紧扣摩托车货架，努力保持平衡。当摩托车驶出土路，飞快地驶过草甸时，梁万羽感觉自己的两只腰子都快抖落了。

在夏季牧场宿营地，旺堆和父亲开始起灶。梁万羽闲着没事，也跟着忙乎起来。旺堆的父亲早已备好石块、黏土和土砖。和黏土用的水是旺堆妈妈从近处的小河里用塑料桶背上来的。土灶跟川西农村的土灶完全不同。梁万羽小时候，家里用火塘，上面架三角——铸铁的圆圈加三条斜腿支撑，上面可以放铁锅或者鼎罐，生火做饭。大一点的土灶是弧形，灶膛很大，通常架大中小三口锅。新式节约灶则改成L型，灶膛空间小了一半，中间用炉栅来通风供氧，并滤掉灰渣。草原上的土灶是长方体结构，梁万羽好奇地围着土灶转。

土灶第一层的四角由泥砖砌成四根矩形柱支撑，中间留出十字形的空间，十字正中间跟四根矩形柱齐平的地方，一个方形的土砖托底。第二层，十字形的空间上方，四块土砖斜刺上来，在灶台表面形成四个圆洞，加上底座正上方的圆洞，一共五个圆洞。底座和四块斜刺向上的土砖之间有明显的缝隙。

这种土灶，藏语里叫“塔嘎”。

不等灶台的黏土风干，旺堆和家人开始搭帐篷。两根纤瘦的木杆做立柱，一根同样纤瘦的木杆做横梁，撑在最中间成为帐篷的脊梁。四角绳索一拉，黑色的帐篷便支起来了。篷顶设有可随意启闭的长方形天窗，通风、采光、散烟，防止雨雪灌入。这种牦牛毛编织的帐篷有些沉重，但非常透气，防水也好。帐篷织得并不是那么密，太阳穿过云层时，一丝丝阳光透过帐篷照进来。

牦牛毛编织的帐篷经久耐用。旺堆的父亲说，这顶帐篷已经用了快20年。最有趣的是立柱和横梁的连接，用的是动物的后颈骨，一头是野牦牛的，另一头是藏野驴的。得知这个细节时梁万羽都惊呆了。

第二天一早，旺堆的妈妈和妹妹拉姆都忙着挤奶。在牦牛粗重的喘气声中，新鲜的牦牛奶“噗呲噗呲”地撞击着塑料桶壁。

梁万羽睡不着，早早起来坐在帐篷外。惊得拴在近处的藏獒一阵狂吠。旺堆的妹妹拉姆吹着口哨要藏獒安静下来。黑暗中梁万羽歉意地抬手，微笑。拉姆也歉意地抬手，微笑。

远处的牧场万籁俱寂，藏在黛色的山峦下。宽阔的纳木错湖面偶尔泛起亮光，是风在亲吻湖面。梁万羽呼吸着牧场清新的空气，不自觉地裹紧羽绒外套。

天光初现时，拉姆进到帐篷，生火给家人煮牛奶。干牛粪从"塔嘎"侧面的一个圆孔倒入，沿着土砖的斜面自然滑落到灶膛正中间。

梁万羽终于搞清楚"塔嘎"的工作原理。除了加燃料的圆孔，另外四个圆孔都可以架锅、热水、保温、做饭。不用的圆孔还可以用土砖堵住。托底的土砖和四块斜刺向上的土砖之间的缝隙，实际上扮演着炉栅的功能，滤除灰渣的同时为干牛粪的燃烧提供必要的氧气。

尽管没有放一颗糖，煮开的牦牛奶却香甜浓郁。抿上嘴唇的瞬间，鼻子里呼出的热气都是牛奶的香味。那是梁万羽这辈子喝过的最好喝的牛奶。

牧场的早餐很简单，奶茶、酸奶、糌粑、风干牛肉。拉姆把家里的吃食都拿出来给梁万羽尝尝。不得不说，除了鲜奶和奶茶，其他对梁万羽都是挑战。拉姆又拿出油炸面饼，让梁万羽就着酸奶吃。面饼吃起来还是很香，但没有蜂蜜或白糖的酸奶真是酸掉后槽牙。梁万羽眯着眼张着嘴，扛过那股酸劲儿，看得拉姆咯咯地笑。

拉姆穿着鲜艳的藏装，脸上带着些许羞赧，眼睛里透着清亮的光泽。她调皮地指着扎西带过来的面食、罐头，各种各样的零食，示意梁万羽要不要再来点。梁万羽连忙笑着摆手。

简单地吃过早餐，拉姆把剩下的牦牛奶倒进大概1.2米高的木制圆桶——藏语叫“甲董”。木桶里竖着一根木棍，木棍底端固定在一个略小于木桶内径的木质圆盘——藏语叫“甲洛”。拉姆手握木棍，非常耐心地快提慢放，大约平均两秒一个来回。

太阳透过黑牦牛帐篷的缝隙，洒在拉姆的头发和肩上。“塔嘎”里冒出的青烟缭绕而上。拉姆打酥油的声音，混杂着帐篷外牦牛脖子上的铃铛声。这就是草原的早晨。

一个多小时后，黄澄澄的酥油从牛奶中分离出来。这层酥油倒进凉水后，变成软软的晶体。拉姆捞出尚不结实的酥油不断拍打，耐心地清理掉酥油表面黏附的一根根牦牛毛。在不断拍打中，酥油里的水分越来越少，最后被塑造成型。

“甲董”里剩下的牛奶仍然可以喝。但为了便于保存和充分利用，拉姆把它倒进一只口径大概60厘米、深度约40厘米的铸铁锅，架在“塔嘎”正上方熬制奶渣。

灶台几乎全天都在“咕嘟咕嘟”地工作。等白色的奶液被熬制成豆腐渣形状后，拉姆将铸铁锅整个端到帐篷外，把奶渣撒到毯子上晒干。

奶渣闻起来香，嚼起来硬，只能放在嘴里等它慢慢软化。西藏不同地方奶渣的制作方式各不相同，据说日喀则一带的奶渣就不会这么硬。但梁万羽最受不了的是浓郁的奶腥味。

牧场的生活单调。事实上，活也很繁重。拉姆和妈妈一天都忙着挤奶、熬制奶渣、捡拾牛粪等。梁万羽有时候跟着旺堆，有时候跟着拉姆出门赶牛。

草场上到处是鼠兔打的洞，加上有的地方草厚一点有的地方草薄一点，走起路来深一脚浅一脚的。拉姆吹着口哨，娴熟地甩着乌朵赶牛。牦牛毛搓捻成粗毛线，再编织成绳鞭。绳鞭一端是套环，中间是一块巴掌大的椭圆形“乌梯”，末端用羊毛做鞭梢。拉姆把套环套在中指上，抓住鞭梢，将土块藏在“乌梯”中，在空中抡圆乌朵，瞬间放开鞭梢，土块“啪”地朝牛群飞去。

大概撵出去一两公里，任牛群散开。拉姆指着远处湖边浅浅的山堡。“哥哥，我带你去山爬一个吧。”拉姆对梁万羽说道。“哥哥，饭吃一点吧。”“哥哥，酥油茶喝一杯吧。”拉姆经常说。

哥哥，哥哥。梁万羽心都化了。

梁万羽喘着粗气爬上山堡时，湖面潋滟的光泽映照着远处的山峦。东面的山头，云层开始只是一层浅浅的光泽。慢慢地，整个云层的轮廓显现出来，逐渐被染上金黄。

梁万羽紧紧盯着云层。就像摄像机的延时摄影一样，他每眨一次眼睛，云层的位置和光线的色泽就发生一丝细微的变化。山的轮廓，湖的边界，散开的牛群，随着画面一帧一帧地刷新变得愈发明亮。

拉姆说，她喜欢草场的一切，喜欢草场的日出日落，喜欢草场的风云变幻，喜欢牛羊下山时在绿氆氇上那种流动的感觉。她经常在早上把牛群赶出去后待在野外等日出。那是一天中最美的时刻，即便对她这样一个生活在草场的人来说也是如此。

7点零8分，太阳爬上山头，瞬间点亮湖面。拉姆站起身，将双手举过头顶舒展着身体。阳光打在拉姆身上，像抚摸这草原上的格桑花。

梁万羽也跟着张开双手，等待太阳给自己力量。在上海的话，他这时候基本上都还在呼呼大睡。旷野有这样的魔力，让你觉出自己的渺小，也给你足够的空间，身体上的和心理上的。梁万羽一下子放松下来。

在牧场，梁万羽终于慢慢忘掉上海的事，忘掉家里的事，忘掉他深套的股票账户。他跟着旺堆一家，日出而作，日落而息，睡得非常安稳。这是他在上海不可想象的。梁万羽想，这辈子就这么消失在这里，悄无声息，也是完全可以接受的吧。

傍晚时分，梁万羽再次随拉姆出门赶牛。

纳木错旁的山峦和坡地，看起来近在眼前，走起来每一步都是消耗。在海拔 4000 米以上的地方，空气中的含氧量约为海平面的一半。拉姆在前面吹着口哨，手里挥着乌朵，像只兔子一样活蹦乱跳。梁万羽根本跟不上拉姆的节奏，每一趟都走得气喘吁吁。

牦牛虽然被驯养，但它们也有出神的时候。这头的牛赶下来，那头的牛跑了。等费半天劲把那头的牛赶过来，这头的牛又不知道跑哪里去了。梁万羽就这样被牛牵着鼻子——对，不是他牵着牛鼻子——在草场来回跑。梁万羽小时候也放牛，但他一次就牵一两头牛。他们家的牛在一两岁的时候就被细细的棕绳穿了牛鼻子。因为绳子一拉牛鼻子就会有痛感，所以只要绳子在手，牛都很听话。拉姆家有七十多头牦牛，哪里是绳子牵得过来的。只有乌朵准头够高，牛群才会听话。

回到帐篷里，梁万羽才留意到拉姆家已经用上了太阳能。拉姆说，他们以前不觉得需要这个太阳能板，因为他们基本上都在天黑前收拾完，天一黑就睡觉了。小时候家里唯一的电器就是一只手电筒，用两节一号电池的那种。用上太阳能后，生活方便了很多。

“你们什么时候开始用太阳能照明的?”梁万羽问旺堆。梁万羽想起 9 年前他和宋旭东、严浩一起策划华变电能的事情。西藏尼玛实业有限公司，这个名字他一直记得。

很奇怪，一家人竟然没人能记得起来。草原上的人，对时间和数字并不敏感。

“是你的好朋友扎西给你们弄的吗?”梁万羽又问。

“是的呢，是的呢。”旺堆不住地点头。

梁万羽突然沉默了。当年他看到世界银行到青海考察太阳能的新闻突发奇想，撺掇宋旭东搞这么一档子事，竟然真的给牧民带来一些实在的帮助。旺堆家早上打酥油茶，本来有一个电动的设备，没用多久就坏了。不管怎么说，这是对劳动力的解放。至少拉姆和妈妈可以轻松一点。

想到这事，梁万羽突然对宋旭东有些歉意。宋旭东真的说动公司真金白银地拿出钱来，在四千多公里外的牧区把事情做了起来。可是梁万羽压根没有真正关心过这个事情。他只关心新闻铺天盖地在媒体炸开时华变电能股价的涨幅。宋旭东好几次在酒后说他们的不同，大概就在这些地方吧。

围绕华变电能的这次炒作，几乎是梁万羽入市这些年投资风格的缩影。他没有那么多原则、那么多狗屁价值取向。他不断安慰自己，在这个市场求生存，手段五花八门，只要在挣到钱之后仍然有机会花这些钱，就是赢家。

看到宋旭东的工作在这条件艰苦的牧区留下痕迹，梁万羽竟然有些嫉妒。

就这样，梁万羽一直待在牧场，每天跟拉姆赶牛，看日出日落。一开始，每天三趟赶牛就让梁万羽吃不消。慢慢适应以后，梁万羽经常早晚一个人沿着纳木错南岸散步，一趟走出去两三公里，再踱步回来。

闲暇时间，梁万羽躲在帐篷里，反复翻看随身带的小说——余华的《活着》。这部小说发表在杂志上时他就看过。《活着》是福贵经历不可言说的一生，活到“全身都是越来越硬，只有一个地方越来越软”那样的年纪时，才在田间地头对“作者”讲述的故事。关于在时代的滚滚洪流下，一个人如何侥幸地活下来的故事。年轻时，“孽子”福贵逛青楼，赌博，败光家产。经历战乱回到家乡，他努力重新拾掇自己的生活。但生活并没有给他什么回馈，反倒将他的亲人一个个夺走。

《活着》里面一路都在死人，福贵的父母死了，地主龙二死了，儿子有庆死了，旧县长、走资派春生死了，女儿凤霞死了。看到家珍去世那段，梁万羽就开始哭起来。“家珍像是睡着一样，脸看上去安安静静的，一点都看不出难受来。谁知没一会，家珍捏住我的手凉了，我去摸她的手臂，她的手臂是一截一截地凉下去……”

这个一辈子给予福贵无尽的包容和爱的女人，在儿子和女儿死后无望而安静地死去。福贵说：“家珍死得很好，死得平平安安，干干净净，死后一点是非都没留下，不像村里有些女人，死了还有人说闲话。”梁万羽一边骂福贵这个畜生一边哭。

拉姆瞥见梁万羽情绪不好，带他出去散心。他们沿着湖边漫无目的地踱步。

“哥哥是做什么工作的？”拉姆问梁万羽。梁万羽还从来没尝试过给别人解释自己的工作。他以前的工作跟银行一样，吸储放贷。现在算什么，炒股？代客理财？拉姆肯定没听过。“嗯，简单地讲，就是用钱去生钱。”

“钱怎么生钱？”

“这个世界上，有钱人会有更多的钱。就好比你们家现在有很多牦牛，以后你们会有更多的牦牛。”

“这个我懂。”拉姆咯咯地笑，“哥哥钱赚很多以后想做什么？”

拉姆家七十多头牦牛，但其中好几头牛都已经放生。藏族人遇到家里人或者亲戚生病，就可能放生家里的牲口，祈祷病人恢复健康。放生不是放出去不管，仍然养着，只是不再卖掉或宰杀。遇上一家人都要搬到城里住，放生的牲口会随着其他被卖掉的牲口去到新的主人家。新的主人也不会卖掉或者宰杀这些已经被放生的牲口，只是养着它们。

听到放生的故事，梁万羽的第一反应是，这些牛得值多少钱啊！转瞬就觉得很羞愧。钱的确可以衡量很多东西的价值，但衡量不了所有东西的价值。

拉姆把梁万羽问住了，上海的梁万羽在忙什么呢？挣钱，挣更多的钱，用头脑，用伎俩，不择手段。“哥哥钱赚很多以后想做什么？”梁万羽还没挣很多钱，也还没认真思考过这个问题。曾经有一位老者告诉梁万羽，这个世界上，绝大部分人终其一生都在努力挣钱，很少人有机会去思考怎么花钱的问题。事实上挣钱靠的是技术，有时候也许是伎俩，而花钱简直是一门艺术。梁万羽暗下决心，这辈子一定要努力向艺术靠拢。

我们应该以什么样的姿态对待金钱？我们应该怎么度过这

短暂匆忙的一生？梁万羽重新开始失眠。说老实话，在上海近二十年，除了在梁万羽心中仍然保持来时模样的董晓眉，万千偶遇，都不如拉姆一瞥。拉姆眼睛里那道清澈的光，让辗转反侧的梁万羽的脑子里闪现过很多种可能性。资本市场的残酷远超别的行业，看看自己身边的人吧，失踪的，出局的，过山车的。梁万羽想，有没有可能自己并不需要那么多钱？有没有可能就留在这里，就在这无人相识的草场待下去？那应该是完全不同的人生吧？

梁万羽这种想法一天比一天强烈。

他有所不知，改变这天天萦绕他脑海的想法，一条口信就够了。

第十二章

这天晚上，旺堆从纳木湖乡回到牧场，说扎西让传信儿给梁万羽，他的朋友严浩让他找个有网络的地方看看最近的新闻。

“就这些吗？”梁万羽问旺堆。

“就这些。其他别的，没说什么。”

从前一年回梁家坝开始，梁万羽几乎没怎么看过新闻。他连短信订阅的股票行情都取消了。在旺堆的牧场就更不用说，手机信号都没有，能有什么新闻呢？

第二天一早，梁万羽照例随拉姆一起赶牛出去。在纳木错岸边，梁万羽告诉拉姆，如果以后想出去看看，或者有什么事需要帮忙，记得给他打电话。梁万羽真诚地感谢这段时间拉姆带给自己的宁静。他知道，这一别，再见就不知道何年何月了。拉姆只是羞涩地低头微笑。她邀请梁万羽有机会再回纳木错玩。

回到拉萨，打开酒店的电脑，梁万羽瞬间明白了严浩的用意。6 月初大盘一度跌破千点大关，达到 998 点。但第三个交易日大盘就大涨 8.21%，短期内守住了 1000 点的关口。得知扎西把梁万羽送到没信号的牧场，严浩觉得自己有责任第一时间把这个重要信息告诉梁万羽。

在邮件中，严浩跟梁万羽分享编辑部的采访趣事。998 点那天，盘后严浩让编辑部的年轻记者从读者俱乐部里面翻电话，请教股民对这一天股票行情的看法。几乎每一个散户对大盘走势和宏观新闻都有自己的观点。他们的数据和逻辑能力可能差点意思，但表达热情绝不比那些天天跟媒体打交道的分析师差。可是这一天，打电话的记者吃了很多闭门羹。没人愿意再谈论股市。十几个号码拨出去，只有三个读者回应。记者都没有说话的机会。

“也就是你们这些记者现在还关心股市。你们一天天拿着国家的钱，好好地报道下国家大事不行吗？”

“大盘？大盘 1992 年就破 1000 点了，十多年过去了还在讨论 1000 点。中国这个股市，我看不如关掉算了。”

“股票？死票吧！”

“我还特意去你经常进出的东华证券广东路营业部转了转。那可真是门庭冷落车马稀啊万羽。营业部的白总跟我说，以前不管怎么样，总还会有几个老股民来营业部聊聊天，中午蹭个盒饭。现在营业部连个蹭盒饭的人都没有了。”严浩在邮件里写道。

说起来还真有点山中一日，人间百年之叹。梁万羽继续补课。另外一条新闻印证了宋旭东之前的提醒——证监会已经启动了股改。

股权分置改革这件事，虽然宋旭东提起的时候梁万羽不断抬杠，但也早有耳闻。坊间传言，至少在周小川任证监会主席时，就开始组织讨论股权分置改革的事情。自 2001 年 6 月上证指数创下 2245 点的高点以来，股市陷入长期衰败。

因为股权分置，非流通股没有流动性，非流通股的持有人——往往是公司的大股东——不能质押手上的股份，只能享受分红。一家上市公司连大股东都没有足够动力关心股票价格，问题就多了。

现在舆论造起来了，股改也启动了。但是市场反应好像不太积极。梁万羽查看了数据，5 月 9 日清华紫光、三一重工、金牛能源、紫江企业公布向流通股东购买流通权的方案，金牛能源和紫江企业“10 送 2”，三一重工“10 送 3 派 8 元”，清华紫光“10 送 10”。那天大盘收在 1130.83 点，创六年新低。

大家吵得不可开交，有人认为股改是带领 A 股走出困境最好的办法。有人说恶疾重重的 A 股，绝不是一个股权分置改革可以解决的。甚至有人说股权分置改革是“最大的市场利空”。但监管层的决心是看得见的。5 月 15 日，尚福林痛陈股权分置的弊病，并称“股权分置改革不仅是中国资本市场的一件大事，也是党中央、国务院的重大决策，开弓没有回头箭，必须搞好”。

可惜股市不太听话，证监会主席的话也不听。不到一个月大盘就跌破千点。

梁万羽回到上海已经是 6 月下旬，大盘破千点后没有再继续下跌。这坚定了梁万羽的信心。

恰逢马文化被开发区的项目急得抓瞎，好说歹说抓着 618 宿舍的几位兄弟帮忙。看来每个人都对华变电能的故事记忆犹新。

“眼前最要紧的是下周的论坛，我头都快挠破了。万羽回来，这个铁三角就够了。股市大佬、上市公司高管、著名财经媒体人。无论如何帮我一把。这个项目是我们郝副市长亲自在抓，搞了两年没出成绩，今年再不搞出点动静他这个任期恐怕就没什么东西拿得出手了。无论如何要帮我一把。”

马文化几乎是向几位求情。他挂个开发区副主任的职，具体事务全落到他头上。

“经济开发区概念不是没有先例，还是要看核心竞争力。你们有没有什么明星企业、热点产业在这里?”宋旭东先发问。

“目前有一个光伏。下个月开工。”

“还没投产?！其他呢？不能只有一个光伏吧?”

“暂时，暂时还没有。”

“其实还是看你们市长是不是真想做好开发区。有的就是搞个概念，最后都做房地产了。或者郝市长一卸任，换个领导思路又变了。”宋旭东说。

“哎呀你这考虑太长远了。马大哥他们郝市长都未必想这么远。”严浩插话道。

“我就两个问题，一是有什么题材？好题材，亮瞎眼的那种，没有的话，能不能想一个或者做一个；第二，你们上市公司的名称是什么？名字要高大上一点，要有想象力，什么国啊、中啊、科啊，这种字眼，都码上，好名字是前提。”梁万羽说。

“中科创业，银广夏。对吧?”严浩接话。

“好了好了。说正事。”宋旭东一看又要杠上，赶紧打断梁万羽和严浩。

“这样，去论坛上坐坐瞎扯一通倒也不是什么问题。不过既然帮忙,我们就好好帮。真的帮马大哥出点主意。”梁万羽说。

周末的论坛不值一提。三人各自说了些套话,并对马文化主持的开发区一通吹嘘。郝市长非常满意,当面赞许马文化工作做得到位。

论坛结束后,马文化在开发区最好的酒店请几位同学吃饭。这一天马文化的女助理全程陪同。姑娘是北方女孩,长得落落大方,做事也很干练。席间几位老朋友拼命助攻,替马文化说好话。“人家刚大学毕业,过来实习。你们少起哄。”马文化嗔怒。姑娘只是咯咯地笑,并不多言。

郝市长陪完领导,过来跟几位嘉宾道谢。梁万羽趁机游说郝市长。“马主任常跟我们说,郝市长是有大格局、大战略眼光的领导。今天见到郝市长,果然名不虚传。”

梁万羽提到开发区打包上市的概念,这是早有先例的操作。但眼下市场低迷,政府需要给出更多政策和资金上的支持。“马主任是我们多年的朋友。我们这里的几位,宋旭东可以说是以一己之力把华变电能推向资本市场,当年上市的时候引起轰动。严浩是《浦江日报》的主编,在财经界有广泛的影响力和资源。我是过来帮忙,但这么些年资本运作的花样见过一些。如果顺利的话,我们明年就可以把开发区推到A股。”

梁万羽一番话说到郝市长心里去了。郝市长任期还剩三年,任期内勉强拿得出手的政绩就是这个开发区,现在他就差这一把火。郝市长现场责成马文化跟进此事。政府能拿出什么资源就拿什么资源,尽最大可能支持这个项目。

运作上市宋旭东是专家。资本游戏是梁万羽的强项。媒体炒作严浩驾轻就熟。饭桌上这事儿就达成了意向。

郝市长一走，梁万羽压低嗓门说："我刚才没有把话说得很满。"他看了一眼马文化的助理。

"没事没事，是自己人。"马文化搂过助理的肩膀，"万羽你想到什么，尽管说。"

"我是说，我刚才是希望给我们争取更多的谈判筹码。我告诉你们，这是世纪性的机会。一辈子这样的机会不会太多。我指的不单是马大哥开发区的项目，我说的是整个市场。你们看今年国家又是出法规，又是调汇率、上 ETF 等新工具，尤其推动股权分置改革。现在千点已破，可谓利空出尽。"

"我赞成万羽的判断，但这只是一种模糊的感觉。就像我在邮件里给你写的，我觉得市场情绪已经到了谷底。大盘跌了这么久，再跌下去可以关门了。而且你们都看到政府已经在做工作了。"严浩说。

"我们是人嘛，又不是机器。有时候模糊的正确给人的安全感胜过精确的数字推演。市场这么复杂，你不可能把所有因素都考虑进去。"梁万羽说。

"万羽你还记得去年那篇著名的网文吧？"严浩问。

"你说赵丹阳吗？"

"一轮波澜壮阔的大牛市正从中国诞生。多么具有煽动性的措辞！你今晚也出警句了，世纪性的机会。"

"在那篇文章发表几个月前我就在一家咨询机构组织的论坛上听他这么说过。他当时非常笃定，可是台下哄堂大笑你们知道吗？"马文化插话，"文章发表是去年 6 月 5 日，前一天收盘大盘 1542.09 点。这又跌了一年了，都破千点了。上周五大盘多少点？谁记得？”

“1085.61。”

“还是那个万羽啊！”

“童子功么。”在马文化面前，梁万羽还是那个调皮的小兄弟。

“说起来还真是令人感慨啊。如果有人听信这个观点冲进去，可能已经出局了。”严浩媒体人的忧思再现。

“我赞成赵丹阳这个判断。这正是我说的模糊的正确。你当然不能赌身家，卖掉房子冲进去。实际上那时候开始慢慢布局，可能是很好的位置。我们够幸运，大盘一直在等我们。这次别再错过了。”梁万羽说道。

正是受赵丹阳影响，加上自己这个“世纪性的机会”的判断，梁万羽注册了自己的私募机构，并成功在年底之前通过信托公司发出第一只股票类信托计划“万羽至诚1号”。

梁万羽动用了自己多年信托公司和混迹东华证券广东路营业部的所有资源，还搭上了宋旭东和严浩的很多关系。有营业部和信托公司的帮衬，第一只产品募集了一个亿的规模。里面很多资金都来自老熟人，其中包括在广东路营业部点拨过梁万羽的万老板。

1994年，万老板靠跟营业部总经理白勇求情躲过一次日内暴跌，但没有等到7月底开始的回弹。那之后，万老板心灰意冷，重新回去做自己的生意。万老板在生意场很有心得，他嗅觉灵敏，逢山开路，遇水搭桥。他的大部分单子都来自政府部门。1980年代，万老板从打火机、衣服、雨伞、休闲鞋开始，后来做自来水、罐头、水泥、油漆、钢材……离开股市后，他重新捡起以前的关系,很快东山再起。

但是万老板有个心结,他一直觉得,凭借自己在股市多年的经验,以及自己敏锐的嗅觉和对人的理解,他一定能找到股市的制胜之道。万老板十分喜欢《英雄本色》里面小马哥那句经典台词:“我是要告诉人家,我失去的东西一定要拿回来!”

万老板喜欢讲他最早混大户室的故事。他曾被东华证券广东路营业部奉为上宾。他每周都带着不同的女人进出大户室。他在夜总会一掷千金。他看好的股票,可以亲眼看到自己的钱把K线拉起来。

后来他娘的时运不济。可是人谁没有走背字的时候呢。当初要是他能再扛住几个月,说不定他今天还过着那种美酒香槟的浮华生活呢。

万老板一直在等待,等着攒够本,他要把在股市亏掉的钱都挣回来。每当在生意上攒到百十万,他就忍不住冲进股市想找回失地。他也不记得又投进去多少个百十万。反倒是新千年以来这几年他比较消停,因为股市少有好消息,他也就淡忘了这件事。他的资本又悄悄逼近千万。偶然的机会听得梁万羽募资做股票,他又想起很多广东路的旧事,想起很多1990年代那些倒霉的日子。

国债327的时候万老板并不在场。但是广东路营业部的老熟人,谁都听过梁万羽这个毛头小子的神奇故事。

万老板把自己的钱分成两份,500万投入梁万羽的信托计划,留500万自己操作。“我已经好几年没看股票了。万羽你要多提点提点。”

梁万羽是个念旧的人。成长路上帮过自己的，他都记得。信托计划的部分，梁万羽当然会努力。个人资金的操作，梁万羽也会谨慎地给出自己的意见。不过2006年那种行情，并不存在提点。钱涨得太快。股市回暖的新闻不断刺激闲散资金汇聚过来。2000年以来，A股的年新增开户数从1300万下降到2005年的85万。2006年，这个数据回暖到308.35万。

重新被股市吸引的人，一部分帮梁万羽长管理规模，一部分帮他长利润。梁万羽不收取通常为2%的管理费，但他20%的业绩提成一点也不打折。他要靠实力挣钱，并名正言顺地分客户的利润。

搭着股市热潮的便车，梁万羽第一只产品发出来半年，大盘已经涨了差不多50%。他第二只产品一次性募集2个亿，而且来得比第一只产品轻松。就这样，新产品陆陆续续地发出来。他迅速在陆家嘴租下一套800平米的办公室，招募交易员和分析师。

在资本市场，赚钱效应就是最好的广告。梁万羽就靠信托和证券公司的渠道，加上股市热浪，管理规模上得比指数还快。一年时间管理规模就突破了30亿。梁万羽的团队也迅速扩大。

梁万羽从来没管过这么多钱。好在当时没有媒体盯着你的超额收益，每周都来个行业排名。直接来自客户的干扰也很少。反倒是万老板隔三差五地出现，有时候让梁万羽有些不耐烦。梁万羽几乎每天都不离开办公室。附近有几家湘菜风格的私房菜很对他胃口，每天定点请餐馆配菜送到办公室。

梁万羽的团队不到二十人。交易团队都是手速极快的短线交易员，主要负责执行他的交易计划。分析师团队则辅助他做研究分析。他的办公室近百平米。空间大一点，可以让他更安静。除非他招呼或者有什么紧急情况，工作时间任何员工都不得进他的办公室。

万老板不再穿背带裤，但仍然戴厚厚的金边眼镜，仍然保持以前的豪赌风格。股市连续八个月收阳线，有时候一天上百只股票涨停。对万老板来说，除了以前生意场上如鱼得水，现在应该就是最好的时代。

有时候，万老板忍不住拿自己账户的表现跟梁万羽的信托计划照镜子。如今的职业基金经理梁万羽，还不如一个生意人业余时间炒炒股。

万老板浮盈就加仓，永远满仓。梁万羽不可能把自己掌管的几十亿资金豪赌个别股票。他靠自己多年的市场直觉、K线功底选股，也用很多技术手段之外的伎俩。总体来说他的信托计划要优于大盘表现，但显然不如万老板个人账户凌厉凶悍。万老板似乎逐渐找到了1990年代在大户室的感觉。他看好的股票，K线像他所描绘的一样，陡峭上升。他的账户也日渐一日地膨胀，就像他的内心一样。

相比之下，梁万羽要淡定很多。仍然在上涨的管理规模，和每一支信托计划都实现正收益，让梁万羽的预期收益指数级增长。他绝不会像万老板一样把所有筹码都推进池子里。

要说豪赌，2005年底梁万羽还做了一件事。他靠着个人信用，凑了5000万去买法人股。在市场上对股权分置改革意见分歧还比较大的时候，法人股流通价值很低，尤其是赶上股市几乎是近十年的低位。很多法人股是跌破净值的。随着手上的法人股不断进入牛市的流通市场，梁万羽旗下几个账户每天净值都在涨。

2007年“五一”长假后的首个交易日，沪深股市继续大涨，深证成指大涨近5%，上证综指突破3900点逼近4000点大关。第二天大盘就站上4000点。

这距离大盘跌破1000点不到两年时间，距离首批四家公司拿出股权分置改革方案刚好两年。赵丹阳呼唤的“波澜壮阔的大牛市”，比他预期的来得更快，来得更陡。业内传言，赵丹阳被人们的疯狂震惊，已经在3000点退出了市场。

股民的热情有增无减，更多的资金涌入A股市场。2007年4月，A股新增开户数已超前一年全年。虽然看多的意见占据主流，但已经有声音认为A股存在严重泡沫，濒临崩溃，说投资者行为近乎疯狂。

在梁万羽看来，这一切都是情绪。很多人一本正经地论证上涨空间，股改的制度效应，上市公司业绩切实提升，人民币稳步升值，新的股民涌入……最让梁万羽觉得扯淡的，是有人搬出“中国宏观经济继续处在上行通道”之类的屁话。上证指数从2001年6月的2245点跌到2005年6月998点这几年，恰恰是2001年12月加入WTO后，中国经济快速发展的几年。2002—2005年，中国的GDP增速分别为9.1%、10.0%、10.1%、11.4%。一点都没有股市那种衰败的迹象。现在股市涨了，开始用宏观经济来印证。

一天盘后，万老板来请梁万羽喝茶。他知道梁万羽哪儿都不会去，就把上好的西湖龙井带过来。话题自然三句话不离眼前最火热的股市。

短短一年多时间，万老板已经逮住好几只十倍股，加上他一直满仓，股票账户疯涨。“不瞒你说，我最近还跟朋友拿了几百万。他从不碰股票。我答应一年给他 20%。”

“20%你没必要跟朋友拿钱啊！”梁万羽想的是，银行一年定期利率不过 4.14%。但这显然不是万老板的做事风格。

“有钱大家赚嘛。”万老板大手一挥，“他也是我很好的朋友。20%嘛，几天的事情。”

梁万羽相信，不是好朋友不可能几百万随手就打过来，也相信万老板有能力几天就赚回这 20%。问题是这样的行情会持续多久？大盘已经在 4000 点位置震荡两个月了。

“你放心，短线看，两波底已经筑得很牢。下次冲破 5 月 29 日的高点 4335 点，波澜壮阔的大牛市就会重新起航。”万老板成竹在胸。梁万羽也经常用股票软件切线，这是典型的技术分析派的逻辑。跟万老板保持同样期待的不是一个人，是一支庞大的队伍。

可是梁万羽心里已经有些打鼓了。股市的疯狂梁万羽见得太多。不是说疯狂就赚不到钱，庞氏骗局里都可以赚钱，只要能在大玩家收网之前及时跑出来。不过那是刀口上舔血，没人知道钟声什么时候会敲响。

“哎哟，这可不是我认识的那个梁万羽。”万老板有些失望，“想当初东华证券广东路营业部的梁万羽，在 327 合约上神奇逆转，何等锐气！听完你的故事，我当时想，这就是来自中国西部的比利小子啊！你现在还不到 40 岁吧？”

“马上了，明年就 40 了。”

“年轻人，你的锐气呢？你看我都五十多了。这是千载难逢的机会啊，我这辈子可能就这一回了。下一波牛市来的时候我可能已经玩不动了。”

“万老板，这事儿又不拼体力。况且你老当益壮，我们都是有耳闻的。”

知道劝不住万老板，梁万羽开始胡扯，他忙着呢。梁万羽最后告诉万老板，从上个月新开户的数据看，钱还在往股市涌，相信这波情绪不会那么快就消退。但是从市场表现来看，已经很疯狂了。看看998点冲上来有多快！

把钱交给梁万羽的人，都是自己不太会去炒股的人，不排除有人也像万老板一样，留着钱自己去冲杀。但给到梁万羽的这一部分钱，肯定不希望交到一个赌徒身上。梁万羽净值最高的产品，扣除提成已经达到4.6。他存续时间最长的产品还不到一年半。他没有理由再去冒险。

那段时间，梁万羽没有任何社交。他经常睡在办公室。他喜欢那种疯狂又专注的状态。无数个夜晚，梁万羽都觉得眼前的世界很不真实。这种感觉似曾相识。他只是感慨，老天爷赏饭吃。第一次做信托计划，就让他赶上这一波大牛市。以前代客理财，搞到最后自己技术动作完全变形，折腾得心力交瘁。

如果不是这一波行情，梁万羽都不知道自己现在在哪儿。在梁家坝陪妈妈种菜，在纳木错跟拉姆放牛，或者像条流浪狗一样，躺在拉萨晒太阳。

经历过市场和人生的变化，梁万羽的确没有以前那种锐气了。他想起那句“家累千金，坐不垂堂”。第一次读到这句话时，梁万羽只觉得好笑，心里得意洋洋地骂了一句胆小鬼。后来他慢慢地理解这句话的深意。

这是一句古老的谚语。当年汉武帝喜欢到长杨宫苑狩猎，而且喜欢“自击熊豕，驰逐野兽”。司马相如觉得，作为一国皇帝，这风险偏好实在太高了点。人有异常勇猛的，比如乌获、庆忌，相信兽也是如此。万一突然在某个促狭的角落遭遇勇猛的野兽，救援跟不上怎么办？把路面障碍清空，选最中间的位置走，都难免车马倾覆的危险，何况你还要专门选那种荒草丛生、起伏不平的路呢？

最后司马相如说：“盖明者远见于未萌，而知者避危于无形，祸固多藏于隐微而发于人之所忽者也。故鄙谚曰：‘家累千金，坐不垂堂。’此言虽小，可以喻大。”家中有千金之富的人，坐卧都不会靠近堂屋屋檐处，怕被瓦片掉下来给砸坏了。这不是讲段子，这里面道道深着呢。

在资本市场，人们喜欢强调风险这个词，风险偏好，风险管理，风险控制。越是在风险边缘游走的人，越喜欢说自己风险偏好低，风险管理科学，风险控制到位。但很多人都忽略一个问题，真正的风险，不是用理论分析出来、用模型推演出来的风险，而是看不到的风险。有一次梁万羽陪一位资本市场的老人游西湖时聊到这个话题。老人随手摇了摇路边的灌木。“呐，人们通常谈论的风险是地面裸露出来这部分，可以看见，可以预见，可以修剪。所以他们总是条分缕析，谈得头头是道。可是真正的风险在地面之下，在拔起树根带出泥。”

万老板不愿意理会这些说教。他等待这一轮波澜壮阔的大牛市已经十多年。1994 年那一波暴跌让万老板耿耿于怀。如今，时机虽然迟到，但终究来了。

这是一个成年人的游戏。买者自负。但梁万羽已经动摇了，或者说，他已经很满意眼前的表现。他要求手下的交易员，所有产品持仓不超过50%。当大盘短暂调整冲上5000点时，梁万羽清空了所有产品。那几天大盘几乎每天都在涨，轻而易举就攻上5300点。粗略算算账，如果晚动手几天，就是上千万的业绩提成。

梁万羽不管不顾，他逃跑了，让自己远离市场。他想起纳木错南岸的拉姆，想起梁家坝的母亲梁玉香。他很吃惊，放空下来他第一个想到的竟然是拉姆。但最后梁万羽还是决定回梁家坝一趟。

万老板大失所望，他一直劝梁万羽要勇敢，关键时刻不能太保守。最后梁万羽还是我行我素。他把投给梁万羽赚到的钱全部转到自己的股票账户，继续征战。

从上海浦东到成都双流，所到之处人们都在谈论股票。那天股票高开低走，盘中大跌。有人恐慌，有人安慰，有人隔岸观火，在那里滔滔不绝。梁万羽并不关心谁讲得有理，谁在冒充专家。他只是觉得吵闹。

回到梁家坝，梁万羽把手机扔在一边，每天陪母亲梁玉香割苕叶，收玉米，种菜。陈德培去世后，农活变成了梁玉香的消遣。她不想一大把年纪了还跑去上海适应城市生活。她种点庄稼喂头猪，让自己一年到头都有点事做，身体也活泛了。

梁万羽仍然像儿时一样，每天跟着母亲进出。他们把这个季节能吃到的蔬菜都弄来吃一遍。老南瓜的皮，用锅铲刮出那种褶皱一样的碎片拿来炒青椒。南瓜直接用猪肉炒了加一点汤汁焖烂。最后一波青椒，老的嫩的一并用猪油炒来吃。炒的过程中用锅铲拍碎，口感和口味都富有层次感。青番茄加一点青椒，炒来吃酸甜酸甜的，别有风味。洋藿，有的地方叫元藿、野姜、洋荷、蘘荷，这东西最好加点腊肉或者青椒一起炒。苕尖也还可以吃一阵，掐最嫩的。还有，每顿饭都要用柴火灶煮，锅巴必须烤得金黄金黄的。

就这样慢条斯理地干点活，做几顿饭，午后看看书，一天就过去了。世界终于安静了些。唯一不同的是，父亲陈德培已经不在，这些琐碎的生活他都不能再参与。纳木错的牧场生活，创办私募基金后的忙碌和兴奋，时间一天天过去，梁万羽已经接受了父亲不在的事实。不过梁家坝的生活碎片中，总是浮现出父亲的影子。

从很多角度看，梁万羽都超过了父亲陈德培的预期。唯一的遗憾，是梁万羽没有在父亲在世时结婚生子。而且看起来，他现在仍然没有这个打算。梁万羽经历过很多女人，认真的，不太认真的，一点也不认真的。

男人对女人的好感，大多从动物性的一面开始。如果没有这一层，他们很难动念走出第一步。但如果仅仅是这一层因素，闯关打怪最后把女人搞上床，身体的新鲜感也就三五个月。梁万羽女人缘不断，却难有持续的热情。他靠新鲜感刺激自己身体的活力。

考虑到梁万羽的财富积累，纯粹身体上的获取对他来说成本不高。这件事就像穿衣吃饭，坐车行船。

梁玉香现在不催梁万羽了。不知道她是觉得自己少了一票，还是觉得应该让儿子按照自己的想法去生活。

梁万羽的手机每天会有几十个未接电话和很多短信。开始那几天他还看看，后来手机他都懒得充电了。大部分电话和短信都来自客户，他们可以从公司层面得到梁万羽清仓的解释，但每个人都想亲耳听一听梁万羽怎么说。有的还试图跟梁万羽掰扯一下这个决定是否高明。

梁万羽一个电话都不想接，一条短信都不想回，一个客户都不见。他想说的，都已经通过交易员和市场部员工传递出去了。"当市场的发展超出我的理解范围时，我的处理方式就是先离开市场，而不是拿着钱去问市场为什么。"基金清仓后梁万羽在致投资者的信中写道。

似乎每个投资者都想问梁万羽为什么。尤其是四千多点以后才追进去的投资者。这件事情让梁万羽心烦不已。2004 年那么糟糕的表现，他都没有收到过这么多意见。有人指责梁万羽胆小，有人指责梁万羽自负，有人指责梁万羽轻率……这些意见，明里暗里最终都指向一个结论，梁万羽基金产品的操作是对投资者不负责任。因为梁万羽清仓之后，大盘每天都在涨。指数上涨时每更新一个行情切片，这些客户都忍不住要问问梁万羽为什么。他们跟万老板一样不解，这样的市场机会十年不遇，怎么可以在趋势没走完的时候提前离场呢？

梁万羽深刻地感受到做基金令人烦躁的一面。你得不断去跟一帮并不理解这个市场的人解释，你为什么赚得比别人多，你为什么赚得比别人少，你为什么为什么……这一轮梁万羽募资来得比 2004 年那一阵轻松，赚钱更是指数级高于前者。但是这些慕名而来的客户，因为缺乏信任基础，遇到分歧的表现让梁万羽大为光火。

能够一次性掏出成百上千万来购买信托份额，说明这些投资者在某个领域有他们的过人之处。他们把此前积累的自信，延续到了自己并不擅长的资本市场。在这里，他们不过是手上筹码更多的投机客而已，贪婪、短视。

趋势到底什么时候走完？只有上帝才知道。梁万羽只是靠自己的经验和直觉做选择。对错自然不会一时见分晓。

大盘突破 6000 点的时候还有人大肆渲染，说市场的最终目标是 10000 点，比如万老板。

资本市场就是一个突破人们想象的地方。神话已经诞生。神话为什么不能延续呢？加上投给梁万羽的 500 万，万老板 1000 万的本金在最高峰冲到 4 个亿。但他仍然没打算收手，像极了白日梦想家。

也许突破想象的不是资本市场，而是人心。他们自我突破。他们的内心像星辰大海，永无边际。

大盘跌到 5000 点的时候，万老板淡定异常。“你看跳高、撑竿跳、立定跳远、三级跳，发力之前运动员都有一个向后的姿势，那是在蓄力。大盘在接近 3000 点、4000 点出头、5000 点出头的时候都做过这个动作。这个向后的姿势做得越足，发力就越猛。你看最近又在回弹，这是在夯实台阶，准备下一次的跳跃。”万老板逢人就说。

一开始万老板看起来像是在说服别人，后来他更像是在说服自己。大盘腰斩的时候，万老板把这一轮牛市的所有利润差不多都吐出去了。他一直在加仓，而加的钱里面有多少是别人的钱，他没有很清楚的记录。

和 1994 年那一波一样，万老板没等到终局就打光了子弹。这一轮行情的最低点是 12 月 28 日，1664.93 点。这一年雷曼兄弟倒闭，引发全球经济危机。虽然中国有四万亿的一揽子刺激计划避免了经济硬着陆，但对万老板来说这没能帮上忙。最惨的一只股票，万老板连续吃到十多个跌停。

那是一只消费股。万老板一度信心十足地要跟大股东做局，创造市场神话。大股东质押股票换钱来做自己的股票。突发暴跌，为了防止质押物价值不足，大股东用高利贷补了好几个亿，最后都没挡住大行情的决堤溃坝。万老板为了不在下跌中卖出给大股东雪上加霜，一直坚守到最后。

虽然不至于像大股东一样被专业追债公司逼得卖掉所有的固定资产，但万老板再一次一蹶不振。他把所有的股票都留着，等待下一次牛市解套。为躲避朋友们的追讨，万老板终日东躲西藏，居无定所。

这就是杠杆游戏。它就像桌面上转个不停的硬币，一面天堂，一面地狱。

万老板打给梁万羽好多电话，梁万羽一个没接。从打电话的时间，梁万羽大致能推断万老板的电话诉求。从得意洋洋地探讨大盘攻上 6000 点的浩荡行情，到大盘回踩 5000 点的犹豫，后面就是征求意见，借钱。他太了解万老板的性格了。

哲学家说，人不可能两次踏入同一条河流。可是万老板在股市的两次彻底出局如出一辙。

大盘开始暴跌之后，梁万羽的电话安静了。也没那么多人再追着他问为什么清仓。后来梁万羽听说，把投给他挣到的钱拿出去继续追涨杀跌的客户，不止万老板一个。其中一个客户大盘冲上 6000 点都按捺住了兴奋，但大盘跌破 5000 点又重新企稳时他再也没忍住。他留住了本金，把利润全部买了私募产品。结果股灾爆发后他买的产品一直不能了结，因为平仓平不出来。几个月后产品了结时，净值只剩下 0.38。听到这些故事，梁万羽已经有点麻木。他只是为万老板感到可惜。散户最大的幻觉，是总觉得自己可以在股市里挣钱，其次是总觉得牛市是为自己准备的。

几个月后，当万老板决定重新做回自己擅长的行当，努力还清债务时，梁万羽借了几百万给万老板。不为别的，就为当年在东华证券广东路营业部时，那个挽着时髦女人的老大哥的一次驻足提点。

这笔钱万老板一直没还给梁万羽。梁万羽也从不过问。他说自己决定借钱给万老板，是因为万老板的确需要这笔钱。万老板一直没还钱，那说明万老板的确没有这笔钱。

第十三章

“世纪性的机会”让梁万羽的财富爆炸式增长，从 8 位数跃升至 10 位数。对于这个市场的人来说，成功并不意味着高胜率，并不一定要成为常胜将军。经历漫长的等待和煎熬，梁万羽抓住一波大行情，便到了另一个级别。

“万羽至诚”外，宋旭东、严浩和马文化都放了些钱到梁万羽的自营盘。这就像梁万羽跟拉姆打的比方，牛越多的家庭，未来就有更多的牛。自营盘宋旭东受益最多，马文化也解决了儿子出国留学的费用。

真是时来天地皆同力，一切都犹如探囊取物。梁万羽在法人股上的豪赌也在这一波行情中大获丰收。有人说，这场轰轰烈烈的、极具中国特色的股权分置改革，前无古人，后无来者。放眼世界，没有第二个国家的资本市场曾经经历过这样的变革。他们把股权分置改革视作中国 A 股迄今最伟大的改革。梁万羽不管这些。这是经济学家和历史学家关心的事情。

在宋旭东的通盘策划下，马文化挂职的开发区也在 2007 年成功借壳上市。梁万羽大部分精力都被他的“万羽至诚”牵扯，不过他还是出了点主意，组织了点资金。

开发区的成功上市让郝市长在经济和政绩两端都得到丰厚的回报。作为项目的实际督办人，马文化自然也没被落下。

就像一次轮回，开发区的项目跟华变电能当年很有些相似。在郝市长和马文化各自庆祝自己的升迁时，大盘正断崖式下跌，已经接近腰斩。开发区的股价一落千丈。

2008年春夏之交，郝市长被调去北京。马文化也被借调去北京从事金融监管工作。据说他当年的实习生助理也跟过去了，但是不在一个单位。李梦为如愿拿到美国藤校的奖学金。

马文化回上海为儿子送行，四个618宿舍的朋友借机又聚了一场。马文化去北京后，大家聚在一起的时间更难找了。

“目前只是借调，没有升官。”马文化强调。

“到了北京，一切都水到渠成了。”梁万羽祝贺道，“马大哥，兄弟几个祝你三喜临门，开启新的人生！”

马文化眼泪唰地流了出来，端起酒杯一饮而尽。他如愿以偿，摆脱了跟李东燕有名无实的婚姻生活。两人没有办离婚证，但借着工作的机会，马文化就此住到北京。

成功的婚姻相互成就，失败的婚姻相互绑缚。这18年，马文化为了给孩子一个稳定的家庭，有过几多隐忍和委屈。但付出的显然不只是马文化，李东燕人生最好的年华，也都消耗在这段婚姻里。

李东燕骂马文化盼着升官发财死老婆盼了十多年，终于实现了三分之二的心愿。但第三个心愿，可能不会那么快实现。

直到最后走出家门的一刻，马文化在李东燕面前都是灰头土脸、欲辩忘言的模样。和很多故事一样，他们有美好的开始，难堪的结局却不足为外人道。

梁万羽有时候会站在马文化这一边，有时候却只是感慨。他会不自觉地代入自己的成长背景，觉得农村长大的人娶了城里媳妇，就是容易被瞧不上，容易被欺负。可是也没有哪个女人嫁给你，就是为了欺负你。

严浩想说两句，但是董晓眉在场，搞不好就要触碰雷区。宋旭东连忙用孩子的话题来救场。

宋旭东的女儿宋佳佳比李梦为小一岁，大概率也会争取出国留学。宋佳佳希望拿个硕士甚至博士文凭，毕业后回国进高校任教。宋旭东说，董晓眉身上的静气让女儿宋佳佳很是羡慕。她认为大学相对单纯的环境也许是很重要的因素。

严浩第一个不同意。大学给人这样的印象，是因为很多人不了解。学术权威令人窒息的压制，发不完的论文开不完的学习会，为了一点福利明争暗斗蝇营狗苟。这些光环背后的霉斑，有时候看着令人发笑。

“好笑吗？”董晓眉近乎本能地维护大学的声誉。

“我接触太多了。每个实习生都可以讲一筐这样的故事。”

“你是接触的故事太多，还是接触的实习生太多啊？”

“嗨。咱不讨论这个。”宋旭东觉得自己开了个糟糕的话题，又连忙转移换题。“马大哥希望梦为以后做什么？”

“说来惭愧。我没有想得很清楚。我看他倒是对金融很感兴趣。但内心里我还是希望他能够更稳定一点，并不是每个人都能成为万羽。”

多年经验告诉梁万羽,暴涨暴跌后都是一地鸡毛。牛市已经远去,市场想要在短时间重塑信心是不可能的。信托计划短时间内梁万羽不会再重启了。

慢慢地梁万羽意识到,人这一辈子勤奋固然重要,但光靠埋头苦干是不够的。就像父亲陈德培总说的,低头赶路,抬头看天。机会不好的时候,要耐得住寂寞,管得住自己。好在有了十多年的经验积累和心性磨炼,如今他坐得住。

这一轮之后,梁万羽买了临江的豪宅,不过这次换到了陆家嘴这一侧。新家离公司更近,视野更好。除非想开自己的超跑兜兜风,梁万羽基本不再开车。他买了豪华商务车,雇了年轻的生活助理兼司机。他对年轻漂亮的女司机从来没有偏见。

梁万羽还花费数百万元在家里布置了一个小型放映室。他请专业人士对小型放映室做了声学装修设计,处理反射与低频驻波,配置了发烧友级别的功放和音响。放映室一侧竖着两个实木唱片柜,里面收藏了很多立体声的黑胶唱片,摇滚乐、轻音乐、乡村音乐,古典音乐尤其多。唱片柜一侧是一台 1920 年代英国产的落地式留声机。

放映室临江的两面墙都是全景落地窗设计,黄浦江和浦西城市景观一览无余。音乐响起,平衡的音色环绕在这私密空间。独立天地间,清风洒兰雪。

不得不说,这也是一个吸引姑娘的好地方。虽然没有固定女友,但梁万羽几乎不会一个人住在豪宅里,总会有女伴。

跟以前比,梁万羽最明显的变化是开始注重自己的形象和隐私了,在公众场合讲话也变得谨慎起来。他仍然会去敦煌洗浴中心。但他再也不跟夜场小妹上床了。这种转变,也许是跟过去的告别，也许是单纯觉得脏。

碰到动心的姑娘，梁万羽会出手阔绰地追求。送个新款苹果手机做见面礼，过节送个名牌首饰之类，对梁万羽来说都是很寻常的事。可是他又很敏感，没有耐心。一旦他察觉到对方可能是冲着自己的钱来的，便觉得索然无味。但这有点像一门玄学，很难实证。往往是你心里想着什么，就会看到什么。

人就是会这样，没钱的时候疯狂追求作为一般等价物的金钱，有钱之后，又渴望得到金钱之外的认可。

可是如果对方不冲钱来，那要求可就多了。梁万羽都 40 岁的人了，体力和颜值都无法匹配他的财富所代表的竞争力。一把年纪了，他不可能在相处中低声下气，也没有那么多时间去哄女人。更重要的事一来，他的注意力马上就被带走了。最后他还是只能靠钱来解决问题。这也不是容易的事，而且得不到的，那就是怎么也得不到了。

人的欲望啊，它就像漂在水面的船，永远都是水涨船高。梁万羽只能通过不断换人来冲淡这种求而不得的痛苦。

看梁万羽也没什么正事，严浩拉他玩微博。网络时代，表达和阅读都趋于碎片化。这跟精英化写作的时代大相径庭。用资本市场的话来讲，就是噪声比较多。

严浩在博客写作中就已经积累了数十万粉丝，转到微博也很快成为大 V。他喜欢写写行业科普，用现在的话说应该是投资者教育。他深入浅出地谈投资风格，谈交易心理，谈证券历史，特别是以前的庄家和现在大佬们喜欢用的一些伎俩。严浩身上总是背负着一些责任感，他希望股民可以少走点弯路。

梁万羽觉得严浩在做无用功。在他看来，投资者教育就是一个伪命题。最好的投资者教育，就是把投资者扔到市场里。就像学游泳一样，让他从呛水开始学。这是一个适者生存的世界，一个赤裸裸的丛林世界。给角马套上一层盔甲，并不会改变它被狮子、鬣狗吃掉的命运。

“你这也太冷血了点。”

“真正冷血的说法是，这个世界上最好的投资者教育，就是让他去‘死’。”

“懂一些基本的概念，至少不用像你讲的90年代的故事，亏掉几十万才知道期货有交割制度吧？”

“这些基本概念并不会帮他们赚钱。你也没听过几个学完期货或者证券投资课程的人，就到市场把钱赚了。”

“你这么反感投资者被教育，不是怕断了你的财路吧？我知道你们都很呵护韭菜，希望他们‘长长韭韭’。”

“小人之心度君子之腹。你可能会帮他们长点信心。但存在他们股票账户里的钱，也只是更有信心的傻钱。这个市场永远不缺傻钱。资本市场只要有赚钱效应，傻钱就会前仆后继。”

梁万羽还是被严浩说动，开通了微博。他的第一条微博是：感受潮水退去时空气的味道，记住此刻天空的颜色。

严浩转发的时候说，投资风格凌厉剽悍的基金经理，写起字来如此清新。殊不知梁万羽饱含深情。梁万羽非常注重“感受”，因为思考太慢了。在关键场景，他要用肌肉记忆、瞬时反应来替代理性思考。他喜欢李小龙在电影《龙争虎斗》里那个非常有禅意的教学片段。

李小龙追问徒弟调整动作的感受，徒弟抠着下巴说：“让我想想。”李小龙说了一句非常有名的话：“别想，快一点。反应要快，就像是直觉地把手指向月亮。假如反应慢了，只能看到手指，绝不能让你看到月亮的光华了。”第一句话的英文翻译是：Don't think, feel!

不过布道终究不是梁万羽的热情所在。他总是寻寻觅觅，像鬣狗一样嗅探机会。

梁万羽留意到，最近两年新能源汽车的新闻尤其多。他又跑去找宋旭东。

这像极了1996年初看到世界银行到青海考察光伏发电市场的新闻时梁万羽去找宋旭东的场景。不过此一时彼一时，两人都已经是资本市场的老手。

“我并没有很清晰，只是一种模糊的感觉。”梁万羽说。

“我们不可能跟着去造车吧？隔行如隔山。”

“没有什么不可能，比亚迪最早也不是造车的。”

“我也看到最近很多企业都表态要布局了。生产电池的公司也扎堆。”

“现在政府福利多，很多公司压根不是冲实业去的，就奔着补贴去了。后面市场看得更清楚的时候热钱也会扎堆进去。大致就是这个规律。但如果没有技术优势，最后都是一地鸡毛。”

“等佳佳毕业再说吧。”

这几年宋旭东业余时间都拿来陪女儿宋佳佳。2009年6月份，宋佳佳就高中毕业了。女儿能被美国大学录取，是宋旭东最大的心愿。为人子女，为人父母，人生好像都是这些事。

两人闲聊一通，也没聊出个所以。不过宋旭东的热情显然被调动了。

说来有点尴尬。华变电能股价峰值，竟然仍停留在梁万羽和严浩合力助推的 1997 年 5 月的 46.80 元。大部分时间华变电能的股价都在个位数徘徊，这波大牛市也没能突破前高。这显然不是宋旭东想看到的。宋旭东已经过了不惑之年，再这么不痛不痒地维系下去，他的职业生涯就只剩下 1990 年代的故事可讲了。他得制造点动静。

宋旭东把女儿送去美国，回来就找到梁万羽。

生产新能源汽车这种宏大又遥远的事情先不讨论。看到眼前竞争格局混乱，市场前景也不明朗，宋旭东不想再去做新能源电池。

淘金热潮中，真正赚钱的往往不是淘金客，而是那些开酒吧、开客栈、租售工具的人。华变电能有没有可能参与到新能源汽车产业链的某一个节点。这是宋旭东感兴趣的。

“是不是也找严浩聊聊？”宋旭东问梁万羽。

“严浩现在有点问题，他已经把自己打扮成正义骑士了。”梁万羽有些担心，“你知道吧，有的演员演伟人演多了，尿尿腰板都要直一些，一副‘今儿个我可是亲自来撒尿了’的姿态。”

“严浩那边我来协调，实在不行就再找个‘严浩’。我相信他会有兴趣。不过万羽，这次我是真想做点事情。你我都这把年纪了，我不想最后回忆起来，这辈子就那几个故事。当然我知道做事都需要资本。我会尊重资本市场的游戏规则。”

“哎呀我说旭东，你真是一点没变。我告诉你，最后人记住的，还是故事。”

“关于这事的讨论，我们以后不要有任何留痕，包括但不限于电话、短信、QQ、MSN、邮件、微博私信和评论。有什么要紧的事，我会想办法让你知道，或者约你见面。时代不同了，万羽。”

在企业待久了，宋旭东有些时候严谨得近乎呆板。不过这番近乎法律文书的申明，让梁万羽瞬间明白，宋旭东认真了，而且他可能已经有想法了。

几个月后，宋旭东安排了一趟秘密的南美旅行。宋旭东、梁万羽、严浩一行六人从浦东国际机场出发。宋旭东和梁万羽都带着伴儿。只有严浩是梁万羽给安排的“实习生”。在机场碰头时宋旭东忍不住在心里暗骂梁万羽：“这个小瘪三！”梁万羽带的女伴简直就是另一个大学时的董晓眉。反倒是严浩，注意力都在“实习生”这个意外惊喜上。

抵达迈阿密，六人搭乘美国航空的航班直飞拉巴斯，再包一架直升机从拉巴斯飞到乌尤尼。此行的目的地乌尤尼盐湖由大约 4 万年前的巨大湖泊干涸后形成。那天刚下过一场小雨，湖面有浅浅的积水。上帝的镜子，就是眼前的样子。导游说，看到这样的景象意味着未来会有很好的运气。不知道他是不是对每一位游客都这么说。

乌尤尼盐湖盐层坚硬，尽管有浅浅的积水，汽车还是可以在湖面上穿行，也不会形成波浪。如此广阔的镜面映照着流云，白色的纯净世界。

严浩咬着嘴唇，想酝酿一句诗，引用一句也行。宋旭东不像严浩那么兴奋，全程都若有所思。这一切梁万羽看在眼里。

六人晚上入住由玻利维亚建筑师胡安克萨达设计的盐宫酒

店。酒店的墙壁、地面、雕塑和大部分家具都是固态盐制成。梁万羽忍不住伸手去摩挲这些盐砖，再把手指放在舌尖舔舐。他想起纪录片里那些在悬崖峭壁间跳跃的雪羊，为了补充盐分，他们以身涉险，不厌其烦地舔舐含盐的石头。

宋旭东一路都在跟导游聊天，问当地人贩卖盐的历史、制盐方式的变化。乌尤尼盐湖是当地人千百年来的生活依靠。如今旅游业发展起来，当地人继续享受盐田之神的恩泽。

离开乌尤尼盐湖折回玻利维亚首都拉巴斯，他们又飞去阿根廷。当梁万羽得知他们的下一站不是布宜诺斯艾利斯也不是罗萨里奥市时，他知道宋旭东安排的这次南美之行另有目的。

布宜诺斯艾利斯当然就是博尔赫斯的面子了。那是宋旭东非常喜欢的阿根廷作家。不只是宋旭东，严浩和梁万羽都酷爱博尔赫斯的作品，《虚构集》《恶棍列传》《小径分叉的花园》……罗萨里奥市则是因为阿根廷足球，那是梅西出生的地方。这一届世界杯，梅西带领的阿根廷跟尼日利亚、韩国、希腊分在B组。

到达萨尔塔市，宋旭东又开始跟向导没完没了地打听近300公里外的尤耶亚科盐湖。严浩蒙了。“人家一日看遍长安花，旭东你这是要干嘛？看遍南美洲的盐湖吗？”

宋旭东只是一脸坏笑，没有正面回答。尤耶亚科盐湖位于安第斯山脉海拔四千多米的无人区。实际上看过乌尤尼盐湖，他们无需再赏一个盐湖风光，尤其是考虑到尤耶亚科盐湖海拔那么高，那么荒凉。但宋旭东想尽量实地走走。

严浩说得没错，宋旭东巴不得一朝看遍南美盐湖。那之后他们还去智利看了阿塔卡玛盐湖。宋旭东就锁定玻利维亚、阿根廷、智利几个面积较大的盐湖，一路都在关注盐湖的交通状况、附近城市的工业形态。

自梁万羽告诉宋旭东自己“模糊的感觉”以来，宋旭东和华变电能总裁办做了很多调查工作。他不打算参与新能源汽车的造车大军，连新能源电池都不想参与。虽然市场还没成气候，但是这里面的竞争，杀伐之气隐约可见。可是不管新能源汽车厂商还是新能源电池厂商，他们都会对新能源电池的原料感兴趣。华变电能不要去那么激烈的市场与人为敌，而是要做大家的朋友。虽然上游市场也注定会有竞争。

传统的动力电池有铅酸电池、镍镉电池以及钴酸锂电池等，但据说北京奥运会和上海世博会上，分庭抗礼的是磷酸亚铁锂和锰酸锂两种类型的电动车电池。

锂离子电池分正极材料、负极材料、隔膜、电解液。正极材料的主要原料是磷酸铁锂，磷酸铁锂的主要原料是碳酸锂。碳酸锂可以从矿石中提取，也可以从盐湖的卤水中提取。宋旭东拽着严浩和梁万羽的南美盐湖之旅，意在于此。

事实上华变电能在此前已经组建专门的团队开展锂电池生产和原料调研。团队走访国内多家已经开始布局新能源汽车制造的产商和新能源电池产商，并且多次到国内的四川、青海、西藏，国外如澳大利亚、南美的玻利维亚、智利、阿根廷等地考察。这一趟南美之行，宋旭东走的几个点，其实是公司团队深入调查过的。他只是借着假期出来感受一下。

这趟行程三人都秘而不宣，微博大V严浩对此行也只字不提。这是宋旭东一开始就强调的注意事项。但三人在乌尤尼盐湖的仙人掌林拍照时，偶遇梁万羽的粉丝，好说歹说要拉着三人合影。粉丝一看就是资深股民，对网络上梁万羽的故事如数家珍。宋旭东和严浩明显有些不自在,余光不断往左后方瞥。三位女伴刚好到那个方向拍照去了。

当宋旭东在智利的安托法加斯塔街边的咖啡馆和盘托出自己的想法时,严浩才意识到宋旭东的决心。梁万羽心里是有准备的,而且到阿根廷的萨尔塔市时,他已经大致猜到了宋旭东的想法。让他吃惊的是,华变电能已经快速动作,开始讨论操作层面的问题。

"最简单粗暴,当然也最高效的方式,就是收购已经有盐矿开采权的矿业公司。国内很多公司在干或者想干这件事情。澳大利亚好几个盐湖都被收购了。我们已经开始接洽南美的公司,大致就会落在我们这一趟溜达的几个国家。"

"中国那么多盐湖,为什么不在国内做?"梁万羽问。

"国内做事,牵扯太多,关系网络复杂,竞争激烈,操作起来反倒麻烦。而且国外,故事讲起来更好听。以前我们老是被拿捏。现在中国的公司可以走出来挖国外的矿,收购国外的公司,很多股民会为这样的故事激动。"

"对,故事。旭东你已经掌握了资本市场的精髓。"严浩接话。

"这不是因为十多年前就开始接受你俩的熏陶和市场洗礼吗? 我还是想做事,但事情要做,故事也得讲好不是? 不然咱仨这趟的机票住宿,你把钱给掏了。"

"哈哈哈! 你这可是事后胁迫,不具备法律效力。"严浩马上撇清。

"这次出来,我越发觉得盐湖真的生来就是好故事。人类一出现就开始从食物中获取盐分,到后来慢慢发现并学会储存盐。

古代社会，盐在很多地方都是金银珠宝之外的硬通货。工业制盐出现之后，传统的粗放的贩盐方式终结。但是谁能想到，在人类积极寻求可持续能源的过程中，盐会继续成为新能源的养料呢?”宋旭东感慨道。

看似闲庭信步的宋旭东，正在努力激发严浩的好奇和热情。其实严浩对新能源汽车行业有自己的关注，他并不像宋旭东想象的那样离汽车行业那么远。严浩有点古怪，生活在上海，经常东奔西跑采访、出差，他都没有自己买车。家里的车都是董晓眉开。严浩出行，从来都是能用公共交通就用公共交通，节能环保。

“据我所知，政府即将对私人购买新能源汽车进行补贴。”严浩说道。

“哪里来的小道消息。”梁万羽激他。

“我都参加过好几次论证会。方案都已经在起草了。但政府的事情，什么时候推出，我说了不算。”

种种迹象印证，梁万羽那种模糊的感觉不久就会变得明朗了。华变电能的思路也逐步清晰。宋旭东说，华变电能已经在接洽玻利维亚和智利几家可以拿到盐湖开采权的公司。资金的问题一解决，事情会马上推进。

华变电能在锂业开发方面毫无背景，资本市场也不景气。而且说实话，华变电能这些年在资本市场的存在感太弱。所以梁万羽并不建议宋旭东尝试去资本市场募资。不能跟资本市场拿钱，就只有找国家开发银行贷款。华变电能资产本身质地凑合，质押贷款问题不大。至于贷款，实际上不用太担心。当这个故事最终被市场嗅探到，市场会回馈华变电能的勇气。

而释放这个故事，需要等待时机。

新的一年股市新闻挺多，但是总体来说行情很糟糕。4月16日股指期货推出后，大盘从3130点一路下跌。华变电能在这个过程中交投清淡，但是下跌并不多。梁万羽开宋旭东的玩笑，说股民可能已经忘记这只股票了。

5月下旬梁万羽开始建仓华变电能，逢低买入。不到一个月"万羽至诚"就成了华变电能的第七大股东。这次他没有再去募集资金。机构资金对回撤控制太严，个人投资者的问题是话太多。梁万羽不想跟人解释太多自己的投资选择。如果是所有人都能看明白的操作，这样的机会就不叫机会。

那个没有小道消息支撑的消息很快就续上了。有一天打开电脑，梁万羽在自己的邮件订阅里面读到，为加快汽车产业技术进步，着力培育战略性新兴产业，推进节能减排，2010年6月1日，上海、长春、深圳、杭州、合肥等5个城市启动私人购买新能源汽车补贴试点工作。7月6日，深圳市率先启动私人购买新能源汽车补贴试点，比亚迪F3DM和e6分别获得了所在类别的国家最高补贴。

8月，宋旭东一直盯着的两家新能源行业的公司上市，一家上市公司发行市盈率接近70倍，一家超过90倍。而一只"锂电"概念的股票不到四个月翻了近6倍。月底，从微博爆料开始到深度报道跟进，华变电能沉寂多年后再次出现在媒体视野中。

华变电能成立全资锂业公司华变锂业，斥资50亿元连续收购玻利维亚和智利的矿业公司，进军新能源电池材料行业。跟着这一波"锂电"概念的热潮，华变电能的股票连续涨停。那时候大盘刚好从7月初的低谷走出来，进入10月涨势尤其凶猛。不到半年时间，梁万羽的账户跟着华变电能的股票翻了近三倍。

华变电能这一波突发涨势以上交所发出关注函戛然而止。华变电能股票异动，上交所希望华变电能自查内幕交易相关情况。

“请你公司提供相关项目投资完整的内幕信息知情人名单和交易进程备忘录，并自查相关公告披露前后相关主体是否存在接受采访、调研，是否存在提前向特定对象泄露有关内幕信息、违反公平信息披露原则的情形，详细说明内幕信息知情人与相关知情人是否存在敏感期买卖你公司股票的情况。”

事情的变化来自网上一篇捕风捉影的文章——作者署名“一只会游泳的猫”。文章深谙江湖逸闻的套路，从当前大热的“锂电”概念股谈起，煞有介事地分析新能源汽车的广阔前景和对中国汽车及能源发展的重大意义。“然而”，作者话锋一转。“然而在投资者对新能源行业的美好预期和真金白银的支持下，出现了一只浑水摸鱼的股票。”

文章分析说，华变电能上市十多年来，对新能源汽车也好，对锂电池生产也罢，业务上毫无涉猎。今年8月突然宣布要进军新能源电池材料行业，大举收购玻利维亚、智利的矿业公司。从求新求变的角度，一家电力公司碰瓷新能源电池材料，笼络国外盐湖资源，逻辑上并无唐突。可是如果你们看看这家公司前十大股东的名单，也许就不会这么简单地看待这个问题。

华变电能前十大股东里面，第七大股东“万羽至诚”信托计划，管理人叫作梁万羽。梁万羽是何许人呢？1990年代初信托公司业务员出身，1995 年 327 国债期货事件中最后时刻空翻多掘得第一桶金，并在圈内赢得一定的名声。6124 点大牛市这一波，梁万羽正是因为“万羽至诚”系列信托计划实现财富自由。

这个梁万羽跟华变电能又有什么渊源呢？1996 年华变电能在上交所上市，关于华变电能在西藏开发太阳能的新闻甚嚣尘上，就是来自梁万羽的点子。这个计划最后除了当地牧民享受到一些实惠，在商业上毫无建树。配合这一波造势的，是《浦江日报》最著名的财经写手严浩。两人跟华变电能副总裁宋旭东，1990 年同时毕业于华旦大学。据说三人大学时是同一个宿舍。

为什么这一次华变电能股票暴涨让人生疑呢？感谢互联网，让我们有机会看到复杂的世界。这张照片的拍摄地是玻利维亚乌尤尼盐湖。说来很巧，今年看到 NHK 的纪录片《南美玻利维亚乌尤尼盐原纪行》之后，我在微博上搜索乌尤尼盐湖的旅游资讯，看到有网友发了跟著名基金经理梁万羽和微博大 V 严浩偶遇的照片，照片左一是微博作者，往右依次是华变电能副总裁宋旭东，万羽至诚基金经理梁万羽，最右边是著名财经媒体人、微博大 V 严浩。

什么意思呢？这是酝酿已久的阳谋。华变电能的第七大股东，“万羽至诚”信托计划背后的基金经理梁万羽，早就知晓华变电能收购南美洲矿业公司的消息。媒体造势的幕后推手，毫无疑问就是著名财经媒体人严浩。这他妈不是内幕交易，我提头来见你。

这篇帖子在股票论坛大热，还被贴到各大财经网站的华变电能主页下面的讨论区。微博上关于著名基金经理涉嫌内幕交易的讨论疯传。

“敢在网上点名道姓地指摘一个基金经理内幕交易，敢提头来见，却连自己真名都不敢署。这种人既是他妈的坏种，又是他妈的孬种！”严浩看到信息打电话给宋旭东，宋旭东在电话里大骂。

宋旭东知道严浩担心什么问题，公司相关知情人和梁万羽之间清清楚楚。市场套路和监管思路他们早就熟悉，没有什么漏洞可抓。但这个帖子还是让两人感到后怕。

“网络真是他妈的太可怕了。梁万羽那小子倒是好，天不怕地不怕。”严浩感叹道。两人想起他们在乌尤尼盐湖跟梁万羽的粉丝合影那一幕，额手相庆。

关于内幕交易，监管机构需要证明当事人的证券交易活动与内幕信息高度吻合，得找到当事人与内幕信息的连接点，并不是网文一句“一看就是”就可以定性的。

梁万羽开始建仓华变电能时，华变电能南美洲的收购项目在商务上尚无定论。收购矿业公司在资金和政策上都有很多不确定性。也就是说，所谓“内幕信息”根本就没有形成。梁万羽在宋旭东自己对项目都还没把握的时候就重仓买入，这算哪门子内幕交易？而且梁万羽的投资向来以作风凌厉著称，他买进一家上市公司十大股东并不是什么新闻。

但舆论在网络上发酵，对华变电能的企业形象没有半点益处。没有哪家上市公司愿意陷入这样的负面舆情。宋旭东气呼呼地说，人家公司市盈率几十上百倍交易所不关注，华变电能十几年了重新见点涨势就引起交易所的关注了。这是个活跃的二级市场，交易所难道不应该去问那些聪明的资金吗？不过在回复交易所的关注函时，华变电能的法务部门措辞中规中矩，波澜不惊。

最终这次负面舆情不了了之。四川话说，羊肉没吃到，惹得一身骚（膻味）。梁万羽和华变电能的确惹得一身腥膻，但他们肉也是吃到了的。

宋旭东和梁万羽都很清楚，盐湖提锂，从投入到产出还有漫长的过程，并不会在短期内落地，更不要说给公司带来利润。所以在这一波锂电概念大受关注的热潮中，梁万羽和华变电能的大股东都不动声色地减持。梁万羽很快就获利出场，跌出华变电能前十大股东名单。这也算是借坡下驴，跳出公众视野。而这波开门红，为宋旭东真正进军新能源电池材料提供了足够的安全垫，也让华变电能进军新能源电池材料的消息得到很好的二次传播。

关于高位减持，宋旭东跟梁万羽还有过几次争论。宋旭东还是想着，公司要拓展新业务线，该支出就支出，该借钱就借钱。梁万羽就觉得这种想法很迂腐，他经常说那些上市公司傻兮兮的。全流通之后，上市公司大股东仍然掌握着公司大部分筹码。

"偶尔利用市场波动调整一下自己的持仓，这个利润不比辛辛苦苦去晒盐湖的卤水来得轻松？人家股票没有流动性那是没办法，有市场热度你矜持什么？就好比斗地主，你地主手上捏着大小王，4个2，4个A，这不是想怎么玩就怎么玩？"

"你那叫歪理邪说，耍无赖，哪有地主下场跟平民肉搏的？"

"你当然不能把自己当地主，也不能把股民当平民。这只是一个不恰当的比方。如果你不喜欢这种泥腿子的表达方式，我换个说法，这叫上市公司市值管理。你这是在为市场提供流动性啊。”

“万老板当初就是跟上市公司大股东一起做市值管理，是这样吗？”

“那怪牌打得稀烂，不能说明那不是一手好牌。”

在资本市场，每个人都觉得自己是屋子里的聪明人。他们靠这种自信生存，尤其是在一次又一次亏钱之后。梁万羽觉得宋旭东的坚持，准确地说是矜持，还是那一套，妇人之仁。股民不会因为一个宋旭东的呵护就能从输家变成赢家。

“这是一个财富再分配的场所。虽然他们的财富最终被分配了，但他们进场的时候都是想着来帮你分配财富的。”梁万羽想说的是，华变电能的跟风资金也是如此。正是这些跟风资金，让他可以舒适地闪展腾挪。

第十四章

华变电能再次变成梁万羽的提款机。金融危机严冬尚未远去，梁万羽的资产在2007年牛市积累的基础上几乎又翻了一倍。他已经习惯靠着自己的嗅觉挣钱。那种模糊的感觉在他看来非常奇妙。“有时候简直就像上帝的恩赐一样。”梁万羽说。虽然他从不信耶稣。

也因为财富爆炸式的积累，各种各样的机会不请自来。“梁大师!”一次校友聚会上，一位初次见面的校友这样称呼梁万羽。校友穿一身得体的米色西服，头发用啫喱水抓得乱糟糟的，身材一看就是经常健身。校友示意席间年轻的小姑娘排队给梁万羽敬酒。这场面一看就是摸透了梁万羽的喜好，有备而来。梁万羽毫不掩饰地瞟着姑娘们挺拔的大胸脯。好家伙，时代变化就是快，年轻姑娘们现在都不喜欢穿胸罩了。

在座的有华旦大学校友会会长、秘书长，大多是做企业或投资的。大师这种称呼本来一听就让人肃然起敬，但互联网时代，阿猫阿狗都自称大师，让梁万羽极为鄙夷。不过第一次听人这么叫自己，梁万羽还是忍不住高兴。后来遇到这种场面上的饭局没几个人称呼梁大师，梁万羽甚至会有点小小的失落。

人啊，真是个复杂的动物。

“梁大师！久仰久仰，我先干为敬！”一句话奠定基调，饭局立马变成吹捧梁万羽的专业研讨会。因为多喝了两杯，梁万羽讲起话来也啰啰嗦嗦，似是而非，不承想效果奇好。在那种场合，那些大而无当、言之无物的话越品越有理，甚至近乎道了。梁万羽说，投资这门学问，故事是关键词。当我们能够讲一个打动人的故事时，关注度会涌来，钱会堆起来，K线也会拉起来。

为什么？因为故事是所有人都能够理解的形态。再严整的闭环、再缜密的逻辑、再高深的学问、再水滴石穿的决心，都抵不过一个引人入胜的故事。因为我们的祖先从结绳记事就开始讲故事。故事是我们思考的方式，故事是生活的氧气。

“依我看，梁大师应该开宗立派，把自己的投资哲学发扬光大。”

“对对对，应该成立一个专门的学会，来研究梁大师的投资哲学和经济理论，就叫，梁万羽经济学。”

“我们也可以搞个梁大师的午餐会，把投资界志同道合的朋友聚在一起，拍卖跟梁大师共进午餐的机会。”

一通彩虹屁，把梁万羽捧得如坠云雾。说实话，在几次成功的投资，特别是资金实力急剧增长后，恭维的话多到令人厌烦。但还从来没有人把梁万羽的金玉良言或者信口胡诌上升到如此的高度。

饭局上，那个称梁万羽“大师”的校友说自己正在开发一个视频网站，要集齐中外经典电影，并穷尽幕后制作资讯。他要把这些经典电影分门别类，实现在线点播，以此聚集广大影迷，并利用这个用户基础，开展衍生的商业服务，比如开展线上线下的影视培训课程、开发和销售电影周边产品。校友说，他要让中国的用户学会并习惯为自己的爱好付费。中国用户基础庞大，但大家都喜欢免费资源，觉得网络意味着分享和免费。但好的片源特别是幕后制作资讯，在目前是稀缺的，不那么易得。这也是他在内容上区别于绝大部分电影网站的地方。

“每一部经典的电影，无一例外都是一个经典的故事。而每一个经典故事的背后，都有无数个精彩的小故事，导演的、演员的、剧本的、拍摄剪辑的。”来人现学现卖。“我可以这样说，这个世界上，每一个人都是影迷。我们有这么大的用户基础，将来能够网罗中国1/10的影迷群体，商业价值都无可估量。我们最终的导向会是一所网上电影学校。”

现在的问题是什么呢？网站开发、电影版权购买、用户推广需要大量资金。校友想再融一轮资，先把网站做得更趋完备，再利用不断壮大的片库和注册用户吸引新的资金，把雪球滚起来。等这个用户基础达到5000万，就开始探索付费模式、课程设计和衍生产品的研发。

“我们已经经过了种子轮、天使轮融资，可以预见的未来，我们会把公司做上市。上不了中小板，至少上个新三板。中国的电脑用户这几年增长迅速，这就是我们的未来。”校友说着说着，把饭局当成了路演现场。

听起来的确是个不错的故事。之后梁万羽给投了1000万。这家公司最后没撑过两年。这时候梁万羽才知道，这叫风险投资。风险投资的意思，就是那是一笔有风险的投资。这没什么，毕竟投资都是有风险的。

受各种捧他为“大师”的人忽悠，梁万羽前前后后投资过视频网站、电影、艺术品、新能源汽车、酒店、餐饮，有的还追加过投资。有时候他的确被故事打动，有时候是抹不开朋友的情面，有时候则纯粹是为了满足自己的好奇心。投资视频网站、电影的时候，他觉得以自己多年跟媒体人打交道的经验，媒体、媒介他并不陌生，甚至可以说有些心得。投资艺术品的时候，梁万羽觉得自己朋友圈子那么多艺术品的收藏家、消费者，他对这个市场也有很多独到的见解。投资新能源汽车的时候，梁万羽想，我差不多 20 年前就开始玩新能源概念了……这些投资大多几百万几千万，对梁万羽来说，就算不幸看走眼，再去股票市场捞回来也不是太难的事。

最终，这些投资，梁万羽无一胜绩。

梁万羽好几年之后才明白，所谓的风险投资，本质上是对人的投资。对梁万羽来说，真正的风险在于，当他在股票市场屡获胜绩之后，他觉得自己似乎找到了投资的密码，不只是股票投资，是一切能够称得上投资的事情，一切事情。后来梁万羽发明了一个词组来描述自己这个阶段在股票市场之外的失败，叫自信心的横向辐射。他说，人是个奇怪的动物。当他们在一个细分领域取得极致成功之后，他们的自信心会横向辐射，觉得天下没有自己搞不明白的事情。

折腾来折腾去，梁万羽发现自己真正擅长的事，也就是做做股票，其他的，不客气点说，真的是一窍不通。

这次校友聚餐，校友会的会长和秘书长一致提议让梁万羽出任华旦大学校友会下一届会长，并建议梁万羽回华旦大学捐一个研究院。这是很多发达的校友会做的事情。

梁万羽对做校友会会长没什么兴趣。搞个研究院，他也不了解那些人捐了研究院，都在研究什么。但有一点足以打动人，就是给年轻人创造更多机会。从梁家坝那个牵着牛鼻子的小屁孩到如今在证券市场开始被人们称为“大师”的梁万羽，人生充满了随机性。梁万羽对大学时代的马文化、红庙子街的表兄梁天德、第一份工作的上司许志亮、广东路营业部的万老板，当然还有自己事业上的伙伴宋旭东和严浩充满感激和尊重——虽然有时候也没太顾及这些。很难想象，如果这一路任何一个环节掉了链子，梁万羽的人生轨迹会如何演变。如果没有梁天德“借”给自己乐山电力的股票，如果没有许志亮沉默不语的巨额“分红”……

如今，说钱对梁万羽只是个数字有些夸张，但他毫无疑问有能力帮助一些有梦想的年轻人。特别是考虑到前些年胡乱浪费掉那些风险投资的钱……

“哥哥钱赚很多以后想做什么?”梁万羽脑子里浮现出拉姆的疑问。

第二年，梁万羽掏出一个亿成立“万羽创想基金会”，定向支持华旦大学在校学生。每年华旦大学有20名学生可以向“万羽创想基金会”申请5～15万经费用于自己的研究。梁万羽把研究方向限定为理工方向，但没有做过多解释。基金会资助过的学生之后有创业的想法，可以继续向梁万羽个人寻求资金支持。不过那将以天使基金方式运作，有成熟清晰的法律协议约束。

基金会揭牌仪式在华旦大学举行。活动安排得极其简单，梁万羽也一改往日做派，穿着 POLO 衫和休闲鞋就来到揭牌仪式上。他不想自己的形象让学生觉出太大的距离感。而且回到母校，回到自己成长的地方，梁万羽心态很放松。不过校长和经管学院党委书记站台，可以看出学校对这次活动的重视。华旦大学还从来没有哪个校友一次性如此大手笔。

那天活动上梁万羽即兴演讲的很多段落被广为传播。梁万羽讲了几段自己成长的故事，勉励年轻人不要局限自己的想象力。

"在我这一代人的成长环境中，好和坏，对和错，应该和不应该之间有明确的界线。一条界线分出二元对立的世界。就像电影里的好人都白玉无瑕，坏蛋都十恶不赦。这条界线怎么划的呢？在家里由家长划，在学校由老师划，走出社会后由别人划。可是世界往往比这复杂，比这模糊，没有那么清晰的界线和标准。有的人在人生的某个阶段意识到这个问题，才开始重构自己的认知，更多人就这么稀里糊涂过下去了。明白世界的多元，人性的复杂，是理解这个世界的开始。人世间，万事万物的演变都建立在这个基础上。"

"我们一辈子注定会犯很多错误，愚蠢的或者聪明的。所有的错误都是有代价的，不要放过自己犯过的错。如果你从自己的错误中一无所获，那你的人生注定一事无成。因为你会不断重复同样的错误。如果有机会，也不要放过别人的错误。别人的错误也是支付过代价的，还可能很贵。没必要亲自体验一次，再支付一次代价。这个世界，无数条路都是大大小小的错误铺出来的。道理一讲就俗，但真正有体会其实不太容易。"

"大部分我们谈论的所谓选择，退回到当时的认知，当时的外部条件，都是别无选择。只是记者们喜欢渲染主人公做选择时的高明。人生来就是自私自利的，他们的第一选择都是寻求自己利益的最大化。所以人做出的每一个选择，在彼时彼刻都是最优选择。我们去评价这些选择时，时间线已经拉长，我们是拿着后视镜在看问题。”

万羽创想基金会有专门的团队，保证课题遴选的公正性，并做基金的资金保值增值管理。

涉及人的工作都不会那么轻松，前期梁万羽没少操心。但是梁万羽没想到的是，真正让他操心的事还在路上。

有一天李东燕找到梁万羽，说父亲突然病倒。细问之下才得知老人最近半年把家里的存款快亏光了。股票的事，当然要找梁万羽。

这么多年没听说马文化的岳父要炒股，怎么突然碰起股票来？梁万羽很奇怪。

一年前，李东燕的父母跟团去日本旅游，带团的小芸很是细心，一路照顾老人，谈天说地。小芸说，跟老人相处，经常让自己想起老家的爷爷。他们都一样慈爱友善，让人备感温暖。

结束旅行回到上海，小芸时不时地给老人打个电话，送点小礼物，非常贴心。小芸甚至给老人送生日蛋糕。一次闲聊，小芸关切地问老人存款都怎么打理。老人如实相告，从来都只是定期存款。

小芸不由感叹，上海物价实在是涨得太快了。十年前上海房价才三四千元，现在动不动就是一两万。钱存在银行，十年才多少利息啊。小芸又说，自己之前带团认识一位老人，这两年得了癌症，命保住了，存款却被掏得精光。“您把钱存在银行，银行还不是拿您的钱去赚钱。现在钱贬值这么厉害，还是要学着理财，不然再过几年这钱就不经花了。”

不带团的周末，小芸经常去虹口一个熟悉的俱乐部听课，给自己充充电。讲课的都是些“资本市场常青树”“穿越牛熊的投资大师”，而且课间茶歇味道还不错。“您老现在身体好精神好，也应该活到老学到老。”小芸鼓励老人。

小芸看起来也就二十五六岁。她经常带团出国，很有见识，言谈举止也很得体。小芸 LV、Gucci 的包好几个，一看就是能赚钱又舍得给自己花钱的年轻一代。俱乐部挺好玩，比较放松，能认识不同的人，能长见识，能学知识。有人跟着老师买股票，一只股票几个月就翻倍了。过一阵腾挪一下手上的钱，小芸也想跟着老师试试。

就这样，一个周末，老爷子决定跟着小芸去俱乐部看看。反正闲着，散散心，没准认识几个朋友呢。

讲课的大师五十来岁，穿一身蓝色西服，搭配一条红色领带，看起来就像那种经常辗转五星级酒店的商务人士。大师 1980 年代就在台湾做股票了，当年是台湾最年轻的基金经理，不到 25 岁就管理 50 亿的私募基金。第二个讲课的是大师的太太，看起来不到 30 岁。她主要分享了大师在投资方面对自己的影响。大师的方法简单易学，像她这样的小白，一个课程下来就掌握了要领。这解决了老爷子最担心的问题，他一辈子没碰过股票，这把年纪了怎么可能学会炒股呢？看来一切都还来得及。

老爷子因为股票亏钱病倒之后，李东燕扮成个迷途的股民去向大师寻求救命稻草。老旧的写字楼聚集了来参加活动的各色人等，热闹非凡。电梯间贴满了出国培训、出国旅游、投资理财、小额贷款、养老地产、旅游地产等小广告。

“亲爱的朋友们，我们的大师上午刚刚从北京飞过来。跟我们讲完课，晚上大师还要飞去深圳，那边也还有很多股民朋友等着大师指点。我们要珍惜这样的机会。我们给大师最热烈的掌声好不好？”会场设在虹口老街一栋老旧的写字楼。开场前主持人暖场造势。

“股票是一门很大的学问，但如果我们找到诀窍，股市就是我们的银行。这个银行可比你们存定期那个银行大方。我们把钱在这里放上几天，几个月，钱就来了。”大师一看就是掌握那个诀窍的人。“我要教给你们的是几十年穿越牛熊被不断验证的方法。我不单要帮你们解套，还要帮你们赚钱。谁说熊市就不能挣钱？那是 loser 的说法，是输家的说法。A 股几千只股票，每天都有股票在涨。再熊的市场也有牛股。我们要做的就是找到那只上涨的股票，找到那只牛股！你们说对不对？”

“对！”哗啦啦一阵掌声，懒洋洋的下午，现场气氛唰地被调动起来。“A 股几千只股票，每天都有股票在涨。再熊的市场也有牛股。我们要做的就是找到那只上涨的股票，找到那只牛股！”不得不说，大师讲得太对了，讲出了万千股民的心声。这简直是每一个股民的梦想。

听课的股民普遍年龄偏大，有的侧耳倾听，有的戴着老花镜认认真真地做笔记，更多的人一脸崇拜地盯着大师。现在，他们都知道通货膨胀会让他们的养老钱缩水，知道他们需要学习投资理财知识，但他们没太搞清楚的是，自己在哪儿，在跟什么人打交道。

大师慢条斯理地打开 PPT，今天的主讲课程是“黄金坑”战法。股市是最淋漓尽致地展现人性的贪婪和恐惧的地方。有时候负面新闻、黑天鹅事件会把一只股票砸出一个低于正常估值的坑。这种坑看起来令人恐惧，其实充满机会，里面可能藏着黄金，因为随后可能就是一波涨势。当然不是所有的坑都藏着黄金。“黄金坑”的坑有各种形态，有V型、U型，还有I_ _I型。有时候V型后面可能还是V型，或者U型。这个I_ _I型，有时候也可能是I_ _ _ _ _I型。为了避免踩坑太急，可以分批建仓，逐步确定自己的判断。还有就是要多跟大师学习，掌握精髓。

随后大师展示了一条自己的收益曲线。曲线以净值1为起点，像一支离弦的箭，以45度斜射出去。老师多次神奇地预测大盘走势，多次在熊市中抓住七八倍大牛股。逃顶抄底更是老师的强项。“黄金坑”战法，只是老师众多绝技中的一项。

课程尾声，培训机构的负责人上台跟大家问好。负责人戴着眼镜，温柔敦厚，说话慢条斯理。他身上有一股农民儿子的那种憨厚。大家叫他徐老师。徐老师自己也研究股票，属于技术分析派。徐老师称自己有15年的股票投资经验。他视课堂上的股民为自己的客户，更待他们如亲朋。徐老师有一个更大的梦想。他要带领这群可亲可爱的朋友，做成一家在美国上市的公司。

李东燕悄悄拿笔记下了一个关键词，SPAC。其他的她记得模棱两可。回家一番查询打听，结合负责人所讲，李东燕慢慢拼凑出徐老师画的大饼。

SPAC，Special Purpose Acquisition Company，即特殊目的收购公司。1993年，GKN证券(Early Bird Capital的前身)注册

了 SPAC 商标，这是一种为公司提供上市服务的金融工具。

SPAC 的发起人通常由投资领域资深人士或商界精英组成，拥有良好的信誉保障。他们先成立一家空壳公司，再将公司放到纳斯达克上市，并以投资单元(Unit)的形式发行普通股与认股期权组合给市场投资者，从而募集资金。空壳公司只有现金，没有任何业务。所募集的资金将 100％存放于托管账户并进行固定收益证券的投资，例如国债。成立空壳公司的唯一目的，是去收购一家成长性好的非上市公司，与其合并，使其获得融资并上市。

如果 24 个月内没有完成并购，这个 SPAC 就将清盘，所有托管账户内的资金附带利息 100％归还投资者。在没有任何收购可能时，这个空壳公司在二级市场的股价就是资金净值(本金＋利息)，一旦有收购预期，这个空壳公司的股价就会因为可能被收购公司的前景发生波动。

跟传统的 IPO、借壳上市、买壳上市不一样，SPAC 模式可以绕开美国 SEC 的审批，周期很短，3～6 个月就可以完成。这种模式无需支付占 IPO 费用大部分的承销费，同时无需支付挂牌上市的买牌费用，非常灵活。

2003 年底之后 SPAC 逐渐成为市场热点。2007 年，SPAC 的 IPO 数量占美国证券市场全部 IPO 数量的 25％，约有 50 个 SPAC 在美国证券交易所共募集了约 100 亿美元的资金。其中包括一些专注中国市场的中小企业，比如 Pantheon China Acquisition 和 Shanghai Acquisition Corp。但 2008 年经济危机让这种模式陷入消沉。

培训机构负责人徐老师讲的不完全是这么回事。他的确借用了“SPAC”这个英文概念，把这种金融工具模棱两可地介绍给台下那群不明就里的老人。时机一旦成熟，他们会用 SPAC 的模式，到美国成立一家空壳公司，募集资金收购自己的培训机构。到时候，在座各位就是美国上市公司的股东了。等待你们的将是巨额回报。美国股市多大啊，资金量多大啊。

李东燕想起培训课堂上，除了工作人员，自己竟然是最年轻的。一群不停地扶老花镜的老年人，一群准美国上市公司的股东。

一家即将在纳斯达克上市的公司，一家这些年每年投入成百上千万元打造的公司，股份当然是不会便宜的。就这样，徐老师把培训公司的股份溢价卖给这些买了培训课程的客户，这些扶着老花镜的股民。培训费每年 28888 元、48888 元、68888 元不等，股份则根据自己的能力和意愿认购，几万几十万不等。李东燕的父亲选择的是中间档 48888 元的培训费，买培训公司的股份花了近 30 万。

虹口老街这栋老旧的写字楼每周举行的活动，既是一堂培训课，也是培训机构股东们的例行聚会。大家其乐融融。亏钱嘛，再好的方法也有运气不好的时候。想在股市赚钱，耐心是第一位的。

“这他妈都是哪里来的小丑，盯着这些可怜的老年人！”梁万羽忍不住骂脏话。

梁万羽跟李东燕本来交集不多，但马文化不在上海，李东燕找过来，那就是他的事情了。亏钱在梁万羽看来是小事情，但这件事情太恶劣了。这些孙子但凡自己能从股市赚到一分钱，就不至于如此下作到去骗这些可怜的老人。骗！对，梁万羽就是这么定性的。

梁万羽找来严浩，他要把这些骗子一锅端了。

“你怎么突然这么激动？这种烂事你见少了？”

“这他妈能这么缺德吗？我操！”

“我告诉你，这是三不管状态。老人出这种问题，是因为子女不管。你见过那些给老人做干儿子干女儿的业务员没？他们陪老人买菜，跟老人谈心，给的不就是子女的关爱吗？让老人买课程，是老人的自愿行为。老人炒股票亏钱，是正常的市场行为。所以在我看来，这事儿属于子女不管，法律不管，连证监局也不会管。不然马大哥不就搞定了吗？”

“这时候李东燕肯定不会去找马大哥啊。你们不是媒体吗？媒体不管管？”说完梁万羽自己也笑了。“哎呀，我真是气急了。现在哪还有什么媒体。”

“你不要迁怒嘛！虽然你说的也没错，可这事也不是媒体的问题啊。”

几天后，一群壮汉出现在虹口老街那栋老旧的写字楼。培训现场，机构负责人徐老师正在暖场，满脸堆笑地推销他的交易战法。今天的大师，不知道又是从哪个城市飞过来。领头的壮汉一脸恶相，但面无表情，也不言语。他一把将徐老师拖出来扔到前台边，抬手想给徐老师一耳光，手举起来又放下了。

徐老师完全没搞清楚状况，一时间蒙了。员工们也没见过这种阵仗，一个个只是远远地看着。

“咱还是先礼后兵。这么说，我们知道你在干嘛，你也知道自己在干嘛。我们家老头子去年开始在你这里进出。培训费48888元，买股份28万，老头子炒股亏掉863283元，一并算在你头上。三天之内，三笔钱，连同100%的利息要回到老头子的银行卡上。少一分钱，你和你的家人躲到哪儿，我就找到哪儿！”

说完领头的壮汉给了徐老师两张纸条，一张上面是徐老师的身份证号码，在上海的住址，几栋几单元几号，他在老家县城的地址，几栋几单元，他儿子的学校，几年级几班。另一张纸条上面写着李东燕父亲实名的银行账号、开户行。

“我，你……”徐老师惶恐地扶着眼镜，嗫嗫喏喏道，“就算，就算我，我这是诈骗。你，你这是，勒索啊！”

“你可以去旁边派出所报警，也可以直接拨打110。”说完，壮汉带着一堆人马扬长而去。

第三天，李东燕打电话给梁万羽，谢谢他神通广大，说父亲的事情已经解决了。

马文化岳父的事情刚解决，马文化儿子的事情又来了。马文化一去北京，似乎他家里人的事情，最后都会转到梁万羽这里。

从美国毕业回来几个月后，李梦为打通梁万羽的电话，想拜访梁叔叔。

还是在陆家嘴，梁万羽把之前的办公室所在的一层楼1500平米都租了下来。一小半用作团队交易室，大半作为他的私人会所。会所有健身房、茶室、酒吧等。他还在公司复制了家里的小型放映室。

万羽至诚资产管理公司的前台姑娘把李梦为领到梁万羽的放映室。梁万羽正坐在棕色的意大利进口沙发上，重温李小龙的《猛龙过江》。这部电影梁万羽不知道看了多少次。果然是发烧友，放映室环绕声场空间感极强。

李梦为已经长成一个大小伙。他1米78的身高，穿一件橘黄色休闲西装，搭一双白色休闲鞋，时尚简约。这绝对会让他大学时代就胖乎乎的老古董老爹艳羡。

李梦为大赞梁万羽办公室豪气舒适，令人羡慕，称梁万羽是晚辈的偶像。他问候梁万羽身体可好，是否还经常跟他大学时代的几个好朋友，宋叔叔、严叔叔和他爸相聚。一番家常话之后，李梦为切入正题，请梁叔叔指导他最近一直奔忙的事情。

毕业回来，李梦为跟几个儿时的伙伴非常严肃地讨论创业项目。他们想复刻国外早就存在，国内也开始形成气候的网络信贷，做一家自己的互联网金融公司，说白了是一家互联网信贷公司。这种商业模式，国外叫 Peer To Peer Lending。互联网金融公司扮演平台，撮合借贷方和投资方直接交易。

简单地理解，借贷方在平台披露必要的信息，包括借贷方个人或企业信息，抵押物、质押物凭证，借款金额、借款周期、借款利息。投资人自行评估，决定投资项目和投资金额。在互联网金融平台，这些借款项目像超市物件一样出现在列表里。

传统的借贷模式，银行扮演了中间角色，揽储放贷。银行端就是一个巨大的资金池。银行就靠这个资金池和利差生存，玩的是间接金融模式。互联网金融公司只是个撮合平台，不能揽储放贷，所以钱不能到平台，不允许有资金池。互联网金融的核心概念是直接金融，免除了中间商赚差价。

2012年货币政策中性偏紧，一些信用资质较低的中小企业无法获得贷款。这种直接金融的模式，为借款人和投资人提供了连接。李梦为和他的创业伙伴还被一个数据深深吸引。2011年底中国网民总量达到5.13亿，全年新增网民5580万。其中手机网民规模达到3.56亿，同比增长17.5％。中国的网民数量近些年持续增长，未来仍然有很大的空间。

这给了基于互联网的直接金融，非常大的想象空间。

这算是一种新兴业态，但技术和理念都谈不上什么创新。国内已经有几十家公司在做这件事，网站开发也已经比较成熟，花几万块钱就能买到一个初级的网站模板。当然想要开发得个性化，有更好的交互体验，IT还是很烧钱的。李梦为想要在上海开这样一家公司，成本在于办公场地、人力。金融公司为了证明自己的实力，需要搞得高大上一点。不说在陆家嘴，至少也得在张江找块地儿。不管实际上需要多少人办公，七八百平米的办公场所算是标配了。剩下就是公司的营销支出。互联网时代，每一个用户都是钱买来的。

这一套说辞李梦为已经演练过很多次，他一边介绍一边从双肩包里拿出装订好的商业计划书递给梁万羽。这孩子是下了工夫的，只是跑了两三个月他都没有拿到投资。投资方主要的顾虑是一帮毛头小子，能不能玩明白这赤裸的金钱游戏。

在找梁万羽之前，李梦为去拜访了宋叔叔，宋旭东。宋旭东翻看着李梦为打印的册子，感叹他们年轻一代激情澎湃，胆识和想象力都明显强于父辈。李梦为他爹马文化，还有618宿舍的室友们，刚毕业时无一例外都只是老实巴交想着先找一份稳定的工作。

“你爸知道你的计划吗，梦为？”马文化这几个兄弟，仍然称呼孩子梦为。

“不知道，我也不打算让他知道。我现在是成年人了。我的事情，我自己做决定。”

“你要怎么解决信用问题？你得知道，借贷问题，本质上就是个信用问题。”

“这种模式的特点就在于，我们只是个平台，一个中介，一个连接点。从法律角度，交易发生在借款发起人和投资人之间。所以信用问题在他们之间发生，不在这家公司。我们不搞资金池，资金严格走第三方托管。”

“这行不通的。中国人为什么喜欢把钱存在银行？就是因为有安全感。投资人通过你的公司把钱投出去，虽然你从法律上把自己撇得很干净，最后钱回不来，麻烦还是会落到你头上。”

李梦为一顿，他没想这么复杂。宋旭东提醒他，钱对老百姓来说是最敏感的问题。前期把问题简单化，后期问题就会复杂化。如果还是得平台来解决借款人的信用问题，就回到了起点，这是银行才擅长的事。

几个月后，李梦为再次找到宋旭东。年轻的团队听从了宋旭东的意见，平台会为投资人把关，筛选标的。李梦为想结合团队的专业优势，尽量往金融方向靠，不要那么传统。以目前的征信体系，一个新冒出来的互联网金融公司推信用贷款是没有根基的。最后李梦为选择了质押贷款。

考虑到质押物的流动性和保值问题，李梦为按照几个交易所上市的大宗商品清单，反向寻找企业。企业提供质押物，比如托管库的仓单，用于质押贷款。为了防止质押物价格跌破贷款金额，质押时按照一定比例打折之外，必要时李梦为的公司会在期货市场建一定的空头头寸。

听起来这是一个双保险。质押物永远不会“质”不抵债。

“下一个问题,你的贷款项目从哪里来?”

“那么大的大宗商品市场,相关的企业多了。对于企业来说,流动资金是永恒的难题。如果我们一年来一次地毯式搜索,一定会有机会。我的一个合伙人,他爸就是一家期货公司的高管。这种资源我们够得着。”

“企业为什么会找平台借钱?”

“因为,因为他们可能没法从银行借钱。”

“为什么没法从银行借钱?”

“因为银行信贷收紧,审核条件会更严苛,压力就会最快传递给这些中小企业。我们还有一个优点,我们流程肯定比银行快。”

“理论上说得过去。你的钱从哪里来?”

“我们提供远比银行高的利息。这个消息释放出去,钱就会来。天下熙熙,皆为利来。天下攘攘,皆为利往。”

不符合银行审核条件(虽然是收紧之后的审核条件),说明贷款项目的风险更高。不过企业也支付了更高的利息,似乎也说得过去。但宋旭东仍然觉得这些逻辑都只是纸面上打通而已。监管会是这个项目最大的不确定性。在资本市场这么多年,他对这些不确定性始终保持敬畏。

宋旭东最后没有同意投资。钱的江湖,是真实而残酷的江湖。这恐怕不是几个初出茅庐的大学生可以搞定的,海归也不行。宋旭东更不想在这个年纪,去做自己并不了解的行业。但他还是把自己的一些疑虑抛给李梦为去思考,权当是过来人的啰嗦。

什么样的借款人会从银行漏下来给到这样的金融公司?

去哪里找那么合适的连接?恰到好处的资金需求,恰到好处的投资需求。

如果没有资金池,如何解决时间错配问题?如何留住用户投过来的资金?如何快速响应借贷需求?

如果出现违约,平台如何应对监管,如何管理舆情?

李梦为没有泄气,继续去寻找投资。找一圈不成最后又找到梁万羽。梁万羽这些年听了太多创业的故事,但来人是梦为,是马大哥的儿子。看着孩子满腔热血,他觉得应该支持一下。他的"万羽创想基金会"每年支出上百万元,就是为了支持有想法的年轻人。现在李梦为留学归来想做点事,他没有理由推脱。而且互联网金融,没准真是下一个风口。

"梦为我只提两点。第一,钱是非常敏感的问题,特别是涉及一个用户群体。法律层面,一定要听专业意见。第二,合伙人的选择几乎决定创业的成败,一定要慎之又慎。"

梁万羽投了1000万给李梦为,让他认认真真做事。至于这笔钱,他不需要李梦为明确任何股权关系。"如果赚到钱,你到时候再还我。"

李梦为知道梁万羽和父亲马文化的关系,但这不是一笔小钱。而且从公司的角度,梁万羽作为财务股东对公司绝对是一种巨大的加持。他在工商关系上明确了梁万羽49.9%的股份,公司核心创始团队另成立一个有限合伙企业持股50.1%。就这样,李梦为的互联网金融公司在浦东的张江开业。

李梦为意气风发。他告诉自己的团队:"每个人都要全力出击,书写我们自己的故事。"

第十五章

把钱拨给李梦为之后，梁万羽并没有太多过问公司细节。李梦为隔几个月会跑去陆家嘴拜访梁万羽，讲讲他们又设计了什么灵活的浮动利率的玩法，又搞定了哪个协会会长，偶尔还嘲讽一下现货企业对套期保值、期权之类的金融工具有多么无知。据说公司业务推进不错，一年多时间已经有一两个亿左右的项目在滚动。由于大部分都是短期项目，按照每个项目2%的佣金，一年有四五百万的收入。一个小团队，在上海活下去是没问题的。

有一次李梦为在梁万羽的办公室描绘自己的蓝图。他不想只做一家网络信贷公司。除了资金需求，现货企业的生存境遇大多与相应商品期货价格的波动高度相关。他要利用商品期货，为这些企业设计套利、套保策略，提供整套风险管理方案和培训服务。

"我们有海归背景，有金融工程相关知识储备。这将是一个庞大的市场。"李梦为越讲越兴奋。

梁万羽大部分时间都在国内飞来飞去，看一些创业项目，偶尔关注一下华变锂业盐湖提锂的进度。一只脚踏进风险投资这个门槛，梁万羽感叹人心和世界的复杂。一个简历华丽的初创团队，几张 PPT 一播，开口就是几百万、几千万。买过一些教训之后，梁万羽变得佛性起来。

高海拔盐湖提锂，需要在一个近乎无人区的地方搭团队，得从头解决交通、物资、电力、通信，一堆问题。一砖一瓦都得从外面运进去。成本远高于宋旭东的预期。公司还得因为环保问题跟当地政府博弈。

粗矿的提取和加工，对于一个新入门的企业来说，很多技术的坑都得自己蹚一遍。梁万羽看宋旭东这两年充满活力，状态不错。但四十来岁的人，也是华发早生。宋旭东说，他老是睡不好，莫名其妙地失眠。

宋旭东的女儿宋佳佳从美国毕业后没有继续念研究生，也没去搞科研。她去了美国赫赫有名的两个希腊字母的对冲基金做股票分析师。这俩孩子，最想学梁万羽的曲线救国先去做了 P2P，一心想做大学老师的一毕业就做股票去了。

马文化去北京之后，总是很忙，至于在忙什么，从来都是不便透露。圈内在传，马文化新官上任，办了好几个内幕交易、操纵股价的案子。有一次马文化回上海，618 宿舍几个朋友小聚。马文化说，规范化一直是中国资本市场的主题。那些靠伎俩、靠心黑手狠挣钱的人路会越来越窄。

马文化和梁万羽之间，突然从朋友关系变成了监管与被监管的关系。马文化这话，梁万羽怎么听怎么不舒服。谁靠伎俩，靠心黑手狠挣钱了？才去北京待几天啊，说起话来一副铁腕证监会主席的模样。

梁万羽如此敏感，是因为市场热度重新回暖，他又要开始出动了。创业板 2012 年见底后，2013 年全面复苏。全国各地到处飞，梁万羽的信息渠道不断增多。也因为不断跟人接触，那种市场情绪对他来说又真切起来。

经过 1990 年代的洗礼和 2007 年那一波波澜壮阔的大牛市，敏锐的嗅觉对梁万羽来说已经成为一种内化的本能。一个在市场仍然有战斗力的老兵，不会错过任何一波牛市。炮声一响，他们就知道炮弹最终会落到哪个地方。那种模糊的正确，一直有效。

作为曾经的明星基金经理，梁万羽的基金产品没有再对外募集资金。他太讨厌跟投资者打交道的感觉了。“他们觉得把钱投给你，就是你的客户，是你的上帝，特别是业绩波动的时候。”梁万羽说。他保持老派作风，按江湖道义行事。

不过为了让一些朋友的钱能够进来，又不至于像代客理财去打理很多账户，梁万羽还是在这一年发出了基金产品。但产品申赎他说了算。市场很疯狂的时候，朋友投过来的钱只能躺在账户里。他要等这种疯狂劲儿过了再把钱给出去。

如果一个人不知道自己的钱是怎么赚来的，他大概率也不知道怎么守住这笔钱。这不是什么科学结论，但这个结论一直在被验证。梁万羽知道自己没法避免朋友在别的地方把钱败掉，他只是想避免朋友们在市场下跌中去接飞刀。

创业板一波独立行情刚过，2014 年 7 月主板行情开启。梁万羽、宋旭东、马文化都很忙，只有严浩看起来最闲。严浩也一头白发，不过精神状态跟宋旭东有霄壤之别。

似乎一夜之间，传统媒体就被革命了。铺天盖地的新媒体在讨论传统媒体的没落和新媒体的未来。中国5亿手机网民占到总网民数的81%。移动终端的迅速覆盖，改变了传媒生态。

传统媒体广告断崖式下跌，一本原来年广告量过亿的行业杂志可以转眼间穷到连团队都养不活。杂志停刊，报纸倒闭，这样的新闻屡见不鲜。

《浦江日报》倒没有这么不堪。看名字就知道它不会有生存问题。可是人们来到这个世界，从来都不只是为了活着，不是吗？

报纸没人买了，报刊亭消失了，网络阅读碎片化了。这时候再为一篇深度报道去打磨文字，死抠细节，核对事实，那种迂腐的感觉不输孔乙己掰扯茴香豆的茴字有几种写法。

“你不要一副天塌下来的样子啦。再说对你能有多大的影响，你做你的主编。实在不行过几年找个理由提前退掉算了。”梁万羽安慰严浩。

“我这个年龄最尴尬。传统媒体看起来已经没有出路了，新媒体又不要我这样的老头子。”

“你这不连我也骂了吗？你才四十多岁，按照新的标准还属于青年。我们很老了吗？”

“按照新媒体的标准，80后都太老了。新媒体要的是年轻化，要的是网感。但我感慨的还不只是被淘汰的危机感，而是我们的媒体，陨落了。”

“新媒体不也是媒体吗？”

“新媒体不生产内容，他们只是内容的抢劫犯。内容生产者杜撰演绎，相互抄袭，读者成为流量和算法的奴隶。信息技术的进步没有帮助人们拓展视野，相反，它把人们牢牢地锁在自己的认知舒适区。舆论变成一种暴力机器，夹杂着无知、无序、无所不用其极。群体自主意识消亡，群氓随风摆动。”

“他们靠什么吸引读者？”

“贩卖焦虑，制造紧张感、危机感，营造敌对情绪，叩击地域情结。每一篇文章都是全网震惊、惊爆、内幕。一个自媒体连续十几天的推送都在‘掀桌子’，因为各种各样的原因掀桌子。这就是自媒体的生态。以前我们争论渠道为王还是内容为王，现在是流量为王。你知道那些爆款文章怎么来的吗？一个团队做两个号，一个输出正面观点，一个输出反面观点。话题和情绪都往耸动里带。专门经营订阅号的公司，几百人的团队，足不出户成天洗稿，流水线作业。几篇文章糅一下，加几句煽动性的话，起一个耸动的标题。标点符号都打不明白的小年轻，几十万几百万的浏览量就来了。”

“新生事物，都要经历一个混沌期嘛。你是不是也可以做个自媒体，把微博的粉丝转移过来。”

“我试过了，放弃了。我在这个 KPI 的时代，注定活不下来。我也羞于与这个群体为伍。”

“你这是自绝于新媒体。你是因为活不下来才羞于与这个群体为伍吧？严浩，年轻人是八九点钟的太阳，你应该多跟年轻人在一起，多晒晒太阳。”

迅雷不及掩耳，新媒体乱拳打死老师傅。这个俨然被时代抛弃的传统媒体人放不下他的骄傲。但时代并没打算为他驻足，就像大牛市从不等待那些来不及上车的股民。

2014 年 7 月启动的主板行情,10 个月的时间指数翻倍。这一轮对梁万羽来说只是个基本盘。他的获利仍然集中在少数几只股票,包括华变电能几次进进出出,也有翻倍获利。而且这一波行情,梁万羽很早就退出市场了。

2015 年初,李梦为去陆家嘴拜访他的梁叔叔,想请教梁万羽对股市大势的看法。创业两年多,李梦为已经开上了保时捷 911,他说这完全是工作需要。这个行业到处都是些势利眼,开个好车比花钱打广告实在,可以少费很多口舌。

梁万羽告诉李梦为,在中国这个散户为主体的市场,要多留意散户情绪。这个情绪主要有两个层面的显性表现,一是舆论层面,二是资金层面。区别在于一个是说话,一个是拿钱说话。

"那我现在看到的都是拿钱说话的故事,而且这个钱来得非常快。"李梦为说。他接触很多实业老板,有人拿钱去做配资公司。他们花钱买一套配资软件,自己存入一笔钱,就可以吸引散户过来放杠杆,买股票。

信托公司设立伞形信托,将旗下子单元账户进行二次拆分。投资者通过配资公司获取交易账户和杠杆资金。配资系统设有警戒线、平仓线。如果投资者在股票下跌时不能及时追加保证金,系统就对质押证券进行平仓了结。据说这套配资系统最早脱胎于 2007—2008 年期间铭创软件的 FPRC 系统(Financing with Pawn management & Risk surveillance Control system,证券质押典当融资业务管理与风险监控系统),而后来承载资金最多的是恒生 HOMS,同花顺的系统也可以对接类似业务。

股票投资本来不带杠杆,而且有 10%的涨跌停板限制。通过场外配资系统，股民可以把杠杆放大数倍。大牛市来临的时候，股市到处都在贩卖一夜暴富的梦想。一个涨停板10%，放大4倍杠杆，逮到两三个涨停板本金就可以翻倍。这是普通人改变命运最好的机会。这种机会通常七八年才会有一次，上一次出现还是2007年。

配资模式吸引了大量豪赌客，还让很多大学生也加入炒股大军。大学生能有什么钱呢，无非就是生活费里挤出来的，或者骗家里手机掉了，又多得几千块钱。而最令李梦为长见识的，是一次客户带他去浙江某个城市自己开的高档茶楼。客户姓万，是当地商会的理事长。万理事长太拗口，大家还是喜欢叫他万老板。

在会客间，万老板拿出上好的红茶招待。他想看看，有没有可能跟李梦为这样的美国名牌大学毕业归来的才子，在二级市场有更多深入的合作。股票大涨，股指期货大热，他们是不是可以大有作为。说话间，隔壁掌声雷动，一片欢腾。

万老板已经开始在股指期货上挣钱。他买到一个配资软件的使用权，存了几百万进去，让商会的会员通过软件交易股指期货。商会聚集了大量的生意人。他们是茶楼的常客，平时搓麻将打扑克几千上万的输赢不在话下。现在股指期货热起来，大家多了一个游戏。隔壁就是大家的游戏大厅。

普通投资者投资股指期货有一定的门槛，比如开户资金50万、股指期货知识测试，以及商品期货交易经验。而因为合约金额较大，交易股指期货占用的保证金也较多。比如沪深300指数3000点时，交易一手IF合约(沪深300股指期货合约)的保证金，按照10%的比例就是90000元。但是在万老板这里，5000元就可以交易一手股指期货合约，手续费300元——也就是指数波动一个点的价格。如果通过期货公司交易,这个手续费是0.23‱,20.70元,也就是说手续费翻了接近15倍。当然指数波动,手续费也不会再涨。

对于客户来说,最重要的是操作方便。他们不需要懂任何股指期货或者股票指数的知识。下完单,股指涨跌跟你买的方向相同,波动一个点就赚300元,反向波动一个点则亏300元。收盘后到前台结账就好了。5000块钱能够扛多久呢,下错单的话爆仓时间可能以秒计算。

"你说这个老板姓万?叫什么?"梁万羽一愣。

"这我不太记得了,得回去翻合同。反正大家都叫他万老板。他总是戴一副镜片厚厚的金边眼镜,喜欢穿背带裤。"李梦为说道,"怎么了梁叔叔?"

"没事没事。我以前也认识一个朋友叫万老板。"梁万羽淡淡地说道,"你们后来有合作吗?"

"没有。我们只是资金合作,他从我们这里融资。听说我们会写程序,他问我们能不能帮他。他说自己90年代就开始炒股,有很多很好的交易理念,但是手动操作有时候管不住自己的手,想试试程序化交易。"

没过几天,大盘突破4000点。上交所一个交易日成交量超过万亿,创出全球交易所有史以来成交最高值。第二天,《人民日报》发表文章《4000点才是A股牛市的开端》。

大学生配资炒股,和一群对股指期货一窍不通的人配资炒股指期货的故事,对梁万羽来说是一个极强的信号。这个市场的启动,总是从少数参与者、少数行业开始。当这个市场最外围的人都已经被吸引过来，说明不管从情绪还是资金的角度，增量都快到了尽头。

李梦为说，万老板那个配资公司，最神奇的一个人高峰期用5000块钱赚到60万。但是总体来说，大面积都是亏钱的。小半年时间通过这个配资公司亏出去的钱数百万。万老板自己有没有炒股指期货不知道，他这个配资公司肯定是赚到钱了的。

可以肯定，万老板还有很多办法去拉更多的人来玩股指期货。对投资者来说，这种高杠杆的游戏无异于刀尖上游走，百死一生。长时间玩下去，无人生还。

“如果你把人民币想象成美元，把中国的银行看作美国的银行，那么目前中国银行的市盈率仍然偏低，价值仍然被低估。”《人民日报》突然冒出一篇文章。这的确很考验想象力。

因为发布平台的特殊性，这篇文章引发股民集体狂欢。很多股民甚至像响应号召一样，看到这篇文章才抱着钱冲进股市。次周一大盘就冲上4500点。

再一次，梁万羽决定远离危墙。他带着一位新结识的姑娘，去南美洲休假。这一次他不用看盐湖，只想逃避噪声。这是他熟悉的逃避方式。通常来说，旅程的前半段会比较煎熬。但越往后，每天看到新闻都会让他倍感庆幸。

梁万羽原本以为，过了浦东机场国际出发的安检口，世界就会清静下来。他有所不知，烦恼的事每年都有，只是烦恼的点每年都不同。

第十六章

2015年的夏天，资本市场分外热闹。6月12日上证指数冲到5178点之后，股灾开始了。监管认为场外配资和恶意做空导致了这轮牛市提前终结。恒生电子因HOMS系统被证监会调查。调查很快波及上海铭创软件技术有限公司、浙江核新同花顺网络信息股份有限公司。公安部也开始着手调查恶意做空。

网传国外金融巨头在国内成立子公司，在国内券商的支持下进行融券交易。还有两个俄罗斯人仅靠数百万元资本，三年时间在A股狂揽20亿人民币。一时间外资做空中国的舆论甚嚣尘上。国外资本在国内设立的子公司、贸易公司如履薄冰。

市场颓势如水银泻地，一发不可收。舆论又把矛头指向股指期货。

股指期货推出的时候，所有理论和来自成熟市场的经验都倾向于认为，股指期货是一个成熟的金融市场应有的风险管理工具。股指期货的出现并不会增加市场的波动性。但股灾来临，股民希望尽快找出导致市场下跌的真凶。清剿配资不灵，打击外资恶意做空还是止不住下跌，就轮到股指期货代人受过，成为众矢之的。

本来梁万羽只顾休他的假。前面一个多月心里自然是很难平静。他在布宜诺斯艾利斯闲逛，他品安格斯牛排，赏探戈，但更多时候，他都追着博尔赫斯的足迹跑，去到巴勒莫、阿德罗格。在雅典人书店，梁万羽不再是什么资本市场的大佬，风格凌厉的基金经理。他只是一个普通读者，一个普通书迷。他长时间泡在图书馆，试图让自己安静下来。博尔赫斯说，天堂应该是图书馆的模样。这是世界上第二美的图书馆，想必天堂不过如此了。

从休假开始，梁万羽就从社交媒体消失了。他不接受采访，不发微博和朋友圈。特别是股灾开始后，说什么都不太合适。说预见下跌踩踏会被骂事后诸葛亮，谈风花雪月会被骂秀优越感。梁万羽想为股指期货辩解几句，怕触犯众怒。他想说股市的非理性繁荣，早该知道暴涨有多猛烈暴跌就有多惨烈，更怕被口水淹死。

他只是静静地观察，静静地感受。尽管不再持仓，这仍然是一刻千金的市场体验。

很多市场参与者都在为各种各样的错误买单。证金公司数以千亿计的资金进入市场，股指期货被扼住脖子，直到流动性枯竭。套牢的，想抄底的，斩仓跑不出来的，愁肠百结。

梁万羽以为这一切跟自己毫无瓜葛，直到几个月后他在微博热搜上看到自己的名字。

“震惊！又一家 P2P 暴雷!!! 平台累计项目数十亿!!! 数万投资人受损!!!! 著名基金经理、投资大佬梁万羽系股东和财务投资人!!!!!!!"

典型的自媒体文风。感叹号的多少取决于作者心情。

梁万羽脑子嗡嗡作响。我什么时候做了李梦为的股东和财务投资人了?我不是特意交代不用我的名字?累计项目数十亿,现存项目到底多少?李梦为在哪里?

梁万羽刚从南美回来没多久,几天前还在饭局上高谈阔论,说风险管理最好的方式就是远离风险。因为雪崩来临的时候,山脚的你不会有什么万全之策。他躲过了股市的雪崩,不承想被P2P的雪崩冲击。

梁万羽拨通李梦为的电话时,李梦为已经跑到浙江一个小城躲了起来。万老板给他安排了住处。"你小子跑到浙江就能躲得住吗?你现在就给我回上海。带上你的财务和律师来办公室见我。"梁万羽没有给李梦为任何争辩的机会。

从2007年以来,P2P在中国无序发展,到现在已经多达两千多家。最近中国人民银行等十部委发布了互联网金融的指导意见。总体来说,政府鼓励创新,支持互联网金融稳步发展。但互联网金融本质仍属于金融,没有改变金融风险隐蔽性、传染性、广泛性和突发性的特点,应该加强监管。看到这个报道时梁万羽还提醒李梦为要时刻注意政策导向,不要在边缘地带游走。

没想到李梦为这么快就兜不住了。其实看到李梦为开保时捷,梁万羽就应该警惕的。

当天深夜,李梦为就带上律师和财务找到梁万羽。他解释自己把梁万羽写进股东名单的原因。"虽然叔叔跟爸爸关系很近,但我想在商务上明确下来,不然没等公司做起来,股权纠纷就开始了。不管团队内部管理还是继续融资，都需要把这些问题厘清。”

至于在外面公开梁万羽是自己的财务投资人，李梦为有他的虚荣，也有他的难处。不管是获取借款人还是投资人，从0到1都是非常困难的过程。一个把信用挂在嘴上的行业，几个刚刚大学毕业的毛头孩子显然是缺乏说服力的。拉上一个资本市场的大佬背书，对公司是巨大的加持。

李梦为没有在媒体公开谈论这件事，但路演的时候他的确把梁万羽的照片和名头都贴到了PPT上。对于这样一家新公司来说，梁万羽的名字意味着很多，信用、实力、人脉关系等等。

李梦为的创始团队，一个个都有海归背景，为这样一家互联网金融平台吸引了不少注意力。这本来就是新兴行业，年轻化的运作方式。直接金融，Peer to Peer，打破银行老大哥的垄断地位，而且建立在互联网支付系统基础上，操作起来非常友善。项目多样，周期灵活，给投资人和借款人都提供了极大的便利。

也是冲着这个美好愿景，李梦为想利用自己团队在技术和理念上的优势，在这个崭新的行业一试身手。互联网的连接，打开局面就是1到无穷大的想象空间。

可是公司的第一个项目就遇到客户逾期。1500万的借款，本金和利息最后都是安全的，但迟到了半个月。这简直把李梦为惊得后背发凉。李梦为疯狂给风控部的员工施压，说如果拿不回这笔钱，公司会就地关门。公司会因此负债，团队会因此背负骂名。他召集合伙人讨论应急方案，就算公司愿意出来兜底，账上的钱都不够这一单。

最后李梦为以支付系统故障为由争取到投资人的谅解。一切继续推进。

接下来的几个项目差强人意，多是两三百万的项目在滚动。2013年，李梦为频繁遭遇借款人违约，展期或者无法归还本金和利息。这时李梦为才知道质押这种方式在实际操作中的各种难题。

当公司的风控团队跟借款人或者托管库索要质押的大宗商品时，形形色色的问题冒出来了。最顺利的情况是质押物一切正常，但几百万上千万的现货，不是说卖掉就能卖掉的。这比期货市场成交困难多了。有一次一个500万的借贷项目违约，质押物是价值750万的热轧卷板。这帮小子，直到客户违约才真正见到热轧卷板长什么样。现在突然要卖掉750万的热轧卷板，好不容易找到买家，结果对方杀起价来能急死人。

到期日收不回本金和利息，项目就是违约。公司每天都是接不完的问询电话。微博、朋友圈的负面消息开始往外冒。

后面遇到的情况更棘手。借款人的质押物、仓单没问题，但是风控团队去处理质押物时前面排着好几辆豪车，保时捷超跑、奔驰商务。车门一开下来的全是五大三粗的彪形大汉，一个个黑社会打手一样。借款人重复质押，货被先到的人提走了。讲法律关系的话，李梦为的公司先签了质押借款合同，但现场的情况是他的风控团队根本没法越过前面的豪车和彪形大汉进到托管库。

随着时间堆积，情况越来越混乱。一个2000万的借款项目违约后，李梦为的风控和律师团队赶到托管库，才发现托管库的货物根本不是借款人的。借款人和托管库都是资不抵债的烂公司，联合起来骗P2P平台的钱，他们借的可不止李梦为一家公司的钱，同样的把戏在短时间内复制了好多次。

这不是欺诈吗？是。可是李梦为只能私下处理这些纠纷，他经不起这样的消耗。一旦引起投资人疑虑，微博、自媒体马上炸锅，一切都前功尽弃。

第一次创业就得到父亲的好友梁万羽不计回报的仗义支持。这种机会不可能出现两次。李梦为绝不可能早早就投子认负。而且现在一摊子烂账，他们完全没法跟梁万羽交代。

P2P的难题，对李梦为来说都是具体而微的。他得同时找到资金需求和投资需求。两者一旦错配，就差点意思。金钱夜不能眠，更不等待，一刻也不行。李梦为采用最简单粗暴的办法，花钱砸广告。但他很快发现，错配是永恒的主题，就像人生一样。如果不用点手段把想跑掉的人留住，广告的钱就白花了。

本金安全问题对平台来说就更致命。宋旭东叔叔说得没错，虽然你从法律上把自己撇得很干净，但最后钱回不来，麻烦还是会落到你头上。银行卖理财产品的时候也说得很清楚，风险自担。但产品违约的时候银行最后都选择刚性兑付。因为甩手不管给银行带来的商誉损耗和监管难题，这个代价可能比刚性兑付还贵。

李梦为想了很多办法来解决借款人违约或者延迟还款。他筛选信用更好的借款人，打通渠道快速处理违约项目的质押物，学会很多伎俩延迟完结项目本息到账时间。但所有这些方法和伎俩，都不如继续发"新项目"实在——募集资金来堵窟窿和等待新的借款项目。

出于保密考虑，一个募资项目前期展示的只是借款金额、借款周期、利率结构等基础信息，借款人公司、法人信息等只有项目生效之后才能看到。慢慢地，李梦为发现，投资人做出投资决定，只是基于对平台的信任。他们并不会认认真真地去评估每一个借款人的偿还能力和信用度，这事也无从做起。如果平台有意瞒天过海设计几个虚假的借款项目，操作起来易如反掌。

这道口子一撕开，李梦为就拿到了互联网金融平台的“百忧解”，也打开了潘多拉魔盒。

在平台设虚假项目，先把投资人的钱募集过来，解决了错配的问题，也便于及时覆盖违约项目。可是这么操作，李梦为的P2P就不再是“直接金融”了。本质上，他这是在揽储放贷，扮演银行的角色。

资金池是互联网金融平台的雷池。这个雷池一越，就一念天堂，一念地狱了。以前李梦为要管理的是运营风险，现在，他要管理的是自己的欲望。只要有资金源源不断地流入平台，就可以不断封堵前面的窟窿。而当这个池子堆积的资金数以千万、数以亿万计，他们还会想着好好做一家P2P公司吗？

李梦为很快发现，来自实业的贷款，到期日总会出现各种各样的问题。仔细想想，他们承接的基本上都是银行筛掉的借款人。银行有自成体系的风控管理模式，这是几百年行业经验的叠加。P2P刚开始很难吸引资深的银行风控专家，而且整个行业都认为，互联网金融，核心竞争力不在风险管理。李梦为的风控人员，顶多有点民间借贷经验，但显然又不够江湖。

随着平台项目爆雷的频率越来越高，李梦为开始意识到这种高利率借款项目在逻辑上难以自洽。P2P靠高利率吸引资金，但是这个资金成本最终都会转嫁给借款人。

市场上的无风险利率，简单地理解就是同期银行定期存款利率。超过这个收益率的部分，其实都是某些可以预见和不可预见的风险的对价。这是公司做下去，李梦为慢慢才有的切身体会。这些借款人愿意承担更高的利率，是因为隐含诸多风险。这些风险有些是李梦为和他的团队可以看见的，有些是他们听都没听过的。有一次万老板听李梦为聊起这个话题。万老板说，你说的风险都是看得见的，或者可以计算出来的。真正的风险在于，逼到墙角时他就丢给你一句话：要钱没有，要命一条。

长此以往，此路不通。李梦为慢慢转向个人信用贷款，把触角伸向庞大的学生群体。也正是在这个阶段，李梦为发现很多大学生从平台借钱炒股。这本来是一个资金需求和偿债能力都很差的群体，但他们超前消费，非理性消费，而且他们不太精打细算。

不精打细算的意思是，三两个月期限的借款，收10%甚至更多的手续费，利息另算，没人在意。三个月10%的手续费，折算成年化利率就是40%。而这种信用贷款利息通常都很高，折算成年化利率轻轻松松奔30个点甚至往上。有时候一笔小额的短期贷款，算下来年化利率甚至超过100%。终究是因为花的不是他们的钱，还钱的也不是他们。

这些孩子的确偿还能力弱。但他们通讯录上有父母、朋友、同学，甚至有学校的老师。如果平台开始给这些联系人打电话，总会有人想办法来解决问题的。一定比例的坏账，高息和高额手续费很轻松就覆盖了。

就这样，李梦为似乎又找到了公司继续生存的可能。他倒是没有无休止地虚设项目揽储，但前面实业过来的贷款项目六千多万的坏账，加上为保持灵活性募集的三千多万，公司账面上有近一个亿滚动募集的虚设项目。找到个人信用贷这种模式之后，李梦为疯狂地在移动端铺广告，努力赚钱去填前面的坑。

牛市起来后，李梦为还冲进去赚了一阵快钱。都说大牛市，傻子进去都会赚钱，但对李梦为这样从未踏足股市的人来说，市场真正吸引到他的时候已经很晚了。大盘 4000 点他才进场，那时候梁万羽这样的老鸟已经退场了。

万老板跟李梦为提起股指期货之后，李梦为找到股指期货的数据，做了个简单的模型进行跨期套利。那是李梦为觉得钱来得最容易的日子。他从公司的账上拨了 200 万做套利，每天的利润几千元到几十万不等。某些时候他甚至觉得，P2P 创业让自己错过了第一次财富积累的机会。

只是好景不长，2015 年 7 月份开始，中金所不断收紧股指期货的流动性，到 9 月 7 日把非套期保值持仓的日内平今手续费拉到以往的 100 倍之后，这条财路被生生切断。

而这次公司被推上舆论风口，是因为一个到期项目的结算遭遇系统故障。结果投资人一紧张，又是打 110 报警又是到公司楼下拉横幅，局面一下失控了。“这次是真正的系统故障。”李梦为强调说，“听说现在派出所已经立案了。”

这天晚上，梁万羽一直待在公司，没有再离开。他让李梦为第二天提前终止所有虚设项目，把钱还给投资人。存续项目到期了结，不再发新项目。

李梦为蒙头蒙脑的，一直唯唯诺诺地点头。坐在身边的两个同伴更是没有半点插嘴的机会。创业以来,李梦为硬扛不断爆雷的项目,做股指期货套利,发虚设项目募资,勉强扛到现在。他原本以为,假以时日可以让公司回到轨道上。没想到股指期货套利的机会昙花一现,公司又因为纯粹的技术故障被投资人拉横幅。现在,按照梁万羽的要求,他的公司就要关门大吉了。

李梦为和他的同伴离开后,梁万羽脑子有点混乱。这事可大可小,现在梁万羽考虑的都不是钱的问题。梁万羽下意识地在公司办公区走了一圈,审视这些年来他在上海一砖一瓦地积累的这一切,最后在他的手绘 K 线图墙下,久久凝视那些跑墨的曲线。

人生的变故总是出其不意,令人猝不及防。

眼下李梦为首先要做的是避免舆论发酵。自媒体时代,舆论爆红和爆雷一样,有时候连当事人都搞不清楚状况。这件事,能控制的部分只有尽快把投资人的钱还掉。

如果李梦为讲的属实,公安局一旦立案,这个公司肯定是经不住查的。就算公安局不介入调查,李梦为这么胡搞,出事也只是迟早的问题。梁万羽当机立断,要李梦为停掉手上的业务,关掉公司。公司一大堆个人和企业的坏账,打包卖给第三方。像李梦为这样手上捏着一堆坏账的 P2P,市场上有上千家。这些坏账处理起来成本很高,李梦为的团队根本应付不来。那些个人信用贷款的,一个借款人欠李梦为的公司可能就几百几千元,但是他可能同时欠了好几家好几十家平台。第三方公司把借款人在几十家平台的坏账都接过来,这个借款人就欠第三方公司几万几十万了。他们有足够的动力和足够的手段去要钱。他们会打遍借款人通讯录上的电话号码,无休止地骚扰这些联系人。

这个行业后面还出现裸贷，毫无底线，自掘坟墓。

没等这一摊子烂事处理干净，李梦为就因为非法吸储被逮捕。得知这个消息，马文化第一时间飞到上海。

马文化气冲冲地跑到梁万羽办公室楼下，他甚至不愿意上楼看一眼。

陆家嘴环路的一个岔口，马文化和梁万羽顶着路灯当面对质。路上车来车往，时有行人经过。马文化脖子通红，眼睛拉着血丝，嗓子有些沙哑。他没给梁万羽任何说话的机会，也不看梁万羽，只是紧握着拳头不住地数落梁万羽。

“难怪，难怪梦为回来公务员不考，工作也不找，原来是有梁叔叔支持他创业。他就是个刚毕业的孩子，他知道屁个创业，他搞得懂屁个互联网金融。金钱的游戏，是他一个 22 岁的小伙子能玩的吗？梁万羽你知不知道，你害了我儿子？你知不知道他这么大的孩子捏着几千万手会发抖啊？我就这么一个儿子，你他妈的！”

“梁万羽你是想挣钱想疯了吗？你到底要挣多少钱才算够？狗屁 P2P！P2P 哪个是玩明白了的？哪个是经得起监管细查的？”

“他他妈的非法吸储，这是犯法的！他他妈的那是放高利贷你知道吗？你不支持他，他拿几张 PPT 找谁可以要到一千万？是你把我儿子往火坑里推！你到底知不知道你做了什么？”

马文化急得跺脚，歇斯底里地数落梁万羽半个小时。为了不引起路人注意，他不得不一再压低声音。说到最后马文化几乎哭了起来：“我就这一个儿子啊梁万羽！我他妈就这一个儿子!”

马文化气急败坏的原因远不止于此。他一个没有过硬背景的人,儿子吃官司,会给他的仕途蒙上巨大的阴影。梁万羽的慷慨不单断了他儿子的后路,也要断他的后路啊。他做牛做马跟着郝副市长干了一届,好不容易才去到北京。

这次事件爆发后,梁万羽掏了六千多万了结李梦为公司的存续项目。钱对他来说不算什么大事,但马文化的指责让梁万羽内心十分憋屈。自媒体更是一通乱枪打鸟,把梁万羽的负面新闻都翻出来贴一遍。以前指责梁万羽内幕交易的帖子也被翻出来。

第十七章

李梦为最后因非法吸收公众存款罪被判处三年有期徒刑，缓刑三年。马文化使尽浑身解数，求得这个结局。对一个刚出社会没几年的年轻人来说，不管从职业生涯还是人生履历的角度，都是莫大的灾难。

梁万羽获得了什么？梁万羽前后赔了七千多万，跟一向尊重的马文化马大哥反目成仇，被负面舆情扰得痛苦不堪。这件事情梁万羽扮演什么角色李梦为最清楚。也许他没来得及跟父亲解释，也许父亲没给他解释的机会。

马文化待梁万羽，最让梁万羽感恩的是大学期间的照顾。这种照顾不是给过多少钱帮过多少忙，那时候马文化也是个穷光蛋。但马文化就像个大哥，他跟梁万羽分享自己的经历和认知，让梁万羽从自卑封闭的状态慢慢打开。虽然马文化在生活的锤打下有些保守甚至古板，但他曾经真心护着梁万羽。人的一生，能遇到这样的朋友是莫大的幸运。

离开大学后马文化的职业路径和人生境遇跟梁万羽都隔着

几条街，但两人一直保持着兄弟一样的情谊。马文化到了北京后，他们的交流越来越少，甚至有些隔膜。马文化终于有机会一展拳脚，他可太知道这个圈子里大家都玩什么套路有什么猫腻了。梁万羽也要证明自己靠的是脑子，绝不是靠伎俩、靠心黑手狠挣钱。

现在李梦为这档子事，相当于在梁万羽和马文化之间直接竖起一道墙。

梁万羽的情绪还没处发泄呢。要不是马文化的人情，李梦为那几页 PPT 就能让梁万羽掏 1000 万出去？他掏钱是为支持李梦为创业，不是让李梦为去雷池跳舞的。而且出事之后要不是梁万羽第一时间掏钱覆盖李梦为六千多万的坏账，马文化就算跑断腿也没用。你马文化但凡脑子清醒一点点，你就知道这事要怪只能怪李梦为挑错了行业，只能怪李梦为野心太大。

马文化根本不顾及这些。儿子突然东窗事发，让马文化失去理智。他对梁万羽的怨恨到了极点。李梦为还是个孩子，是他马文化唯一的儿子。他懂什么？事情弄成今天的局面，这一切的一切，源头正是梁万羽所谓的“仗义”。这是马文化最容易接受的解释。

而且梁万羽鬼点子那么多，谁又能保证他不是顺水推舟，想探一探互联网金融的风头呢？你梁万羽探你的路好了，为什么偏偏把我马文化的儿子，把我马文化唯一的儿子拖来当垫脚石？

梁万羽不打算做进一步解释。两人就此形同陌路，井水不犯河水。缓释这种情绪，时间也许才是最好的良药。至于这个时间会是多长，没人知道。也许几年，也许几十年，也许，这辈子都不够。

李梦为的事情在很长一段时间都困扰着梁万羽。他跟人打交道的兴致跌到冰点。现在梁万羽什么也不缺，挣钱的动力大不如前。投资的博弈明争暗斗，从早期市场野蛮生长乱象丛生，到监管日渐规范，梁万羽见识、经历过太多尔虞我诈、勾心斗角。

猎手围猎成功时，肾上腺素会飙升。每一次成功的围猎，无一例外都会经历无数等待、煎熬和失败。随着时间推移，围猎的等待、煎熬和失败一个不少，但成功带来的满足感逐渐降低。积累到一定程度，那些煎熬、等待和失败就会反噬猎手。那是猎手们老去的开始。

梁万羽越来越真切地感受到，人们痛苦的原因各不相同，但痛苦本身都是一样的。这跟你是不是很成功，是不是很有钱，没有直接关系。

当一件事情不能再让你感受到快乐，就是时候考虑离开了。

某些瞬间，资本市场的游戏让梁万羽厌倦，没有价值感。他已经非常确定，迟早有一天自己会主动退出这个市场。

之所以仍然保持活跃，隔几年搞出一点动静，是因为梁万羽想向人们证明，自己还能在这个市场得到自己想要的——只要他想。

存在感对一个人来说太珍贵了。它甚至是让人保持活力的唯一原因。人们总是在寻找这种存在感。只是有人靠炫耀权力，有人靠卖弄智识，而梁万羽靠挣钱来确认自己的存在感。

等走出这一段低落的情绪，梁万羽又重新跟宋旭东谋划起华变锂业的未来。

华变锂业成立以来，除了刚开始舆论造势时华变电能在股价上有一番动静，之后很快归于沉寂。随着中国企业大量出海，在澳大利亚、南美洲购置矿业公司提锂，新能源电池原料市场竞争变得非常激烈。现在华变电能在玻利维亚和智利的两家公司都已经投产，每年有万吨级别的磷酸铁锂产出。但整个市场还是略显平淡。

宋旭东此前说不想去太拥挤的赛道，事实证明有钱有流量的地方，都很拥挤。

元旦节后，梁万羽把宋旭东请到他陆家嘴的办公室。到现场时宋旭东才知道梁万羽还约了薛凯，一家新能源电池头部企业的副总裁。宋旭东当即明白了梁万羽的用意。

梁万羽从柜子里拿出前一年从南美带回的葡萄酒，来自阿根廷门多萨产区的马尔贝克。“不用我介绍吧？这是薛总。这是我多年的朋友宋旭东，华变电能副总裁。”梁万羽举起酒杯致意，“我的想法很简单，两位都在各自的行业深耕多年。你们的工作天生该连接在一起。我今天只是搭个线。如果大家都有意向，具体事务你们接下来去推进。我就敲敲边鼓，看能为两位做点什么。”

“感谢梁总。华变电能是资本市场的常青树了，从上市就一炮打响。没想到能同时见到两位真神。”薛凯很社交地回应道。

“虽然市场在变，但如果两位能够走到一起，值得期待。我们现在各方面的条件都比以前好很多。”梁万羽说。

“难得梁总现在还有信心。总觉得这两天坐下来聊这事，有点不巧。”薛凯笑着说。他明显受到市场情绪的影响。节后四个交易日，A 股迎来两次熔断。新年刚推出的熔断机制被迫终止。这时候谈资本运作，大环境的确不够友善。

“徐徐图之，徐徐图之。”梁万羽笑着说。

几天后宋旭东再次来到梁万羽的办公室。

薛凯的冷淡，并不是受市场情绪影响。他们自己在澳大利亚也有控股公司做盐湖提锂。合作意愿有，但不算太大，谈到交叉持股的时候薛凯一堆套话。

“现在全球都在抢盐湖资源，怎么可能拒绝这种机会呢？是不是你要价太高？”梁万羽问宋旭东。

“都还没谈很具体的价格就开始不痛快。”

“人家都头部了，姿态高点也可以理解。”

“如果纯粹是想压价，那就大可不必了。这年头谁求谁，我又不是活不下去！”

“哎呀旭东，你又开始书生气了。生意就是生意，谈嘛。”

梁万羽语重心长地跟宋旭东分析事态。华变锂业现在需要更多伙伴。还是马文化以前说的，做大事不要单打独斗，要借力。

按照梁万羽的想法，最好能再绑定一家新能源汽车品牌，而且也要头部的，要让这个新闻有发出去会引发行业关注的那种影响力。当华变锂业跟这些新能源行业的头部企业绑在一起时，那就是站在巨人的肩膀上。

华变锂业靠自己，活下去是没有问题的，但我们来到这个世上，从来都不只是为了活下去。不是吗？如果只是为了活下去，又何必折腾什么新能源？但如果要做出点动静，就不能只是等。

“你前几天不还说，徐徐图之吗？”

“那是场面话。活下去，熬死竞争对手，大部分时候都是一种行之有效的策略。可是你我都是奔50的人了。我们没有那么多时间等了。而且机会都在眼前了，为什么要退？压价，让点就是了。你知道的，我们不一定要从这个股权置换本身来索取回报。”

春节期间宋旭东的女儿宋佳佳从美国回来。

在美国做了这么些年，宋佳佳从最初的分析师做到基金经理。她主要做亚洲市场，新加坡、印度，掌管数千万美金的头寸。宋佳佳想回到国内，自己做一家对冲基金。

华尔街顶级对冲基金回来的基金经理，这个头衔多少有点惹眼。不过宋佳佳身上没有一点点派头。她留着齐耳短发，没什么浮华贵气的衣服，没什么名贵首饰，没什么大牌化妆品，一身休闲着装。宋佳佳说话干脆利落，语速很快，就像在呼应这个行业的节奏一样。她说话从不夹带英文单词，也没那么多黑话。在美国时，公司休假的确会去很奢华的地方，去赌场，住豪华酒店，宋佳佳对这些东西过眼就忘，她看起来就像个互联网公司的技术宅。

宋佳佳的思路跟梁万羽完全不一样。她根本不会去看一家上市公司具体做什么，上下游关系，董事会构成……她连公司叫什么名字都不关心。对她来说，数据就是一切。她需要全市场所有股票的逐笔交易数据。她靠分析这些数据生成自己的策略。

梁万羽从来都是精准围猎。他关注的股票就那么几只，真正下手的时候几个亿有时候甚至几十个亿的筹码堆着。宋佳佳每次买卖的股票数百只。在大样本和高换手频率中建立胜率优势。盘中任何一个时间切片，她都可能成千上万笔委托单在申报、撤销或者成交。一切都交给程序来执行。所以开盘时间她反倒没那么忙。宋佳佳的交易风格对时间要求特别高，她需要把服务器托管到距离交易所更近的机房。在国外，这种竞争已经到微秒甚至纳秒级别。

梁万羽早先接触过程序化交易。他听说过一些用简单策略在期货市场卷钱的故事，就像打开提款机一样。迟至 2015 年这一波，百十万本金通过程序化交易实现财务自由的不在少数。两个俄罗斯人数百万元本金，三年狂揽 20 亿人民币的新闻也印证了这种传言。但对梁万羽来说这是完全陌生的领域。他的交易也无法用程序替代。有人建议梁万羽写一个程序来做交易执行，避免冲击成本。他经常下重注，买着买着手上的股票就涨起来了。不过他毫不在意这点所谓的冲击成本。当他看中一只股票的时候，他的预期从来都不是百分之几，是百分之几十，百分之几百。

但毫无疑问，计算机在信息收集和数据处理上有人脑无可比拟的优势。听宋佳佳讲完，梁万羽感慨说他这一代人早晚要被市场淘汰。如果宋佳佳发展顺利，有朝一日梁万羽不想再泡在市场里的时候，倒是可以请她管管钱。

程序化交易人贵，设备也贵，需要很多前期投入。但有李梦为的教训在先，梁万羽不再考虑这种连接的可能性。他顶多多认购一点宋佳佳的产品。

想到这里，梁万羽觉得很可悲。他已经很难再相信身边的人了。

2015 年股灾后资金从主观私募逃向量化私募，暴跌的余绪中，中性策略吸引力很强，资金排着长队。但是几个月时间股指期货的流动性就被锁死了，股指期货 CTA 策略没法做了，套利没法做了，量化对冲没法做了——负基差也很大。2016 年的市场收益在 CTA 策略，宋佳佳的策略重心在股票中性策略。

2017 年还是很难做，股票波动很小。年底宋佳佳去参加业内交流活动，会上有人感慨，今年应该是最差的年份了。现场爆出一阵无奈的笑声。因为 2016 年大家也是这么说的。2017 年资管市场还遇到一个政策变化，银行委外资金大幅收缩。以前通行的嵌套结构不再被认可，券商开始自查资管业务的合规问题。当时很多银行资金被清退，政策一刀切下去，大到上百亿规模的 FOF 基金，管理规模一夜清零。

量化圈的人喜欢跟人吹牛，说中性策略的好处是，股票涨能赚钱，股票跌也可以赚到钱，他们就赚最稳定的那部分超额收益。可是股灾后转过来的这部分钱，2016 年赚不到钱，2017 年还赚不到钱，人家不干了。

这样的背景下，作为一家新生私募机构去募集资金，难度可想而知。宋佳佳发行产品的计划一直被推延。团队跑的自营资金，都是宋佳佳这几年攒的奖金，还有她老爹宋旭东的钱。这段经历让宋佳佳变得更加沉稳。她知道再华丽的履历都只是一件外衣，事情还得一步步做。量化交易在实践环节有很多坑，切换到新的市场，打造一个交易执行成熟、交易策略有迭代能力的团队不是一日之功。

2017 年底，宋佳佳决定开始发产品。无论市场环境如何，她都需要迈出这一步。资管市场靠业绩说话，你得先把产品发出来，让公开的业绩曲线跑起来。

梁万羽直接认购了5亿的产品。国内量化交易的头部机构，大多也就三五十亿的规模，没有一家过百亿。第一只产品5个亿规模，这种展现实力的方式，面儿上不如在陆家嘴租几百平米的大办公室，却很有力量。梁万羽还提醒宋佳佳，大盘眼下的位置，其实没必要执着于中性策略。

中性策略固然对冲掉了市场下跌的风险，但也意味着市场上涨的时候Beta被浪费掉了。银行委外资金收缩之后，中性策略的市场地位显得有些尴尬。这道理说起来不复杂，但整个行业想明白这一点，前后花了好几年时间。

宋旭东这头，经过两年的努力，华变锂业终于跟薛凯供职的头部新能源电池品牌达成合作。宋旭东做出让步后，谈判过程变得简单了。南美洲智利和玻利维亚等国的锂资源已经引起全球新能源行业关注。华变锂业收购的两家矿业公司顺利投产。而薛凯供职的新能源电池品牌入股华变锂业的估值，几乎跟华变锂业收购两家矿业公司初期一样。

宋旭东本来想以同样的方式再拉拢一家新能源汽车品牌，但最后时刻放弃了。他不想再委曲求全。他跟梁万羽说："我他妈是出来做买卖的，不是出来卖的。"梁万羽听完只好无奈地摇头。

几乎不动声色地，梁万羽在这一切落地之前又挤进华变电能前十大股东第四位，并且一直在加仓。他用了好多个账户。但就在这家新能源品牌入股华变锂业的新闻发布前，一位北京的领导让梁万羽帮自己管一笔钱。这事后来直接把梁万羽送进了监狱。

不出梁万羽所料，华变锂业成功吸引新能源电池头部企业入股的新闻一经发布，华变电能的股票大涨，不到一个月就翻倍了。而这个事实成为华变电能长期的营销点。

互联网时代，什么都讲究快，讲究高效。一个利好消息从在新闻上爆出到企业在生产经营端兑现，可能需要几个月甚至几年时间，但股民需要马上兑现，下一个交易日就兑现。资本也是这样想的，这简直天作之合。

不过梁万羽想要的不止于此，这个盘子背后的资本也乐见梁万羽有这样的想法。

短暂的暴涨之后，市场上关于华变电能子公司华变锂业的声音逐渐消隐。2019 年春天，华变电能年报出炉。公司年度报亏十多亿元，但其子公司华变锂业势头正劲。经过多年的技术升级，尤其是成功吸引一家新能源电池品牌加入之后，华变锂业在这一年产销两旺。华变锂业持续投入，所有的利润都投入再生产和研发。新的一年，华变锂业将继续融资升级两个南美盐湖的产能。

锦上添花的是，这一年新能源概念大热，华变电能的股票翻了接近 12 倍。尽管途中华变电能多次接到交易所的询问函，股票上涨的节奏几乎丝毫不受影响。与此相映衬的，是入股华变锂业的新能源电池品牌的股票也大幅上涨，涨幅在 6～7 倍之间。坊间传言，这是资本大鳄梁万羽退休前的最后一战。但这一次，他不再是孤胆英雄。看看华变电能的涨幅和华变锂业第二大股东的市值，就知道这是一次广泛联动的暴力拉升。

梁万羽早早就入局，但他从未就此接受过媒体采访，连行业内部交流都不再出席。可是当华变电能股票一年翻近 12 倍以及华变锂业第二大股东的股票同步暴涨的事被媒体放大后，自媒体掀起对梁万羽掘地三尺的密集报道。梁万羽显然不是整个事件最大的资金方，但他第一个被媒体逮出来放在放大镜下审查。素材来自历年的媒体报道、论坛的帖子、梁万羽和严浩的微博，没有任何一条新的信息。

“资本大鳄梁万羽操纵市场”冲上微博热搜。

“如今这个时代，A股还有操纵市场吗?”有自媒体发问，“也许不需要太多经验积累，不需要太多逻辑推演，结论的指向性是很明确的。有暴利的地方，就会人来人往，就会有不为人知的勾当。这个世界总是如此，从未改变。房间里的大象，它就在那里，从未离开。”

揣测多了，看起来就变成了指责。有人说梁万羽延续恶庄做派，联动数百亿资金做这次局。有人说梁万羽是这次华变电能股价暴涨的始作俑者，但他并不是最大的资本方，也不是最大的赢家。最大的赢家来自华变锂业第二大股东，新能源电池品牌的操盘手。而这次牵动如此广泛的做局，得到了某些后台的默许。有自媒体含沙射影地指出，这次暴涨，受益方背景惊人，惊到写出来自媒体会被立刻封号。

这不是梁万羽第一次陷入舆论旋涡。他预感这次舆论发酵难以收场。登上微博热搜那天起，梁万羽就焦虑得彻夜难眠，像放电影一样不断检视自己这两年的每一个投资动作，每一条行动轨迹。没等梁万羽梳理清楚，坏消息来了。

接下来这个春节，一个来历不明的病毒，让一座千万级人口的城市停摆，公共交通停止运营，老百姓小区门都不给出。昔日车水马龙的街道，一夜之间突然静默。谁也没想到，当一条条硬化的街道没了车来人往，它们看起来是如此扎眼，像一把把利刃扎进刺透这座城市的心肺。

那几天到处都是武汉的新闻。一道行政命令，一个城市机器不再运转，锁在里面的人出不来，外面的人进不去。这个世界，动弹不得。上海不至于像武汉那么悲壮，但如果没有口罩和绿码，就寸步难行。

看到封城的新闻，梁万羽的第一反应是让研究员把研究重心转移到抗疫相关的上市公司。缓过神来后他开始为自己的敏锐感到羞愧。这个世界的不确定性让梁万羽被无力感紧紧绑缚。

封住一座城，封住了多少家被资产负债表裹挟的企业？封住了多少个为柴米油盐奔忙的家庭？封住了多少人对生活的想象？

当然，也许这都不是最重要的。梁万羽真正的困扰另有所在。负面舆情爆发后证监会的工作组到万羽至诚查看档案，到交易所调取数据，找梁万羽的交易员谈话，所有流程都走了一遍。他不确定这件事最后会以怎样的方式了结。坊间传言，证监会的调查重心正是梁万羽等人内幕交易和操纵市场。而牵头这次调查的正是梁万羽多年的好友马文化。但这个传言没有被坐实，马文化全程都没露过面。

操纵市场哪有那么容易。那么多操纵市场的人，搞来搞去最后把自己的钱赔进去的也不少。跟华变电能股票一起暴涨的，还有华变锂业的第二大股东，还有其他的新能源概念股。成千上万亿的市场又岂是一个梁万羽可以操纵的？华变电能也许只不过是赶上新能源概念的风口，站在巨人的肩膀上呢？梁万羽反复演绎这些线条的逻辑。

为了印证坊间传言，梁万羽请宋旭东、严浩到他的会所小聚，还是吃楼下的湘菜私房菜馆。他听说马文化刚好在上海出差，简单明了给马文化发了短信。电话邀请马文化的任务交给了严浩。

梁万羽准备了自己珍藏的1990年产的茅台。再过几个月就是他们618宿舍四兄弟毕业30周年纪念了。菜谱上特别备注的两道菜，毛氏红烧肉、辣炒花蛤。年轻时他们聚餐总会点红烧肉和辣炒花蛤。一道菜下饭，一道菜下酒。只是红烧肉的风格从上海风味改成了湘菜风味。这家湘菜馆因为梁万羽这种大佬的频繁光顾，规格越来越高。所有蔬菜都是有机蔬菜，海鲜都讲究原产地了。梁万羽最喜欢吃的红烧肉，用的都是林芝放养的藏香猪。

30年前，刚毕业的四个人意气风发，逮着机会就聚在一起，几杯啤酒下肚就家事国事天下事，喋喋不休。如今他们聚会的时间越来越少。梁万羽已经不太能准确地记得他们最近一次聚会是几年前了，也许要推到马文化正式辞行去北京工作的时候了。

这天晚上严浩第一个到。放着北外滩和世纪公园旁的房子不住，严浩住到松江的小镇，赶一个半小时的地铁进城。他还在不冷不热地经营着自己的自媒体，有些读者是从他1990年代写专栏时就跟过来的。还没坐定严浩就一通牢骚，流量时代看来他是适应不了了。

宋旭东第二个到。他最近刚因为室性早搏被送上手术台，完成左心室的射频消融手术。医生怀疑那跟他常年服用三环类抗抑郁药有关。他还出现动脉粥样硬化迹象。他不再抽烟喝酒，极少应酬，积极运动，像个孩子一样听主治医生的话。

梁万羽最近忧虑的事情，大家都有耳闻，尤其是宋旭东。大家都刻意回避了这个话题。马文化没回梁万羽的短信，也没在电话中明确拒绝严浩。他只是说这几天行程很紧张，不确定能不能赶过来。

直到饭局散场，马文化都没有出现。这愈加证实了梁万羽的揣测。

做局华变电能，梁万羽建仓非常早。但因为资金量很大，他前后陆陆续续都有资金进入。而梁万羽能够清晰地意识到可能出问题的一笔资金，就是新能源电池品牌入股华变锂业的新闻发布前，那位北京的领导让梁万羽帮自己管的那笔钱。

那是一个无法拒绝的请求。

当时梁万羽并没多想，两千来万，他甚至没有让领导真的把钱过账。他直接用自己的账户划拨了等额的资金到交易账户。这是 1990 年代，梁天德在成都红庙子炒股的遗风。当时几个人合伙出资买一只股票，有时候资金不到位，只要一句话钱就给垫了，最后盈亏都认账。结果这笔钱领导一个多月之后就撤走了。翻了两倍多。

但内幕交易并不是那么好定罪的，证据链条得完整。梁万羽可以确定，华变锂业这次，知情人这个连接点是断的。这么多年下来，在经侦、证监会、协会等机构的监管范畴，梁万羽在好几个细分领域都雇用了市场上最优秀的律师团队做法律顾问。他很清楚那些细细的红线，和自己的位置。

梁万羽不知道的是，整个饭局期间，马文化和他的副手在楼下公路边的黑色轿车里待了足足半小时。马文化几次推开车门，最后都收回了已经迈出去的右脚。他几乎一言不发，脸上阴晴不定。

李梦为出事后，马文化顿觉自己的人生一败涂地。糟糕的婚姻成为定局，儿子是他唯一的寄托。可他作为一个父亲也彻底失败了。

梁万羽为什么投钱给李梦为，马文化心里应该清楚。马文化这些年经济上的改观，也离不开梁万羽。但他太需要一个人来为自己的失败担责了。

人生处处都是大大小小的十字路口。马文化已经踏出第一步，就算他想要回头，可能也由不得他了。最终是不是马文化想要的结局？也许连马文化自己也说不上来。

窗外的雨很大，在车身和地面溅起厚厚的水雾，让一切多了一层虚幻。

几周后，梁万羽收到证监会的《行政处罚事先告知书》。因为内幕交易，证监会决定对梁万羽做出没一罚一的行政处罚，合计罚款超过一亿人民币。

梁万羽从律师那里得知，公安机关拿到一份笔录，来自梁万羽和宋旭东经常去的敦煌洗浴中心的按摩技师。这家店换了无数次老板，但神奇的是这个招牌从 1990 年代一直沿用至今。梁万羽也认这个牌子，不时把一些会面安排在这里。按摩技师复述了新能源电池品牌入股华变锂业前几天梁万羽和曹聪聪的对话。

梁万羽:“所以这件事情基本上就定下来了。”

曹聪聪:“基本上不会有变化了。合同条款双方都通过了,还差双方最终签字盖章。公司方面会全力推进这件事。对方由薛总在主导推进。”

梁万羽:“我知道了。”

笔录文件记录说,当天梁万羽穿一套白色西服,看起来像港片里的黑社会老大。曹聪聪拎着一个毫不起眼的手提包。两人大部分时间都在聊梁万羽几个大学室友的故事。他的室友严浩准备把大学时 618 还是 818 宿舍几个朋友的故事写成小说,说书名都想好了,叫《大赢家》。梁万羽还讲了很多他们醉酒扯皮泡妞之类的糗事,什么 327 事件。“我记不清楚了。可能是 818,618 不是什么购物节吗?”笔录写道。

梁万羽想起来,临近华变电能和新能源电池品牌签协议,宋旭东非常谨慎,让助理曹聪聪来赴梁万羽的约。听说小伙子也被罚了 100 万。他这纯粹是无妄之灾。不过小伙子很仗义,在笔录中明确表示,自己的确因为宋旭东认识的梁万羽。但这次会面是自己跟梁万羽之间的联系,他并没有得到宋旭东的授意或暗示。

梁万羽放弃了听证。他觉得洗浴中心的盯梢非常蹊跷,像一场预谋。马文化这么卖力推进这个案子。看来李梦为的事情,他是过不去了。考虑到这前前后后的关系,以及深入调查可能牵扯到宋旭东、严浩,甚至北京的领导。梁万羽想尽快了结此事。

被盯上是一种很糟糕的感觉。这世上多少人明修栈道,暗度陈仓。那是因为没有被放在镁光灯下观瞧。虽然梁万羽最近十年行事已经非常谨慎，但他这样的人，是经不住查的。严浩也许好一些，宋旭东、北京的领导，谁敢说自己规规矩矩？马文化只不过是现在做了裁判而已。谁又知道这些年经手大大小小的案子，他是不是都干干净净？

行政处罚下来，梁万羽也没有申请复议和行政诉讼。律师告诉梁万羽，证监会做出行政处罚，基本上就不会再移送公安机关了。有人还为此主动请求证监会行政处罚。

罚吧。随便罚。跟摆脱这些烦心事相比，这点钱对梁万羽来说算不得什么。了却这件事，就算是为以前的种种赎罪吧。

梁万羽盛赞曹聪聪为人仗义。主动帮曹聪聪交了罚款，还送他一辆特斯拉 Model 3。也许是避嫌，又或者是真的忙碌，那段时间梁万羽都没见到宋旭东。

梁万羽以为，这件事就这么结束了。黄浦江边的豪宅里，那个精心设计的放映室响起了巴赫的《勃兰登堡协奏曲》。他万万没想到，这个案子行政处罚之后又移送了公安机关，非常少见的操作方式。

直到戴上手铐那一刻，梁万羽才知道手铐丝滑却有透骨的冰凉。他想起父亲陈德培双手握着筷子端端正正地伸出双手，做出犯人束手就擒时的模样，没有来由的那一句"最后都是要进去的"。他终究还是没有谨记父亲的教诲，低头走路，抬头看天。

案子推进非常快。最后梁万羽因为内幕交易罪被判了三年有期徒刑。曹聪聪被判泄露内幕信息罪成立。但因为他并没有参与内幕交易也没从中获利，且认罪态度良好，判处有期徒刑两年，缓刑三年。

一代传奇操盘手梁大师，就这么晚节不保，锒铛入狱。

尾　声

世事难料。

我那个野心勃勃的跟踪采访计划只坚持了三年就宣告中断。原因自然是方方面面的，但都不值一提。社会的毒打可能迟到，但从不缺席。那之后我做了一年商业写作，又阴差阳错地跑去拍纪录片。

我最后一次见梁万羽是2020年春天。因为来势汹汹的新冠病毒整个春节闷在家里的梁万羽，带我去了淀山湖玩帆船。当时他已主动缴完罚金，以为案子就那么了结了。他开玩笑说，你们写故事，不就喜欢主人公出点事故吗？这算是真正的事故了。

大佬就是大佬，聊什么都直击要害。故事的核心元素，正是事故。没有事故，不成故事。

帆船是几年前梁万羽一时兴起买的，花几个星期学会之后就没再碰过。第一次玩帆船的时候，教练给梁万羽讲注意事项。帆船完全依赖风力。当风来的时候，恰到好处的操作可以让帆船跑得比风速快 2～3 倍。当然你得了解帆船的结构，最好懂一点流体力学原理。风来的时候，你不能慌乱，技术动作不能变形。不然滑轮绳索可能伤到你，横杆也可以把你撞翻。

“没有风的时候怎么办？”梁万羽问。

“那就休息，等待好天气。”教练说。

湖面涟漪阵阵，我们把船横在湖中间，只顾闲谈。清风拂面，很是惬意。梁万羽说，帆船教练从不炒股，却给他上了一堂深刻的投资课。

从社交媒体得知梁万羽被捕没多久，我就收到梁万羽生活助理兼司机的信息。助理转达梁万羽的歉意，他不希望这个故事以非虚构的方式呈现出来。不过如果我愿意，可以改头换面以小说的形式发表。更多细节可以去找宋旭东、宋佳佳、严浩、曹聪聪……

干我们这行的，顺藤摸瓜是基本功。上面提到的人我一个也没放过，其中严浩给了我最多细节。马文化那条线我最后只采访到他的一个助手。李梦为只谈了 P2P 那段经历，他不肯告诉我他现在在做什么，关于他父亲的问题甚至一个都没有正面回答我。

因为被多次举报，严浩的自媒体被全网封号。几次注册新号后，他的粉丝也流失得差不多了。他现在就像被废了武功，只能通过朋友圈刷屏了。有一天，我突然看到他说梁万羽提前刑满释放，回到上海家中。其时，上海刚刚结束长达 65 天的静态管理，很多小区还在精准防控。

我给严浩打了个电话。

重回自由身，梁万羽先去找了宋旭东，才知道一个多月前他已因心脏病发作离世了。梁万羽找到严浩的时候，严浩住的小区还不能接待访客。两人隔着围栏，说起宋旭东。

“怎么说走就走了呢？”

“发作的时候没有绿码，小区门都出不去。”

“都要出人命了还看这个？”

“如果你没有绿码，去哪儿都是红灯。现在也是。”

“他在上海那么多熟人，还能倒在一个绿码上？”

“那有啥稀奇？你不知道，封控期间有几个亿万富豪，每天在家抢菜，为三顿饭发愁吗？”

梁万羽轻叹一声，转过头去。他不想让严浩看见眼里打转的泪水，不料看见保安正远远地对着他们大喊，一边手势夸张地比画着。因为戴着口罩，保安的声音瓮声瓮气的。梁万羽半天才弄明白，他让两人戴好口罩再讲话。

自从被证监会行政处罚之后，再也没人称梁万羽“梁大师”。从前争先恐后想在梁万羽的饭局上露脸的人，早就溜得连影儿都没有了。入狱近三年，更没有一个人去探视过他。

不过，出狱第一天，梁万羽意外收到一封邮件。在科创板上市的大潮中，万羽创想基金会支持过的两个华旦大学学生创办的科技公司成功上市。目前公司市值已经超过500亿。因为两个创始合伙人在早期创业中都得到梁万羽的大力支持，他们“自作主张”许了公司10%的股份给梁万羽。只是因为监管不允许公司上市前存在股份代持，所以由两位合伙人各认5%。等限售期一过，梁万羽随时可以通知两位合伙人将这10%的股份依照规定出售。两人会以赠予的方式将相应的金额支付给梁万羽。

宋佳佳的私募基金管理规模在2021年终于超过100亿，并很快达到300亿。在量化私募行业，虽然算不上最顶尖的，但已经是比较头部的几家。私募行业资金进进出出，波动很大。不过规模冲到300亿这一趟，宋佳佳积累了足够的资本金。那一年她捐给国内慈善机构的钱都过亿。

梁万羽知道，属于他的时代过去了。

我知道严浩一直想把618宿舍四兄弟的故事写成小说。名字都取好了，叫"大赢家"。后来他又想写成回忆录，但牵扯的人物太多，就算写出来也不可能发表。最后小说和回忆录都只写了不到十万字就搁笔了。

征得严浩同意后，我偷懒借用了他不准备完稿的书名。尽管这么一个简单的标签概括梁万羽复杂的人生。

关于什么样的人才称得上"大赢家"，每个人的答案都不一样。我们如此热衷讨论胜负强弱，大概是祖先丛林生活体验的遗传，又或者我们今天喧闹的周遭，本质上仍然是一个丛林世界。

只不过，俯仰一世，输赢终是一时。

图书在版编目(CIP)数据

大赢家/马赛客著.—上海:上海三联书店,2024.1

ISBN 978-7-5426-8289-5

Ⅰ.①大… Ⅱ.①马… Ⅲ.①长篇小说-中国-当代 Ⅳ.①I247.5

中国国家版本馆CIP数据核字(2023)第218006号

大赢家

著　　者 / 马赛客

责任编辑 / 匡志宏
装帧设计 / ONE→ONE Studio
监　　制 / 姚　军
责任校对 / 王凌霄

出版发行 / 上海三联书店
(200030)中国上海市漕溪北路331号A座6楼
邮　　箱 / sdxsanlian@sina.com
邮购电话 / 021-22895540
印　　刷 / 上海颛辉印刷厂有限公司

版　　次 / 2024年1月第1版
印　　次 / 2024年1月第1次印刷
开　　本 / 890mm×1240mm　1/32
字　　数 / 200千字
印　　张 / 9.375
书　　号 / ISBN 978-7-5426-8289-5/I·1843
定　　价 / 58.00元

敬启读者,如发现本书有印装质量问题,请与印刷厂联系021-56152633